Treasures for Scholars Worldwide

桂學文庫·廣西歷代文獻集成

㯤湖十子詩鈔

潘琦　主编

广西师范大学出版社
GUANGXI NORMAL UNIVERSITY PRESS
·桂林·

圖書在版編目（CIP）數據

槲湖十子詩鈔 /（清）張凱嵩輯. —桂林：廣西師範大學出版社，2012.10
（桂學文庫. 廣西歷代文獻集成 / 潘琦主編）
ISBN 978-7-5495-2558-4

Ⅰ. 槲… Ⅱ. 張… Ⅲ. 古典詩歌－詩集－中國－清代 Ⅳ. I222.749

中國版本圖書館 CIP 數據核字（2012）第 203219 號

廣西師範大學出版社出版發行
（廣西桂林市中華路 22 號　郵政編碼：541001
網址：http://www.bbtpress.com）
出版人：何林夏
全國新華書店經銷
廣西民族印刷包裝集團有限公司印刷
(廣西南寧市高新區高新三路 1 號　郵政編碼：530007)
開本：787 mm ×1 092 mm　1/16
印張：49　　　字數：784 千字
2012 年 10 月第 1 版　　　2012 年 10 月第 1 次印刷
定價：800.00 元

《桂學文庫・廣西歷代文獻集成》編輯委員會

總序

潘琦

21世紀以來，隨著各地社會經濟的快速發展，與之相呼應的地域文化研究蔚然興起，呈現出多種地域文化研究競相迸發、研究成果累累、各種學理學説迭出的生動局面，有力地推動與彰顯著社會主義文化的大繁榮、大發展。廣西桂學研究，即誕生在這一時代大背景下。桂學是廣西最為重要的文化地標之一，它以廣西社會、歷史、文化、思想、藝術、科技、工藝等為研究對象，是具有鮮明廣西地方特色和民族特色的理念和學説的總和。桂學作為『學』，是一種能正確地、合理地呈現廣西客觀社會歷史文化與現實文化的系統知識的學問、學理和學説。

桂學研究無論是在時空上，還是在範圍及内容上，都是一個龐大的、系統的、廣泛的工程。其中，對廣西歷史文化的研究，是桂學研究的首要任務和重要内容。而對歷代形成並留存至今的關涉廣西的文獻遺存進行系統的整理、研究、保護、出版，又是進行歷史文化研究的首要内容，是保證桂學研究能够持續深入推進的學術基礎。為了全面、系統地整理相關文獻資料，廣西桂學研究會成立後，特在内部設置了古籍整理出版委員會，職司廣西歷代文獻的整理出版與保護工作。《桂學文庫·廣西歷代文獻集成》叢書的策劃與啟動，便是這項工作的重要成果之一。

桂學研究會由何林夏、蔣欽揮兩位副會長牽頭，組織專家學者開展了卓有成效的工作，在廣西壯族自治區圖書館、廣西壯族自治區桂林圖書館及廣西師範大學圖書館、廣西師范大學出版社以及有關單位的大力支持與積極協作下，意在蒐集現存的所有廣西古籍的《桂學文庫·廣西歷代文獻集成》將陸續出版，為桂學研究提供源源不斷的堅實史料支持。桂學研究會將在一個較長的時間内，集中力量，籌措資金，全面、系統、整體、有序地推進整理出版工作的持續進行，希望藉助於這種長期務實的工作，為桂學研究向更深、更廣的方向發展，提供翔實、系統、完整、可靠的史料，推進桂學研究各項事業的持續繁榮。

以整理、研究、保護傳統文化為出發點的古籍出版，在一定程度上起著繼承、弘揚地域歷史文化的作用。古籍作為歷史文化的重要載體，其本身即是珍貴的歷史文化遺產，它不僅記載著歷史發展的生動進程，同時也集自然之美與人文之美於一體，書於竹帛的歷史記載、華美辭章是我們瞭解歷史、解讀歷史、研究歷史、承繼民族優秀文化的主要途徑、可靠依據、重要史料。《桂學文庫》的整理出版，更因廣西本身鮮明的地域性、民族性特徵，而具有顯著的多重價值。

一、研究性價值。桂學研究以研究廣西歷史文化為切入點，即首先需要研究廣西文化的產生、源流、特色，探討廣西歷史文化與其他地域或國域歷史文化之間的關係。為此，需要通過廣視角、多層面、全方位的探討，以究明廣西歷史文化發展的脈絡，做到知根知柢。先秦時期，廣西為百越之地，秦統一嶺南後，廣西開始行政建置納入統一國家的版圖，並出現於此後各種史料的文字記載中，經歷代的文化積澱，已經形成了大量的文史文獻資料與考古資料。這些遺存流傳至今，都是廣西地域文化的珍貴財富，更是建立和支撐桂學研究的寶貴財富。我們通過對這些資料進行系統、全面的整理出版，並在此基礎上開展全面的研究與考察工作，將有利於加深對廣西文化的源流、性質、内涵、特徵、地位及影響等的理解，得出符合歷史實際和歷史文化發展規律的結論。同時也能為社會學、民族學、歷史學等領域的研究提供豐富的研究素材，為文化研究的多學科共同繁榮作出積極的貢獻。

二、教育性價值。古籍兼具知識性與情感性學習兩種功能。中華文化歷經千年，其所積澱留存下來的古籍，包羅萬象，博大精深，通過對存世古籍的閱讀，有助於我們加深對古代文化的理解與體驗，掌握古代人文知識、古文知識、古人寫作技巧，領略古文之精彩，增進對地方發展史的瞭解與認識。與此同時，通過對古籍中所記録的重要歷史人物的人生經歷、治學經驗、高尚思想品德和自强不息的成長道路的認知，對於今天提高我們自身的精神境界和文明修養，都會是一種有益的啟迪與教育。

三、開發性價值。古籍作为歷經千年的文化積累，有著豐富、深厚的文化内涵，蘊含著先人的智慧，同時保持著原創性、傳承性、地域性、多樣性的特點。通過對古籍所記載歷史文化等内容的研究，今人可以擷取其精華，作為現代文化藝術創作的藝術源泉與靈感來源、拓展文藝創作題材、開發文化資源、創新文化産業，使先民的文化生命通過古籍的傳遞，重新生發出新的藝術活力與價值。

當然，任何事物都因産生於具體的歷史空間而不可避免地被自身的歷史性所局限，産生於歷史中並留存至今的古籍也是如此。面對種類繁多的古舊典籍，需要我們用批判、借鑒的眼光去加以審視，要本著去粗取精、去偽存真、古為今用的原則，充分發掘其所具有的優秀文化價值。今天，我們重要的任務之一，即是從精神上、思想上接應優良傳統，並通過繼承優良傳統而獲取更多的精神與思想資源。歷史不能複製，它只屬於它具體存在的那個空間和那段時間，但歷史又永遠不會消失，只要人類生命還在繼續，歷史就必然活躍在人們的精神生活裏，並影響著人类文明的繼續向前發展。

我們希望以《桂學文庫·廣西歷代文獻集成》相關整理成果的持續不斷出版，向世人展示廣西優秀的歷史文化資源與人文傳統，能為方興未艾的桂學研究提供充足的資料支持，為桂學研究的向更深更廣推進有所貢獻。希望桂學研究能在繼承吸收廣西優秀的歷史文化遺産的基礎上繼往開來、勇於創新，服務於今天廣西文化的大發展、大繁榮的歷史需要。

出版説明

廣西桂學研究會自2010年成立以來，即將整理出版廣西歷代留存至今的各類文獻列為學會的重要工作内容之一，並成立了專門的出版委員會職司其責，其動議之一，便是協調所有從事及志於研究、整理、保護的單位、個人、專家、學者，共同促成《桂學文庫·廣西歷代文獻集成》的整理出版。

本套叢書的宗旨，是想通過整理出版歷代形成現仍存世的桂人文獻及關涉廣西的文獻遺存，為從事桂學研究的學者提供推進研究所需的翔實、可靠、系統、全面的資料，為桂學能在學者們持續不斷的長期研究中向深廣發展打下堅實的文獻基礎。

面對歷代留存至今種類繁多、卷帙浩繁的廣西文獻，本書在編排上以著者為主綫，通過查考相關資料著録及文獻存藏信息，努力將同一著者存世的全部著作蒐羅淨盡，匯為一書。

在出版形式上，本書採用整理一種、出版一種的方式，以及時向學者提供各类文獻，並希望憑借這種方式聚沙成塔、集腋成裘，最終將關涉廣西的文獻遺存全部展現於桂學研究者面前。

為保持相關文獻的真實性，避免因整理不當而對原文獻造成的誤讀與誤解，本套叢書對納入整理範圍的文獻，採用全文影印的方式出版，旨在為學者的研究提供最本真、最可信的資料形態。與影印存真相應，我們也組織相關領域的專家學者，為所整理的著作，按照統一的格式撰寫了解題，冠於各書首册。解題的主旨：一則簡述著者生平等信息，使用者可據此對撰著者有一直觀的瞭解；二則簡介歷代目録著録情況並著作的主要內容，以明文獻傳承源流與撰著主要價值所在。

我們希望本套叢書的出版，能為桂學研究的發展繁榮提供充足的文獻支持，為桂學研究向深廣推進貢獻一份心力。桂學研究，首先是對廣西傳統文化與歷史的繼承與吸收，其更重要的意義，則在於在繼承基礎上的開拓創新，推進今天廣西文化的繼續發展，如果本叢書的整理出版能够起到其應有的作用，我們將深感與有榮焉。

解題

《樧湖十子詩鈔》二十二卷，清張凱嵩輯，同治七年(1868)桂林三餘堂藏板。原書一函八册，今合編為一册。

《販書偶記》卷十九載『樧湖十子詩鈔，江夏張凱嵩輯』；《廣西地方誌聯合目録》頁四六六載『杉湖十子詩鈔，清汪運撰』，頁四七九載『杉湖十子詩鈔，張凱嵩輯』。今據卷首冠張凱嵩序，著録為清張凱嵩輯。

張凱嵩(1820—1886)，清湖北江夏(今武昌)人，字粤卿，一字月卿、雲卿，號復園。道光二十五年(1845)進士，分配至廣西以知縣即用，歷任廣西宣化、懷集、臨桂知縣。咸豐五年(1855)，陞任慶遠知府，任内安撫地方有功，陞左江道，改代理右江道，後以慶遠失守，革職留任。咸豐八年(1858)，同廣西按察使蔣益澧重新攻克慶遠，官復原職，代理廣西按察使，旋正式任職，復遷廣西布政使。同治元年（1862），積功陞任廣西巡撫，同治六年（1867），擢雲貴總督。時雲南局勢混亂，兼路遠道險，行至巴東，即三次上書，稱病不願赴任，坐規避褫職。光緒六年（1880），以五品京堂起用，授通政使司參議，遷内閣侍讀學士，署順天府尹，授貴州巡撫。光緒十年（1884），調任雲南巡撫，請於省城設開採五金總局，以興辦礦利。光緒十一年（1885），偕内閣學士周德潤勘察越南界務，光緒十二年（1886），卒於官，事具《清史稿》本傳。張凱嵩在廣西任職二十餘年，後至雲南，著有《廣西全省輿地圖説》、《撫滇奏議》，並輯刻《椒湖十子詩鈔》。

『椒』俗作『杉』，故本書『椒湖十子詩鈔』、『杉湖十子詩鈔』並用。查本書卷首序，及正文卷一至卷十四、卷二十至卷二十一卷端題作『椒湖十子詩鈔』，正文卷十五至卷十九、卷二十二卷端題作『杉湖十子詩鈔』，今據正文首卷卷端題名著録為《椒湖十子詩鈔》。

『榿湖』，大體指今桂林杉湖、榕湖一帶。杉湖、榕湖，即桂林舊有之鑒湖。鑒湖又名陽塘、陽橋塘，舊為宋桂林城護城河南段，明洪武年間，城池擴展，護城河遂成城内湖。鑒湖有橋名陽橋，分鑒湖為東西兩段，東瀕灕江，相傳湖畔原植杉，故名杉湖；西通桃花江，湖畔有古榕，名榕湖，一名蓮蕩。道光初年，於杉湖北岸，建有補杉樓，汪運、楊繼榮、商書濬、曾克敬、朱琦、龍啟瑞、彭昱堯、李宗瀛、趙德湘、黄錫祖等十人，常於補杉樓飲酒賦詩，時人稱為『榿湖十子』。

本書據清同治七年江夏張凱嵩雕板桂林三餘堂藏板影印，原書半葉十行，行二十三字，雙行小字同。左右雙邊，上下粗黑口，單黑魚尾，版心鎸卷次及葉碼，無本版大小字字數，無書耳。框高一八七毫米，寬一二二毫米。綫裝，一函八册，開本高二六四毫米，寬一五〇毫米。内封A面鎸『同治戊辰／榿湖十子／詩鈔』，背鎸『江夏張／氏開雕』。卷首冠《榿湖十子詩鈔序》，末署『同治六年丁卯夏五總督雲貴前撫粵使者江夏張凱嵩序』。末卷末葉朱墨套印，並有跋語。跋語墨印，末署『時在同治戊辰

（1868）夏五馬平王拯識』；跋語左下端朱印，作『板存/桂林三餘堂』。

卷首冠張凱嵩撰《榕湖十子詩鈔序》，首叙乾隆至道光年間廣西詩文之盛。乾嘉年間，臨川李秉禮（1748—1830，字敬之，號松甫、松圃、韋廬，江西臨川人，曾官刑部郎中）僑居桂林，多與廣西士子交遊，往來倡和，隱為廣西文壇領袖。李秉禮與高密李憲喬（1754—1797，字子喬，一字義堂，號少鶴，山東高密人）以風節相砥礪，其詩文宗陶潛、韋應物。乾隆五十年（1785），袁枚至桂林，與李秉禮、朱依真（生卒年不詳，字小岑，廣西桂林人）、李憲喬等人往來倡和，極粵西詩壇一時之盛。道光初年，繼李秉禮、李憲喬、朱小岑等人之後，李秉禮之子李宗瀛與朱琦、龍啟瑞、陳鑒（生卒年不詳，號心薌，廣西平樂府教授）等人往來倡和，留下大量詩文。

次叙《榕湖十子詩鈔》編撰緣由及經過。同治初年，時任廣西巡撫張凱嵩，為『他日考粵西文獻論詩教』計，用心搜集汪運、楊繼榮、朱琦、龍啟瑞、彭昱堯等人詩文，並刊刻成書。『諸君往矣，遺書經亂或存或亡，余之鈔諸君詩雖未必藉以傳於世，然亦足使世之讀者於兹先睹可得其概。』其輯刻之初，即著意於反映道光年間廣西詩文之盛，所收十人，或為與李宗瀛往來倡和者，或為張凱嵩交遊知見者。時十子文集，僅朱琦有《怡志堂初編》板行，張凱嵩遂『即其本擇尤勝者為若干首』，其餘各家，『翰臣、柳塘、劍鋒、蘭畹、小韋、香甫、澹仙集皆未刻，或僅即所見，或撮抄其略，都為一集』。

《榕湖十子詩鈔》，凡二十二卷，計臨桂汪運《沐日浴月盦集》一卷，山陰楊繼桀《柳塘詩存》一卷，臨桂商書濬《存恕堂遺稿》一卷，平樂曾克敬《芷潭詩遺》一卷，桂林朱琦《怡志堂初編》五卷，臨桂龍啟瑞《浣月山房詩稿》二卷，平南彭昱堯《致翼堂遺稿》三卷，臨川李宗瀛《小廬詩存》五卷，南豐趙德湘《麗澤堂詩存》二卷，漢陽黄錫祖《香圃詩遺》一卷，收詩文凡一千三百餘首。

卷一卷端題『榕湖十子詩鈔卷一／沐日浴月盦集』，署『臨桂汪運任之』，版心鎸『劍鋒詩鈔卷一』。汪運，字任之，號劍鋒，廣西臨桂人，生卒年不詳。張凱嵩於序中言，李秉禮、李憲喬、朱依真等人殁后，汪運等人『自起於粤詩人盛衰絶續之交』，故其主要活動，應在道光、咸豐年間。《臨桂縣誌》言其『性倜儻，以文學名』。

汪運詩『不屑作平語，天然格律新。槎枒難入俗，瘦勁直通神。獨鶴抱山骨，老梅含古春。西江好詩派，衣鉢此傳薪』（《題汪劍鋒孝廉詩卷》，見蘇時學《寶墨樓詩册》卷四）。李宗瀛以詩贊云：『黑風蕩地雅輪缺，萬劫詩天墮虎窟。丹邱仙子乘鴻蒙，手抉銀河洗秋熱。瑤空霏霏灑珠雨，猛鳳銜花隔煙語。輼輬昨夜葬雷公，延露哀詞愴無主。蓬萊夜碧煙點迷，岑華一琯吹參差。臨風更和君山篴，決起晴霄女龍泣。』（《題汪劍鋒孝廉詩卷後》，《樾湖十子詩鈔》卷十六）

張凱嵩延聘汪運入幕，為子弟教授，久而得其詩，『先後鈔存所可慨者』，刻為《沐日浴月盦集》，一名《劍鋒詩鈔》，凡九葉，收詩文四十六首，内容以詠物、詠史及遊仙詩為多，個性鮮明，頗富奇幻、豪放、怪異色彩。

卷二卷端題『樧湖十子詩鈔卷二／柳塘詩存』，署『山陰楊繼榮序黼』，版心鎸『柳塘詩鈔卷二』。

楊繼榮，字序黼，號柳塘，清浙江山陰（今浙江紹興）人，生卒年不詳。道光初年，楊繼榮與李秉禮、李憲喬往來倡和。李秉禮、李憲喬歿后，與李宗瀛、朱琦、龍啟瑞、陳鑒、彭昱堯等多有往來。張凱嵩刻陳鑒詩後，逢楊繼榮從孫嘉甫客其幕，『久而得柳塘之詩』。本書所收楊繼榮詩文集《柳塘詩存》，一名《柳塘詩鈔》，凡十二葉，收詩文六十九首。

卷三卷端題『樧湖十子詩鈔卷四／存恕堂遺稿』，署『臨桂商書濬麓原』，版心鎸『麓原詩鈔卷三』。

商書濬，字麓原，廣西臨桂人，生卒年不詳，王拯云其與黃錫祖、曾克敬『皆未永』。張凱嵩輯刻之商書濬詩文集，得之王拯。卷末王拯跋語，略叙此事經過，云『同治丙寅（1866），僕再假歸桂林，開府江夏張公，時方鈔刻伯韓、小韋諸君之詩，暇輙及余論略，因出香圃此卷質之而並及於麓原、芷潭。麓原詩身後零落，存者不十一二三』。本書所收商書濬詩文集《存恕堂遺稿》，一名《麓原詩鈔》，凡八葉，收詩文四十首。

卷四卷端題『榕湖十子詩鈔卷四/芷潭詩遺』，署『平樂曾克敬躋堂』，版心鐫『芷潭詩鈔卷四』。

曾克敬，字躋堂，號芷潭，廣西平樂人，生卒年不詳。其詩文集得自王拯，王拯云〈芷潭詩〉『僅拾諸苔岑集中所刻之十餘篇，於向所見於龔子茂田所者但十一耳』。本書所收曾克敬詩文集《芷潭詩遺》，一名《芷潭詩鈔》，凡四葉，收詩文十一首。

卷五至卷九，卷端題『怡志堂初編』，署『桂林朱琦伯韓』，版心鐫『伯韓詩鈔』。

朱琦（1803—1861），字濂甫，號伯韓，廣西臨桂人。少篤學，『慕其鄉大學士陳宏謀之為人，思以學術勵當世，不矜躁進』。道光十一年（1831）舉人，十五年（1835）進士，授翰林院庶吉士，任翰林院編修，尋遷侍御史，性剛毅，屢上書論政，以直言敢諫與蘇廷魁、陳慶鏞並稱『諫垣三直』。道光二十六年（1846），辭官南歸，主講桂山孝廉書院。咸豐十一年（1861），入浙江巡撫王有齡幕府，以候選道員總理杭州團練局，後太平軍攻杭，朱琦督守清波門，城陷身死。朱琦以散文著稱，為『嶺西五大家』之一，著有《怡志堂詩初集》八卷、《怡志堂文初編》六卷，曾協助梁章鉅編校《三管英靈集》，生平具《清史稿》本傳。

本書所收朱琦詩文集《怡志堂初編》，一名《伯韓詩鈔》。張凱嵩輯刻《梽湖十子詩鈔》時，朱琦已於京師刻成《怡志堂詩初集》，遂由中擇詩文三百八十二首，釐為五卷。其中卷五凡十九葉，收詩文六十九首；卷六凡二十二葉，收詩文六十四首；卷七凡十二葉，收詩文六十五首；卷八凡二十葉，收詩文七十九首；卷九凡三十葉，收詩文一〇五首。

朱琦詩文，飽含感情，關心國事，頗富『詩史』特徵，尤以《詠古》十首、《戲掇東方朔傳為詩》、《感事》、《老兵歎》、《王剛節公家傳書後》、《狼兵收寧波失利書憤》、《吴淞老將歌》等為著。如《感事》、《老兵歎》，詳述鴉片戰爭過程，其人其事皆有據可查，并對其中一些人和事作了重點表現。

卷十至卷十一，卷端題『浣月山房詩稿』，署『臨桂龍啟瑞輯五』，版心鎸『翰臣詩鈔』。

龍啟瑞(1814—1858),字翰臣,一字輯五,廣西臨桂人。道光二十一年(1841)狀元,授翰林院修撰。二十三年(1843),出任順天鄉試同考官。二十四年(1844)充廣東鄉試同考官。二十七年(1847)提督湖北學政,其間撰《經籍舉要》,指導生徒讀書。咸豐六年(1856),授通政司副使、江西學政,次年遷江西布政使,卒於任。龍啟瑞以散文著稱,為『嶺西五大家』之一,有《經德堂詩文集》、《古韻通説》、《爾雅經注集證》等傳世。曾國藩評龍啟瑞『桂林天下秀,生才雅且毅。有美王(王拯)與龍(龍啟瑞),虎視令人畏』。

本書所收龍啟瑞詩文集《浣月山房詩稿》,一名《翰臣詩鈔》,收詩文八十六首,釐為二卷。其中卷十凡十八葉,收詩文五十八首;卷十一凡七葉,收詩文二十八首。

卷十二至卷十四卷端題『致翼堂遺稿』,署『平南彭昱堯子穆』,版心鐫『子穆詩鈔』。

彭昱堯(?—1851),初名畹蘭,一名蘭畹,字子穆,廣西平南人。道光二十年(1840)舉人,曾從國子監司業池生春受業，又從吕璜、梅曾亮習桐城派古文法，詩文『奔騰浩瀚有蘇洵、軾、轍父子之風』，為『嶺西五大家』之一，有《致翼堂文集》、《怡雲樓詩草》、《懺綺龕詞稿》等傳世。

本書所收彭昱堯詩文集《致翼堂遺稿》，一名《子穆詩鈔》，收詩文二百三十五首，附池生春詩二首，釐為三卷。其中卷十二凡十九葉，收詩文八十四首，附池生春詩二首；卷十三凡十八葉，收詩文五十七首；卷十四凡二十三葉，收詩文九十四首。

卷十五至卷十九卷端題『小廬詩存』，署『臨川李宗瀛季容』，版心鐫『小廬詩鈔』。

李宗瀛，字季容，一字小韋，生卒年不詳。祖籍江西臨川（今撫州），生於桂林，父李秉禮，兄李宗瀚，皆以詩文名世。父歿，『能讀父書，為詩乃不相襲，於伯韓、心薌、劍峰、蘭畹，故皆往來倡和。至黄香甫、趙澹仙者，又小韋客之尤著也』。

李宗瀛詩文集《小廬詩存》，一名《小廬詩鈔》，收詩文三百二十二首，釐為五卷。其中卷十五凡十二葉，收詩文三十二首；卷十六凡十六葉，收詩文四十三首；卷十七凡三十二葉，收詩文八十六首；卷十八凡二十三葉，收詩文九十二首；卷十九凡十八葉，收詩文六十九首，末附《小廬詩存序》。卷二十至卷二十一卷端題『麗則堂詩存』，署『南豐趙德湘澹仙』，版心鐫『澹仙詩鈔』。

趙德湘，字澹仙，清江西南豐人，生卒年不詳，張凱嵩序云其與黄錫祖為李宗瀛『客之尤著者』。其詩文集《麗澤堂詩存》，一名《澹仙詩鈔》，收詩文一百三十七首，釐為二卷。其中卷二十凡二十五葉，收詩文七十八首；卷二十一凡十三葉，收詩文五十九首。

卷二十二卷端題『杉湖十子詩鈔卷二十二/香圃詩遺』。署『漢陽黄錫祖香圃』，版心鐫『香圃詩鈔卷二十二』。

黄錫祖，字香圃，一字香甫，清湖北漢陽人。楊鍾羲《雪橋詩話全集》云『香圃久客粵西，為人掌書記，年三十餘卒』；卷末王拯跋云『僕於道光丙午(1846)假歸，重遇香圃桂林……香圃時已倦遊多病，與之别不數月遽死』。據此，黄錫祖當生於嘉慶末年，卒於道光二十六年(1846)前後。黄錫祖詩文集《香圃詩遺》，一名《香圃詩鈔》，凡十六葉，收詩文五十九首。

卷末有王拯跋，略叙其協助張凱嵩輯刻《樧湖十子詩鈔》經過。『香圃詩鈔一卷，僕於道光丙午假歸，重遇香圃桂林，所從借録者也。香圃時已倦遊多病，與之别不數月遽死，此卷藏之篋衍倏廿餘年。同治丙寅，僕再假歸桂林，開府江夏張公，時方鈔刻伯韓、小韋諸君之詩，暇輒及余論略，因出香圃此卷質之而並及於麓原、芷潭。麓原詩身後零落，存者不十二三；芷潭則僅拾諸苔岑集中所刻之十餘篇，於向所見於龔子茂田所者但十一耳。開府欣然彙而刻之，合諸伯韓、小韋諸君題曰樧湖十子詩鈔，以香圃年最少而為之殿，香圃有知，其將稍慰藉於九原。若麓原、芷潭者，吾知其不以此重輕顧後死者，亦以寄其不憀痛惜之意，然則開府此刻之意不亦盛哉。時在同治戊辰夏五馬平王拯識。』

王拯(1815—1876)，原名錫振，字少鶴，又字定甫，後因服膺宋代名臣包拯，改名為拯，清廣西馬平（今柳州）人。幼年失怙，賴姊撫養，十歲從塾師受四書五經，後應童子試，補縣學生員。道光二十一年（1841）進士，授户部主事，充軍機章京，尋遷户部郎中。咸豐間，由郎中累遷大理寺少卿。同治三年（1864），遷太常寺卿，署左副都御史，官通政司通政使。師從桐城文派梅曾亮，學為古文，與龍啟瑞、朱琦、邵懿辰等人往來密切，以散文著稱，為『嶺西五大家』之一。著有《龍壁山房文集》、《龍壁山房詩草》、《茂林秋雨詞》、《歸方評點史記合筆》等，生平事具《清史稿》本傳。

據卷首冠張凱嵩序，卷末王拯跋語云『以香圃年最少而為之殿』，觀所收『榕湖十子』詩文，似據十子生年之先後為序。張凱嵩以『他日考粵西文獻論詩教者必有取焉』而輯刻《榕湖十子詩鈔》，由秀峰書院、榕湖書院生徒襄助整理，『公餘又與王君芝庭、唐君仲方議及，此刻兩君贊助厥意尤殷』，後張凱嵩調任雲貴總督，起行在即，『行且有日，遂屬芝庭仲方襄成其事』，並得王拯提供商書濬、曾克敬、黄錫祖等人遺稿。據此可知，《榕湖十子詩鈔》之刊刻，實賴衆力。

《榕湖十子詩鈔》所收十子，或生於桂林，或長期在桂林任職，往來倡和間，遍遊桂林及附近山水，故詩文中不乏對桂林山水和詩人家鄉優美景色的描寫，較為集中地描寫了廣西獨特的風俗民情、自然風光和物產。『夫人才誠不擇地而生，然而山川磅礴之氣實鬱洩焉。故與其人才力必有相應而發見者。桂林、陽朔奇峰羅列，鑱天拔地，嶙峭萬狀，灕江天下之清，灘瀧數百，水石相激，雷輥雪歕以東之海。昔范致能謂此間隨地之一邱壑，使携吴中，足詫其人所未嘗見，誠不誣也。讀諸君詩，嶄然如見此邦山水之奇，使人幾不復憶壯遊五嶽，吁其勝哉！』

《榕湖十子詩鈔》中保留了衆多的文人倡和詩，為今天考察清代道光、咸豐、同治三朝粵西詩文之盛，清代晚期桐城古文派、高密詩派等對廣西詩人的影響，及廣西詩派的形成過程和特徵，提供了寶貴的文獻資料。

對於本次整理，有如下情況需特予説明：

本書商書濬《存恕堂遺稿》一卷，卷端題作『樹湖十子詩鈔卷四』，版心鐫『麓原詩鈔卷三』。查此卷前一卷卷端、版心俱作『卷二』，後一卷卷端、版心俱作『卷四』，故本卷卷端應題為『樹湖十子詩鈔卷三』，手民誤為『卷四』。

本書底本卷二十二缺第十七葉，從中山大學圖書館藏相同版本補入。

本書為讀者使用方便計，對所收録的古籍原書統一不作拼圖處理。

本書在編排上，除對原書中無内容的空白頁面統一作了删除外，不作其他改動。對原書流傳遞藏過程中形成的眉批、校語、藏書印鑒、藏書號等，全部予以保留。

對於古籍在傳承遞藏中客觀原因造成的濕、黴、蟲蛀等的情況，在技術許可條件下，儘量作了修補，以便利讀者的識讀。

馬豔超

槜湖十子詩鈔

同治戊辰

槜湖十子詩鈔

江夏張氏開雕

樾湖十子詩鈔序

余宦粤久知粤爲悉於粤士夫相知亦夥嘗歎粤中近數十年人文之盛而詩其尤著也遘時多事蹀躞風塵戎馬之間鮮能從容談議文事顧從諸賢往往得其槪焉方乾嘉間海内人文極盛之秋最後袁趙以詩鳴一時風靡子才名初起自桂林老復來遊時臨川李松甫郎中僑家於此門地頗盛子才來實主之然松甫爲詩宗陶韋又時有桂林朱小岑高咨李少鶴兩君子與松甫師友風尚頗遒粤人皆知朱李詩法之高於子才來初不甚倚之也朱李既往粤之詩人益多輩出尤莫盛於道光之初余來雖已不及其盛然猶得與朱

伯韓侍御龍翰臣學士遊兩君故時健者松甫之客零落久矣然如陳君心薌老猶健在官學博楊君柳塘年更老於心薌時亦尚存而汪劍峯曾芷潭彭蘭畹數君者又各以其孤傑雄奡之才兀律自起於粵詩人盛衰絕續之交松甫之子小韋能讀父書爲詩乃不相襲於伯韓心薌劍峯蘭畹故皆往來倡和至黃香甫趙澹仙者又小韋客之尤著也余既爲心薌刻其詩得伯韓翰臣兩遺集詩欲鈔刻之又以柳塘從孫嘉甫客余幕久而得柳塘之詩劍峰詩極自秘余亦曾延之幕爲子弟教授心饜其人久而亦知其詩先後鈔存所可慨者諸君往矣遺書經亂或存或亡余之鈔諸君詩雖未必

藉以傳於世然亦足使世之讀者於茲先睹可得其槪夫人才誠不擇地而生然而山川磅礴之氣實鬱洩焉故與其人性情才力必有相應而發見者桂林陽朔奇峰羅列鑱天拔地嶜崒萬狀灕江天下之清灘瀧數百水石相激雷輥雪歕以東之海昔范致能謂此閒隨地之一邱壑使攜吴中足詫其人所未嘗見誠不誣也讀諸君詩嶄然如見此邦山水之奇使人幾不復憶壯遊五嶽吁其勝哉夫粤人詩豈盡於此卽此數子亦不盡爲粤人然皆生長或老死於其閒如小韋澹仙雖僑家實粤産也故題之曰楙湖十子詩鈔其中獨伯韓詩曾一刻於京師所謂怡志堂初編者今卽其本擇尤勝

者爲若干首翰臣柳塘劍峰蘭畹小韋香甫澹仙集皆未刻或僅卽所見或撮抄其略都爲一集香甫詩得最後乃王定甫通政歸自京師所攜至者因又從得麓原芷潭兩家遺詩香甫籍漢陽距余里一江惜余來粵知其人未一見而遽已中歲殂麓原芷潭亦皆未永通政所攜皆昔假歸所鈔得者非全稿也丙寅歲暮余自邕管班師桂林粵事少定方於秀峯榕湖兩書院重與生徒稍理舊業又一疏陳彖州鄭小谷比部學行請敘於

朝爲國人式而以心䕷副之區區之心之所願望於粵人者夫豈有盡公餘又與王君芝庭唐君仲方議及此刻兩君贊

助厥意尤殷數月之間余乃奉督滇黔之
命行且有日遂屬芝庭仲方襄成其事豫爲敘其緣起於此
他日攷粵西文獻論詩教者必有取焉刋成寄余滇中讀之
依然如在桂林萬山之間暇與諸君樽酒談藝時也
同治六年丁卯夏五總督雲貴前撫粵使者江夏張凱嵩序

樾湖十子詩鈔卷一

沐日浴月盦集　　臨桂汪　運任之

雜詩

兒時覗青天謂僅高於屋徑欲借梯登星辰攜一掬長成始自笑神志太超忽忽忽廿餘年且插塵中足青天不可上兒時不可復翹首望穹窿青蒼還鬱鬱

到家

我學大鵬飛水擊三千里一路風兼濤送我還桑梓洶洶打船聲至今猶在耳三旬不見地由來地在此夜來庭下松騰喧胡不已幽夢乍驚覺猶疑卧蓬底

掃我讀書室開我貯書廚築我種花隖鑿我澆花渠朝來書叢中如與古人居暮來花叢中如對傾城姝宜何號我身書癖與花奴宜何號我屋書庫與花廬

游仙詩并序

少小好仙俗不吾賞採藥石林扶雲來往歸吟此歌

天風答響

泠然御風來漸入清虛天天影映衣裳葱葱翠色鮮仰視白玉京仙僚滿帝前掉頭去不屑隨意探雲烟惟與造物游不受簪纓纏大笑出天外洵是仙中仙

天公擲萬星淘向滄溟中一一擂青冥狀與蓮房同我欲摘

以餐芒角羅心胸咳唾落九天化作光熊熊一笑大多事徒驚羣倮蟲不如摘作錢天酒沽雲中
身老天地後心遊天地先天地自我出不愧稱眞仙傲睨紫府中狡獪諸少年鞭山驅雲雷誇奪造化權我識惹天笑未底亡中亡今者吾忘吾焉知坤與乾

春夜月下獨酌偶成

椀茗澄徹碧爐煙裊暗青花薫三徑月酒浸一杯星壯志憑看劍迂談聽說經時聞鄰塾講經醉來思跨鶴瑶島訪仙靈

松

峯頭何年樹長此葉森然月影不到地濤聲時在天往來深

蔭裡時有綠毛仙贈我如拳實餐之可大年

桃

芳源尋不誤望裡絳華新流水有仙意洞天藏古春一溪紅雨亂十里綺霞勻我欲花中住非關慕隱倫

道室

松子如拳篁十圍清風肅肅起岩扉濶雲漏入破窗濕山氣化爲絲雨飛移白石鐺承寶乳剪青蕉葉補秋衣千年老鶴具靈性從我休糧亦不肥

夜雨

讀罷陰符倦倚幃爐煙漸瘦燭花肥前溪夜半老龍出風雨

一牕愁劍飛

野人

野人野性猶如昨來向溪山步月歸夜久石床涼似水幾回夢繞白雲飛

題黃雲峯煉師道室在白龍洞

靈巖借得好棲眞元牝門中細問津鬼眼瞰丹青射臞鶴身向月立如人草當靜夜生靈𤇀烟散晴朝化綠塵吟罷祇愁龍出聽繞爐雷火欻如輪

俠客行

風檐前墮片瓦非片瓦乃客也仇頭一丳前擲仰天笑吾事

畢主伏地謝客恩客巳去杳無痕風騷騷雪擾擾漏沉沉人悄悄

白桃花

洗盡脂痕艷更加一枝皎皎倚風斜溪頭春過無紅雨洞口人歸有素霞小詠端應除綺靡相逢何敢憶繁華芳園景象殊清絶珠幕銀檐四面遮

眼底穠華不復存白雲遮徧武陵村十分冷落春風面一段輕盈夜月魂玉洞遥尋香有迹縞衣相映淡無痕前身姑射疑君是萬紫千紅未足論

琉璃窗外一枝舒露井雲臺總不如何幸此君依玉樹新來

彼美好瓊裾冰肌向日愁消釋霞暈經寒盡破除試看深潭千尺水漣番銀浪起徐徐
世外相遭象盡忘無言脉脉淡含芳五陵春色明如許二月輕陰冷不妨靧面最宜和白雪銷魂何必藉紅粧梅花雖未修能到也作瑤池第一香

春草

嫩綠柔香總可憐靈均應更著新篇人游郊外宜三月春到江南又一年是處亭臺經夜雨誰家門巷正新烟盡輪莫碾芳痕破要使青葱接遠天
南園新綠又離離茵毯平鋪欲待誰滿徑香泥停屐處一庭

細雨捲簾時尋迷洲渚無心拾春入池塘有夢知漫道長安
居不易古原送別早成詩

名臣

河岳鍾靈後風雲際會重老成勞擘畫大度慣包容退食書
千卷傳家笏一峯平生貧潁地早晚縛茆龍

名將

學得韜鈴就連年出塞頻三軍依若父羣虜拜如神睡去曾
爲虎功成早畫麟輕裘兼緩帶儒雅自存身

名士

豪放焉知老風流半似顛烟花宜作伴詩酒自稱仙不藉科

名力偏專著述權休嗤如畫餅姓字世偏傳

名妓

小小錢塘住師師汴水游烟花常二月兒女亦千秋天許生香國人爭識翠樓自矜聲價重豈愛錦纏頭

梅

一夜羅浮夢重尋失舊蹤風停兼雪霽月淡復烟濃天地有清氣神仙多玉容最宜流水外時與幾枝逢

鏡

軒轅遺物在閱世已千年明月不到處清光常自懸望中疑有路破後尚飛天一點晶瑩際非臺可證禪

題梁星舸印章譜

梁君星舸斯籀徒大小二篆隨意摹以鐵爲筆石爲紙格老堪將鐵石比集成印譜當著書雕虫篆刻聊自娛靈怪輻輳腕間集蛟龍鬱律函中趨駝頭龜紐工製作無怪片石同璠璵我聞古印皆銅製易以花乳始元季文從凹凸分陰陽範備方圓法天地君也雕蟠誠專精不數三氣兼八瓊自注三界寶錄上元君有三氣之章陸游入蜀記鍾離眞人命張天覺鐫八瓊洞主印佩之奇古宛肖禹碑字蒼堅突過漢鼎銘可備米家記秘玩可供李氏簃黃庭想當獨坐雕搜際一縷心思寸章寄恍然倉頡張四目手畫螭文親指示精能之至變化生豈僅區區限五字自注漢禮儀志武帝時印章皆限以

[illegible]山詩鈔卷一　三

五字君才本似補天石未得燕然勒功績胸中五嶽起難平聊剛桃花消永日譬如嵇康暇學鍛托興偶在爐錘術更羨君詩才富有洵屬鐫鑱造化手他日鋟成虹渚編自注星舸著有虹渚山房詩草銘鐘鑄鼎垂不朽

牡丹

洛陽城裡獨芳菲豔重粧濃氣力微占盡繁華仍不俗得來風韻轉宜肥一生只合居金谷半面何曾露錦幃曾向沉香亭畔立天姿是否敵環妃

題沈小帆香草美人圖

芊芷江蘺惹暮烟宓妃湘女擷神絃春風八詠樓頭坐讀到

離騷第幾篇

莊姜

四牡朱幩舊有輝終風何事逞狂威宮中未必皆螓首自是君王好綠衣

大雨

誰把瓌瑰歷亂揮傾河倒峽豈霏微半空疑有蛟龍鬥萬嶺全收虎豹威屋勢欲浮滄海去風聲還挾大松飛昆陽一戰留餘烈想見當年破敵圍

昭平峽

入峽復出峽孤篷殊宴然四圍山作岸十里水含烟潭黑蛟

龍聚林深虎豹眠何須經蜀道始似上青天

苔

片片垣衣舊絲絲石髮齊山房一夜雨緑過竹階西最愛花英綴還同草色迷試看斑點處文字訝誰題

舟夜偶成

村舂林外歇漁火渡頭過山遠隨雲盡江空得月多衾寒渾似水舟小只如窠恐警蛟龍睡詩成不敢哦

冬日過準提庵

竹外磬聲銷龕中烟篆歇空庵不見人鶴啄梅花雪

種花

禾黍無可賞競採桃李春可憐力耕者不及種花人

齊東昏

九子鈴聲替戾鳴梁臺夜月不勝情朝班競欲依諸鬼警卒居然喚阿兄綠酒價從宮內售金蓮花自步中生可憐閱武堂前柳烽燹曾經永壽兵

陳後主

擒虎兵來可奈何景陽宮裡擁干戈春風長護胭脂井夜月曾傳玉樹歌半世佛奴無福佑千秋學士有嫦娥可憐身入長安後始識觀音眷愛多

隋煬帝

不知狂魄醒何年故殿空餘鎖紫泉月色簫聲秋寂寞燕泥庭草恨纏綿樹前毛羽禽呈瑞宮裏眉粧女是仙殿脚三千猶未散楊花落盡李花姸

李後主

紅羅歌罷景凄涼書散澄心舊日堂天水有人鼾臥榻鍾峯無意作君王詩成咏扇徒貽誚藥賜牽機劇可傷春殿嫦娥魚貫列李後主句風流端合主鴛鴦

讀神仙傳戲題

如瓜大棗遇安期砂作黃金術炫奇方士竟登仙傳內信心不獨在當時

淮南欣遇八公來匆遽登天避伍雷伍被雷被告淮南王謀反天子使宗正治其獄未至八公謂王曰可以去矣此天之發遣王王若無此事日復一日未能去世也王乃與八公登山祭天訖卽白日昇天
舐鼎餘丹到雞犬成仙原不待仙材

菊影

騷魂亦自占風流滿地香痕散不收荇藻鋪來三逕月烟雲
畫出一籬秋形骸脱畧仍歸淡色相刪除倍覺幽誰爲淵明
傳小照居然醉魄此中留

戲題美人春繡圖

鄰家鬥草罷春日方悠長窗前背阿母私繡雙鴛鴦

戲題美人調鸚圖

粧罷憑欄立春風正扇和戲將郎小字故故教鸚哥

戲題鍾馗食鬼圖

陰雲塞天日光死新鬼煩寃故鬼喜是誰載得一車來被薜帶蘿形狀詭路旁人被揶揄笑室瞰高明作虛耗不惟燈下敢爭先時復梁間聞發嘯終南進士鬚怒張腰間寶劍寒生芒大聲一叱鬼膽破魑魅魍魎皆潛藏擒來大厲不須縛挟目刳肝供大嚼朝吞三百暮三千食鬼何曾輸尺郭鬼門塞處人門開自注見神異經黎邱何敢重為災老饕捫腹意殊快仰視天宇空陰霾

貧女

不把紅粧鬥誰憐翠袖單綠窗簾靜下風雨正春寒詩詠斯
飢慣爻占乃字難惟應空谷裡修竹共盤桓

槜湖十子詩鈔卷二

柳塘詩存　　山陰楊繼榮序𤄙

望棲霞龍隱諸巖

諸巖夙經探蘊奇巖腹裏石骨峙谽谺晦明各殊軼龍隱以顯勝棲霞以幽勝兹來殊缺然罙入疎投趾毋乃負山靈解嘲頁有以譬如久别人見面輒色喜肝膈所稔知寍煩頻測揣無恙古烟雲青蒼長覆被分張互標新變滅何窮已飛飛林鳥歸隱隱寺鐘起默感今昔懷夕陽閒徙倚

荒齋

小院荒涼我獨行齋中寂寞廢將迎閒堦寂歷數花落古徑

芊緜春草生薜荔牽簷風漸引蝸涎繞壁日中明莫嫌虛室無書史靜坐能令百慮清

村燈

蒼茫村逕黑燈火望中生落葉盡邊出短籬疎處明繁燐時亂影孤客且遄行垂燼更深淺荒鷄抵漏鳴

客燈

耿耿照無寐天涯伴此身長途風雨雪孤館影形神淚迸思鄉積花占得信眞飄蕭琴劍畔竟夜對牀陳

書燈

豈宜墻角棄每向夜分親萬卷雜堆案孤光寒照人星河斜

斷漏風雨獨吟身耐久交眞似憐渠共苦辛

舟燈

與波相上下秉燭且揚舲近閃眠莎鷺遥侵浴浪星懷人江渺渺中酒雨冥冥何處然湘竹漁歌落遠汀

題山莊夜歸圖

山居謝塵事偶出惟近尋暝隨烟際鳥攜杖還幽林新月吐巖鏬清輝照衣襟隣翁笑相迓燈火籬落深

海上

海上催寒信空齋風雨聲鄉書兼雁斷旅夢逐潮生重以松楸念淒其萍梗情躊躇迫殘歲羈滯感難平

寒食

海上禁烟節風光獨客思雨蒸嵐氣雜天釀暝寒垂春色梨花少鄉心杜宇知故山松柏路振觸又年時

聞角

何人吹角向斜陽一曲關山韻最長近海風聲增激楚憑闌雲氣忽蒼涼承平那用勞征戍久客難禁憶故鄉知有塞鴻無數起亂飛砂磧不成行

苦熱三首

火雲爞爞赤烏翥炎光低壓虛檐駐驅盡風威聲息無晝長但有蟬鳴樹科頭散髮爽意多林塘蕭洒客嘯歌君不見紅

苗壯士方荷戈衷甲汗漬沅江波
金流石爍勢未已赤日騰騰烈燄起瑟居一室斗樣寬如被
蒸炊深甑裏屏除塵慮神徜徉靜中心境生清涼君不見五
溪滛毒爭禁當鳶飛跕跕溪水黄
驕陽作意爭三伏初日熊熊暮霞燠廢寢忘餐困不支旬時
當令炎官酷匹如原在沃焦居優閒任運煩惱摅君不見農
田水車轆轤如官符火急催軍糈

大梁懷古

夷門何處莽榛蕪下士賢聲濁世無不礙竊符謀孌倖果然
郤敵出屠沽强秦蠶食威方熾六國雞連勢已孤義重救韓

輕保魏美人醕酒豈艮圖

吹臺何處接平臺曠代風流遞見推知己偶逢高李杜遭時甯數馬鄒枚聲名不藉王門重懷抱惟憑杯酒開興起後賢思復古登壇何李亦奇才

綱催花石劇紛紜轉瞬繁華委敵氛休恠金甌棄河汴早看玉斧劃燕雲留賢誰省陳東議雪恥徒回鄂國軍寒盡五更難再續七陵松柏只斜曛（宋太祖問國祚于陳摶答云寒盡五更頭取庚字之義）

孤城三面大河聲得氣蛟龍助戰爭風雅難追藩衛地滄桑徒感廢興情書堂墨飽波濤沒（周憲王有東書堂藏法帖）茂苑天香棘蔓生（周藩牡丹種冠汴中河決後無復存矣）誰唱誠齋新樂府夢華好與續東京

湞陽峽

石勢與篙爭篙篙觸石鳴風濤酣戰鬬巖壑亂陰晴雲自乘空逸舟從脫險輕世情吾飽閱對此轉心平

望英德諸山

一石一山骨峰峰削玉懸蒼寒逼春瘦翠潤與雲妍離屬長松逕瓏瓏小洞天亦思袍袖置休詡米公顛

零陵舟中

行舟無伴侶孤櫂溯溪津楚樹黯將夕湘流閒向人風霜寒信早砧杵暮愁新水宿投蘆渚漁家作比隣

舟中遣典

帆底雲垂葉舟前浪噴花爲窮溪窈窱不憚石槎枒奔涉情
殊倦烟波趣自賒祇貽鷗鳥笑浪跡似無家

浮湘六首

無風水涓涓不雨雲脉脉孤篷雲水間頻作浮湘客歲月追
衰遲山川倦行役亦知偃息佳二頃紆籌策寓目屬興閒扣
舷吟眺適清輝澹霏微流翠濕衽席奔涉感自今澄懷景猶
昔聊隨鷗鷺羣忘機永朝夕

夜共漁父宿曉行弄潺湲谿路無徑遂沿流知幾灣岍迴村
影出入望清襟顏茆茨數家住臨溪更依山松石互襟帶白
雲擁柴關想彼幽居者眠起羣徵間耕讀無塵雜漁樵相往

還擬結溪壑緣小築芟榛菅暇尋猿鶴伴幽隱窮追攀
舟人貪好風未曉一帆駛我亦愛探奇披衣常早起宿雲戀
高峰分映石齒齒飄忽受風吹霏霏蕩流水水雲合無垠瀰
漫勢千里豈惟畫圖幻俶詭非凡理象外無滯機詩家三昧
旨翛然洄溯間身世離塵滓
叢篁灑淚餘清怨雲和播嗣響起騷人吟魂魚腹裏湘水碧
熨羅湘山青錯磨但滋風日妍不惹鶯花涴岸瀾碧沙明天
空翠陰墮㕘㕘懷古心哀些何人和
暝霧忽不散蟾輝起虛明蕩搖碧流水的爍融光晶萬籟寂
艮夜雁鳧眠不驚忽疑超世界舟泛銀河行湘娥宛可接縹

緲雲霓旌逸韻鏘環珮眞香流杜蘅茫茫皓彩溢杳杳幽思縈

章甫昔居越懷刺漶莫投黃鵠一朝舉高飛鄂渚秋問程碧湘岸片席信夷猶浮湘此重來熟路新賞稠魚鳥識過客溪山供寘搜未知往此往行脚何時收卽此眷清景世途信悠悠

嶺南春落葉四首幷引

嶺南林木經冬不凋迨時値春深則新葉抽而舊葉隨脱雖濃陰仍遍會無露泫空條而殘籜爭飄亦復魂銷別路感物情之應候撫韶序以興懷四律偶成三秋同

慨

已是青青歷歲寒春宵却墜滿林丹三分𣚍旎垂雲密一片
凄迷帶雨殘新故各承天地意菀枯齊向戶庭看冶遊觸迕
悲秋賦策策爭鳴聽未安

樹頭誰識病離離憔悴俄驚已落枝總爲時新宜代謝宛同
人困費支持詩題流水春宮怨曲譜哀蟬盛日思攜酒聽鸝
明日去彫零應是昨來時

曾被東風長養過一年期準付銷磨卷舒有樣留裁剪解脫
無心賭綺羅堆逕痕遮芳草淺打窗聲雜落花多兒童莫共
輕塵掃待迸香泥補燕窩

到處層陰翠幄張就中榮落自分行相看露重紛低綠任是
霜輕亦隕黄暗接鶯巢憐蔭臥平添客感入春長炎陬不比
吳江冷芳樹重攀駐豔陽

賈太傅祠

陳書太息有遺聲祇遣長沙弔屈行絳灌何能陷年少君王
原不問蒼生時當有道才難盡身爲多憂命易傾寂寞荒祠
斜日下還如鵩鳥降庭鳴

桃花夫人石

楚宮已湮石未泐豔質芳心銷不得熒熒一片桃花色象牀
人起啼紅雨春風代謝誰爲主花自傾城石無語

冷水灘

是水皆疑冷兹灘獨占名性知炎熱避影共雪霜明白日忽
無色哀猿時有聲羌陬從旅涉砭骨亦心驚

全州道中 舊湘源縣

烟水蕩空綠依微帆有痕我行窮楚國此地識湘源楓落灘
千折猿啼月一村停橈遂幽賞終是愴羈魂

晚上祝融峯絕頂次壁間韻

積翠逼中天靈宫氣肅然蒼茫萬山抱前劣一峯懸泉石清
虚界松篁太古前暝寒留不得歸路躡飛烟

上封寺曉起三首

夜半飛雨聲錚錚鳴鐵瓦曉來天宇清雲氣浩如瀉

下山雲在天上山雲在地身爲雲裏人眠起踢空翠

夜來和雲宿四壁尙餘濕曉起不逢人飛雲又來入

下南天門回望祝融峯

下方常見日上界不開雲詄蕩天門迥寒喧岳路分行縢黏積翠風磴襲靈氛帝座一回望松泉猶可聞

上元泊河口

一滴西江水風吹萬里船桅燈晴賽月野碓暮舂烟爐火家旺市廛門外各設巨爐謂之旺火門單處處傳龍燈無數挨戶分紅單斂錢買燭入夜則金鼓喧雜填街溢巷長途無歷日不復憶新年

種竹

不栽花柳多栽竹綠蔭山窗暑不知春雨秋烟看更好風清月白又相宜

憶江南

萬山中有鷓鴣啼烟雨春酣苦竹迷正憶江南行路遠聲聲相送板橋西

觀瀑

竹杖撥雲開中天瀑布來雲邊飛霹靂天外走春雷萬壑樹聲滿千峯日色催廬山清絕地臨眺獨徘徊

遊李比部五丈池館

客舍常相近相過無定期風前衣帶緩花底帽簷欹碧蘚生幽砌朱闌護小池忽聞鸚䳇語又被主人知
英德峯頭石移來壯此園曉光明黛色雲氣滿苔痕頓助林泉趣渾忘城市喧知君逢米老欣賞不須論
曲徑多芳草茸茸襯屐肥茶烟穿竹盡琴韻隔花微魚隱藻絲動鳥銜榆莢飛我來因問字偶坐亦忘機
吾丈今詩伯圖書古鄴侯龍門欣有託盤谷許同遊檜果時還落軒雲廠不收頻來清興熟臨別尚綢繆

鷓鴣詞

相呼相喚伴斜暉懊惱春深勸客歸勸盡行人行不得如何

先自向南飛

獨秀峯下有顏延之讀書巖

孤峯無倚傍卓然自超羣地湧蒼根出天將翠靄分曠懷淩去鳥高步躡飛雲郄訪讀書處空巖背夕曛

遊棲霞寺

東江門俗呼水東門外路古寺訪棲霞鐘徹溪雲冷樓空山雨斜僧來翻貝葉人自向曇花不解眞如諦敖遊逸興賒

昭江夜泊

灘聲聽不休作意撼孤舟夜月翻清影天風鼓怒流燈前羣鷺警烟外亂山浮生計漁人穩宵更偭泳游

觀陽朔諸山

灘路彎環入奇峯錯雜來天風吹晚翠無數碧蓮開峭逼秋光瘦森排瘴氣回舟行不嫌緩觸景句初裁

聞猿

星明雲暗泊沙溪水宿蒼茫五嶺西拍枕灘聲已愁絶斷崖何况復猿啼

棲霞寺二首

幽情隔市闤黄葉映蒼山忽聽經聲出禪扉深翠間泉鳴空谷静僧語一龕閑爲愛塵氛絶烟霞數往還

寺當蒼靄集僧共白雲棲落葉無人徑寒林自鳥啼憑虚窮

碧落聽月接丹梯洞壑坐幽絕諸天景不迷

晚晴喜友人見過

閉門曾不掃蒼苔屐齒長封綠作堆積雨人如雲共宿晚晴客與月俱來螢光熠熠投書幌花氣微微泛酒盃始信幽居塵事少袖中詩句見新裁

江上晚泊

落帆秋色近昏黃漁舍參差接稻莊新月出天無閒照好風臨水有微涼相依沙鳥舟邊侶如畫烟波客裏鄉定識今宵清夢穩又逢清景一徜徉

高門石獅行

塊然頑石徒臃腫豖就狻猊屹不動蹲夷相向傍高門若慶遭逢若矜寵主人富貴時有之此曹招致將何爲猛虎之威狐可假附炎得氣俱如斯塗飾民膏壯形貌靈竅未通徒桀驁得非當路臥老罷儼比天門守雄豹䶵惔猙獰誰敢捫其質雖賤其體尊腰腹罷然揣何欲張眸鉤爪工鯨吞生公虎邱石點頭大士化城獅易性如渠感動無所施直訝天工別賦命賦命獨別當奈何高門所見何其多

旅夜

湘雁杳不至嶺猿寒更清孤燈聽暸雨人在桂林城重以故鄉感兼之岐路情躊躇身世事祇是負平生

有感

落葉空階響疑君步屧聲明知判今古宛若見生平半榻燭花炧一簾霜月清年時此酬對那得便忘情

大溡江道中得深字

一線灘源下澄泓瀉碧潯烟波浮櫂淺松竹護村深聽雁辭湘渚看山到桂林奔馳成底事秪自付閒吟

欲雪

欲雪未成雪晨朝如暝天風聲喧竹樹巖翠冷雲烟桂嶺獨爲客剡溪何處邊寒輝入清夢長負子猷船

中秋玩月

銀河斜瀉碧團圞秋淨天高玉宇寬一歲月憐今夜好廿年
人在異鄉看當頭依舊蟾輝滿照影惟增鶴髮寒風露蕭蕭
棲鵲寂尚躭清況獨憑闌

索居

索居歲月任蹉跎清景娛人足詠歌微雨歇時芳草綠夕陽
明處好山多到門不礙鷗鳧擾謝客曾無車馬過惟有素心
堪共賞相期早晚住烟蘿

昭平早發

岈樹烏猶宿行人推枕先荒烟蕩流水殘月在高天野色清
如此江程去渺然朝霞雜嵐翠漸向小窗姸

春暮感興

飄蕩行踪類轉蓬，稻粱敢說雁謀工。參軍到處通蠻語，詞客從來慕楚風。家並天涯殘夢裏，人隨春老落花中。一聲鶗鴂三更雨，暗送韶華灃水東。

鐘聲

三千界內塵迷夢，百八聲來縹緲鐘。夜靜微聞孤鶴警，寺深寒出白雲封。帶霜流處天如水，侵曉殘時月幾峰。到耳春容聽不盡，消磨萬感道心濃。

杜門

竟日杜門居，閑庭少人跡。寒燈伴夜吟，蟋蟀爲殘客。樹罨短

簷深烟侵荒徑白滯淫歲復遒羈思空如積

槜湖十子詩鈔卷四

存恕堂遺稿　　臨桂商書濬麓原

晨起望寶積山

侵晨不能寐起即對寒峰林杪露山寺上方聞曙鐘晴嵐和露滴古洞倩雲封遙憶遠公座携琴欲過從

黃小坡招飲芙蓉池館

掃徑勤邀客幽亭曲折通樹留深院碧花駐晚秋紅月上停杯後詩成剪燭中夜闌人共醉歸路嘯松風

苦雨

寒雨忽難任江天不肯晴晚雲飛夢冷春草接愁生酒熟頻

逢戊花殘未遇庚小園尤寂寞鎮日不聞鶯

喜晴

風捲連宵雨雲陰曉復開泉聲分磵落山翠壓檐來竹缺留雲補花穠引蝶迴客無楊伯起誰與共銜杯謂芝樵兄

喜見芝樵復別

新涼人意健徙倚向黄昏虛籟秋生樹閒雲客到門燈闌愁近曙情至轉無言日出城西路籃輿又遠村

答勞雲岑

君不見衡山突兀撑青天祝融紫蓋相鈎連長江西來急如箭倒影欲動蒼松巔馮夷跳波老蛟舞凌風欲往徒茫然忽

傳雲中雙白鶴徘徊南戲蒼梧煙前年初逢楊伯起神寒骨
冷凝秋水酒酣掀髯爲我歌風塵自古無知己蒼鷹蟠空黃
鵠舉我有高陽舊儔侶意氣關中敵灌夫風流白下傳張緒
尋君愁無千里車雁足忽墮空中書雲山蒼茫未識面其意
已重千明珠如公古道那可得肝膽輪囷天地窄詩成十幅
青琅玕筆勢翩翩最奇特調苦如彈瑤瑟哀神清欲奪灘江
碧聲氣全憑一紙通精神不礙千峰隔五更喚夢愁天雞摩
空願借仙禽翼聞道明年銀牓開蟄龍忽欲驚春雷白淚如
山渡江去問君挂席何時回桂嶺峰寒客難到丹楓黃菊新
詩料何當直約松陽生洪崖拍肩同一笑

仲穆以星橋山人墨竹索題因成一律

縹緲茶烟隔院輕湘簾不捲簟紋平斜陽四壁影先到秋雨一燈寒有聲風骨如何同我瘦軒窻都愛此君清涼風吹透闌干曲翠袖娉婷倚不成

秋暮野望

容與平田路松陰轉石梁雲留一峰碧葉捲半村黃有笛先迎月無衣早警涼遥憐江雁影萬里度瀟湘

馮耘搽新婚後謁選入都置酒餞别

畫眉啼烟曉窻碧沉沉影落秋千月灞岸楊花送玉珂旗亭風笛催行客昨宵明鏡開雙鸞欲寫蛾眉放筆難張敞毫端

春未了忽聞謁選上長安晴雲半脱灘江樹過江便隔銀河路蝴蜨安知春夢遥一帆烟月隨君去别館張燈聽豔歌娉婷燕趙舊青娥若教唱到迴波曲翻悔尊前樂事多聞君少年擅才藻識君何遲别君早邸吏知迎黃綬尊客懷未肯青衫老酒盡相看氣益振乘時要各舒經綸折梅詩寄千峰雪附雁書傳五朶雲離絃暗促鶯鶯柱鴉軋春江動柔櫓江流可改盟不移斜陽聽我花前語

贈楊松濤外弟

彈鋏誰憐爾知心獨有余愁眠懶中散消瘦病相如筆健臨新帖家貧賸舊書高堂缺珍膳未可賦閒居

棲霞寺題壁

行行蒼翠合松色淨塵容坐石僧無語冲煙鶴有蹤燈明盧殿梵日出半山鐘即此得眞趣何心萬戶封

秋夜書懷

向晚蟲聲起蕭然對短釭風生秋在樹木落月當窗世味書能淡窮愁酒莫降江東羅秀士空有筆如杠

木龍洞作

山勢壓城斷崎崟路忽通何年劈太華此地郎蠶叢峰缺露危堞谷深迴勁風徘徊臨古渡塔影下恩恩

送友人朱松園遊幕

男兒須乘長風遊瞬息萬里淩滄洲生不逢時亦已矣谿山放浪營糟邱人生進退本綽綽安能與世爲沉浮羡君奇氣不可遏意欲一蹴江倒流萬卷撐腸神奕奕千言落紙風颷颷竜畫家山歸不得扶犁未遂行荒陬讀書不成還讀律覆盆冀釋蒼生憂天衢不得扶雲上幕府何妨借箸籌景行當年泛綠水王珣異日稱黑頭操觚一字決生死揮麈長嘯輕王侯腹有詩書卽經濟蟲魚何事窮雕鎪我亦讀書不得志青巾束縛如纍囚霜鴻于飛羽肅肅稻粱且學隨陽謀湖上青山如可買狂吟爛醉將何求

戊子十月二十七日寓居湖樓隣廟被火戲筆答友人

問

屋角啼妖鳥譆譆來告凶水星忽避舍餤餤飛祝融連甍複閣排山倒火龍百萬騰虛空天鼓震動聲隆隆濃烟突起水雲黑半天翻作殘霞紅但聞號呼動林木又見奔竄迷西東富家歌舞猶未終譁然驚散肉屏風左顧金珠如列肆右顧倉積皆崇墉口宣佛號頭搶地顏色慘沮形龍鍾小子徐起挾書走敝衾委如墮甑同焚爇憑怒皆股栗富者駭遽貧從容天公待我亦良厚何爲蹙額悲終窮

題桃花扇傳奇

中原北望盡烽塵如此江山宸愴神忍說夷門舊公子香樓

占斷秣陵春
揭帖何嫌太激昂蛾眉猶恥佩明璫奄兒縱附東林社未必
江南不戰場
江左誰撑半壁天金陵極目倍悽然中興南內傳新政樂府
先翻燕子箋
鼙鼓聲聲白下門渡江戰士若雲屯可憐金粉汚腥血誰似
桃花扇上痕
刁斗森嚴虎帳開西風落日角聲哀梅花嶺上衣冠古遺恨
千秋少將才
六朝送盡又南朝煙水蒼茫半里橋若問秦淮好風景不堪

往事說漁樵

觀段春堂畫魚

四壁淨如拭簾紋漾晨曦但覺好風來素練生漣漪丹青誰擅寫生手脫腕游鱗躍清瀏赤鯉暴顋鱖魚肥見人便欲揚鰭走滄茫暮色江含煙泳游在藻潛在淵老蟾推波夜潮起鯨魚拔浪鯤鵬騫乘風頃刻觀變化豈能鬱鬱安微涓禹門突兀三千丈問爾何時排銀浪我亦頻遭點額回江湖不復能相忘對此如讀秋水篇使我心在濠梁上

秦淮雜詠

南朝樂部早逃名瞥眼淮南又用兵寫就法華經數卷煙花

一枕夢初醒卞玉京

故國歸來別恨深幾回歌舞幾霑襟冦家姊妹都如玉俠氣輸他薄萬金冦白門

洗桐拭竹是儂家翡翠熏簾日易斜寒菜一畦人已去空勞清夢到梅花李湘眞

阿儂生小住吳門茅屋疎籬自一村嫁得風流好夫壻琴囊詩卷弔香魂董青蓮

感事詩成春夢婆故宮門外落花多不堪往事談天寶丁字簾前自教歌鄭妥娘

角聲吹斷陣雲愁不是將軍也斷頭今日蛾眉能抗節蕭郎

錯認是温柔葛蕋芳

霞裳六幅繪山河回憶迷樓感慨多莫道侯門深似海吳綾到處署横波顧眉生

風流不學舊琵琶一曲離鸞只自嗟忍見王郎家巳破誰憐零落向天涯頓小文

景州道中

熟梅時節雨晴初一路香塵走傳車麥氣浮來平野潤枳花開出短籬疎暫消鄉思傾新釀欲典征衫買異書指點雲林蒼莽外故園風景近何如

曉發茌平

野店聞雞唱車前又鐸聲樓臺分曙色燈火戀殘更遠樹疑
煙潨疎鐘得露清一年花事了四月未聞鶯

途中即事

我行履南畝大麥時已黃老農欣有托遊子思故鄉樹色媚
晨潤溪聲生午涼相思在灘水片颿明夕陽

八月十五夜月下踏歌效嶧山碑體

鴻濛夜氣壓山低淪漣風定星一溪管絃吹徹碧雲裏百萬
金蛇騰浪起老蟾吐月涼于水晶簾却下生寒波醉倚胡牀
看太阿我欲淬之向明河淩風羨煞逼仙籍天宮未肯容狂
魄不然青蓮何遭謫何如深夜泛湖船長篙擊動蛟龍淵廣

陵洪濤落眼前恣遊不覺蓮漏永闌干北斗橫清耿風露一
身卧松影

秋燕四首

遨遊京國計全非王謝堂前舊侶稀絮語梁間猶剌剌離情
江上轉依依小樓欲雨尋春過深巷無人帶月飛雲水萬重
須道遠長安雖好不如歸

西風斜日客天涯何事差池去復回楊柳應憐舊門巷梧桐
空寄好樓臺半簾涼月同清冷一路秋山獨往來猶自呢喃
聽未了誰知懊惱別心灰

烏衣何處是家鄉衰草迷離塞路荒不禁春江思舊雨那堪

秋水傍斜陽關心簾箔身如寄瞥眼鶯花夢易涼自顧紅襟
毛羽儆問儂底事一生忙
曾記斜飛萬綠新無端振觸也傷春歸來村路悲黃葉夢入
江洲冷白蘋搖落情深緣作客炎涼閱盡柰依人海梁瑇瑁
雙棲穩不向繁華踏軟塵

嘲蝨

披襟憐鶴瘦爪甲尙餘痕厭汝頻生蟣嗤余類處褌憎寒慵
澡浴對客愧搔捫無縫天衣好還當丐帝孫

水月洞作

深谷嗜幽僻到此如坐忘雲氣偪山瘦灘聲戰雨涼片帆隱

林杪孤樹倚漁莊馴愛鸕鷀性怡然雲水鄉

楙湖十子詩鈔卷四

芷潭詩遺

平樂曾克敬躋堂

登湘山寺浮圖絕頂

海風獵獵雁羣忙吹落松雲入蕙纕山勢南來開百粤江流北走匯三湘中天珮引遊仙馭下界鐘鳴選佛場手把芙蓉叩眞訣浮生合噉紫霞漿

雨後

林烟疎欲斷新綠擁成村古屋臨春澗桃花流到門地如栗里僻民有葛天存遥羨持竿叟無言坐石根

連日陰晦泊大宜渡

野色墮蒼莽扁舟湘浦西雲如春夢嬾天向客頭低水氣寒
生枕炊痕燹一谿關山正綿杳愁絕暮蝯啼

二月望夕由湘陰入湖南風大作乘月夜泛詰朝過洞
庭君廟亭午巳出巴陵口長歌紀之

我聞洞庭四萬八千頃東控彭蠡西黔髳噓吸眾流張巨浸
飛湍怒擊巴雲高禹功疏鑿迹已杳晦明往往神霧朝揭從
湘源濫觴來溴瀏洣瀧記所遭昨下湘陰望湖口九江汨沒
隨洪濤長風吹月半天紫倒影星河入湖底舳艫銜尾蔽空
行怒帆亂颭檣烏起浪頭坌湧摧如山踏破晶宮駭龍子蒼
雲欲裂開參差江妃瑟紘風間之翠旂孔蓋倏隱見繎繎魚

塍來何遲老仙撅笛侑我酒鮫人出舞夜闌後梦跨蒼虬從帝遊張樂爲言咸池奏金銀臺闕何崔嵬羲和叱馭鞭若雷茫然一覺曉霧霽五光十色重霄開曈曈日氣射湖濕迴視大地無纖埃天長鳥飛疑不到神鴉萬點胡來哉舟人初指洞庭廟白酒黃雞事祈禱拜舞迎神曲未終靈香散作朝烟梟眾舡欲泊不得停瞠視無語心魂驚有如萬騎絕大漠啣枚疾走唯行聲冰戈鐵槊森在耳轉帆忽斷君山青須臾出險眾相賀吳歈楚些喧巴陵我亦舉杯快奇遇胸中芥蔕消何處却望岳陽下泊千艨艟烟波渀沆愁南去

湘中絃

洞庭月出波含烟霓衣霞珮來姍姍紅冰淚濕綠雲下憾過
湘流入紘寫鮫人啼血龍女愁洪濤雪捲君山秋曲終心飛
翠華遶海枯石爛心不轉

黃河曉渡

霜清聞畫角客枕落黃河日射搏桑曉星流碣石多懸堤奔
渴馬濁泿駕橫鼉欲泝蒲昌海滔滔九折波

出都言懷三首

挂壁一長劍頻聞龍吼聲風塵聊拂拭星斗忽縱橫士可輕
彈鋏時方謝請纓崆峒吾欲倚休更向人鳴
十年說經濟羸得素衣塵敢幸存儀舌猶宜惜政身浮名餘

儆刺旅食厭勞薪此日論行止吾方愧古人

祿養嗟無術游踪遠亦非誰云毛義檄能敵老萊衣烏烏暮相警白雲秋更飛寄書知達否昨夜夢先歸

放舟

昨宵風雨溪頭泊紅杏當樓柳拂堤春夢曉來無覓處片帆遥指亂峰西

戒酒

我性嗜醋醪泥飲輙濡首瞢騰長日夜身亦非我有放言敢狂悖拍案膽如斗大呼死便埋荷鍤迷卯酉頹然殊不禁烏烏還擊缶無端亂歌泣終夜勞我婦須臾聞雞唱朝旭射窗

牖似聞老母聲淪茗挾下走宿醒頓茫然整衣起見母母曰我有語兒宜終身守汝父爲杯杓以致促年壽汝豈復自縱鐺瓢不離手汝生甫六齡父骨歸山阜柰何年甫冠乃欲隱於酒所學竟如斯空言垂不朽汝父死苦早失教誰之咎汝今聽我言一杯勿入口氣清自淵穆神靜易抖擻庶幾對賢聖蘊釀日深厚又若汝弟少遇事宜汝誘倘亦效汝態何以訓其後立身須及早去惡如去莠家門望汝賢挂體或絓綬如何肆沈湎日以戕杞柳我聞此語畢勝聽蒲牢吼長跽謝母前吞聲泣霑袖

按此戒酒詩乃龔茂田一貞作也刻苔岑集中與芷潭詩相次傳錄者混焉今苔岑集板本既失而茂田詩亦無他

存者鈔芷潭詩仍附其後弗忍棄旃即芷潭詩亦僅若岑
集中所刻曩從茂田所得見其手稿一冊篇什尚富今皆
遺亡不可尋
矣定甫記

㭼湖十子詩鈔卷五

怡志堂初編　　桂林朱琦伯韓

述訓

我家萬山中繞郭粲林麓灕水從東來峯巒互起伏獨秀尤奇崛石竇闢寒綠我祖耽邱樊傍此結茅屋荒田餘十畝昕夕缺饘粥負米溷城市折閱較斗斛冬夜寒無褌生事日迫蹙赤骨耐艱苦僻性蒔花竹饑腸詩共鍛敝巾酒可漉親友日夜疏鍵戸少剝啄阿翁時在沂講席萃英淑六載棲琅琊倦鳥歸何速我祖六十餘婆娑鬢毛禿植杖方倚閭相見淚盈目我父拜堂下征塵未暇撲挐我問起居擕我呼伯叔我

弟抱在膝挽鬢笑相掬我母赴厨下椒酒進醽醁雜沓疑夢寐歡聲動鄰曲迴思吳楚間歸帆駕舳艫大江多烈風溽暑蒸亭毒呑舟避蛟鰐射影愁魍魎負行邛邛鴻羽鎩翩翩侵尋二十載迴腸轉轆轆少小多苦辛南北恒僕僕猶記趨庭時授經就黨塾阿翁方從宦宰濬作民牧嘉慶癸酉秋滑寇起馳逐白旗蔽山岡赤子血箭鏃所仗惟孤忠幸未罹慘酷承平今已久下車重踖踧呼兒跽庭前敞書陳一簏貽謀無多言兩字耕與讀至道在日用如布帛粟菽百篇孝弟歌勉勉繼前躅

詠古十首

子壽抱金鏡風度孰可方執法誅祿兒亂源思預防時危道不直白羽爲悲傷丹橘委歲寒孤桐懍秋霜鬱鬱感遇詩褎然冠三唐陵轢務高蹈並駕獨子昂嶺嶠有正聲千載永相望

杜陵有遺老乃是稷契人致君必堯舜風俗可再淳廣厦構萬間所謀非一身望帝託杜鵑感憤悲塡膺煌煌三大禮郊廟實式憑惜哉老布衣僅以詩人稱

昌黎好薦士如饑渴飲食同時郊島輩槁餓待扶植紹述雖異趨推轂一何亟古人性情厚持論少谿刻嗜善非爲名義在求自得李杜去未遠追逐無遺力愛古不薄今掩卷爲太

息
少時學爲詩酷嗜秦中吟樂府百餘篇夢寐相追尋風騷義
少劣漢魏實浸淫元相昔並稱箏琶異青琴紛紛牛李黨傾
軋爭崎嶔公獨務怡退抱道甘陸沈出處兩不愧終始無異
心老嫗奚足云語淺意自深
時俗競豪宕滄語每不喜栗里寂無人蘇州乃繼起郎事樂
名教孤賞滌塵滓林樾藹已綠迴塘泛春水郡閤時無事羣
彥盛文史風雨海上來燕寢抱深恥睠言歸西齋養痾臥田
里百年老且壽陶然味玆理
我家榕城西畛壤接柳州柳侯昔謫此羅池懷舊遊蠻荒地

若瘠子女聲吚嗄質錢沒奴婢獠俗變澆偷蛟龍屈冉溪雲雨興遐陬豈惟雄文章政事一何優獨惜少年時銳進昧始謀三復孟容書才人爲涕流

岷江奔激湍大峩陟飛磴子瞻本詩老笠屐快遊興憶昔紹聖初孽奸方骫政磨蝎何多厄恃此道力定四海一子由相倚若性命晚偕幼子過儋耳造幽敻艱難自著書和陶以天勝

宋詩從韓出歐梅頗深造荆公獨峭折硬語自陵踔詩教根性情觀人殊靜躁湖陰坐吟賞於我亦私好文字豈能廢經世未知要兵論無一諧畫虎微含誚禹稷讀何書望古發悲

嘯

涪翁內外編銳意藥甜熟明月作寒鑑高詠齊玉局江梅證

氣味演雅寓感觸平生奉母心友愛性敦篤作堂名怡偲結

寮傍槁木西風吹棘道淚灑古藤絲憂國挺大節如公信不

俗

晦菴昔論詩南渡首放翁萬樹寒梅花團扇誇吳中壯年志

功業邊雪淒朔風中原誤和議仗劍思從戎斗酒換西涼一

笑千觴空南園偶作記規諷何從容淒涼綿州詩異代符孤

忠

白嶽

白嶽雄西方翠色九千丈其上接銀河其下藏罔象朶朶青芙蓉欲視不敢仰玉女粲然笑攜來九節杖雲深衣袂隔但聞環珮響明星徒睒睒絕頂無人上排雲叫青冥設想吾其儻

遊大伾謁禹廟

荒祠雲黑蝙蝠飛古柏溜雨根十圍巋然廟貌隆崔嵬當年神禹勞刊隨東過洛汭至大伾明德遠矣思山樏丹柱歛葩紛撐楮欑羅戢𦉘蟠芝栭神姦圖繪驅㦬倛澗花瑤草紛離披忽開異境西山厓跰躃佛腳皺苔衣以首仰天拂長眉顚頞凹面決睽睢𧽜䞶竊出銜其髭塔上一鈴將語誰道旁穹

隆多大碑鞲風拔木聲何悲盧畊蟻蠓委塵灰王越折箠功
烈毋就中新建英名垂手擒逆濠奠艱危登高縱筆忽一揮
字大如斗形摹奇波工椎冰手裂龜墨虹看擣萬轂皮青壇
回首忽嘘欷指示戰壘環城陴疇昔毀亂經亂離滑臺喋血
無孑遺孤忠捍衛勤指撝幸脫虎口神扶持骨肉重聚歡不
支老親髮白形神疲趨走末吏遭詆諆痛定思痛那可追松
楸策策搖夕暉浮邱拂袖猶依稀洪河東徙故道迷步下山
門立荒陂危崖躑躅浮雲齊

答陳東橋

古人曠不見來者誰與偶欲溯正始音惜生千載後風騷去

已遠六義病雜糅後生獵浮名持論不忠厚往往據壇坫抗顏肆擊掊江河勢日下那能障鎛漏斯道懽中絕穿石引微溜寥寥君子心高誼亢獨守衆譽競苟得眞賞貴不朽感子意深長殷勤獻杯酒

潔安河

我行至潔安夾道聞傳呼云是奉使官馳驛旋京都寒風卷飛旆獸炭然香爐執戟爲前導輜重載後車中有朝貴人蜂擁而雲趨縣官接道左觀者塡路衢行館供帳盛肴錯盈庖廚僕從恣飲啖食飽棄其餘使者一日費閭閻十戶租庶幾勤軫恤采輯風俗書疾苦達天聰此行將不虛

過大梁與李生紹庭話舊

大河東去接冥濛牧澤青陵有路通慘慘啼烏梁苑月蕭蕭落木吹臺風悲歌我自懷放叔憔悴人疑是禿翁猶記城西舊遊處孤燈夜雨滴疎桐

道經河北客問當時守濬事爲述其畧

李逆昔搆釁妖星纏角芒識微防亂源保甲編黎陽黎陽歲苦饑赤地多蝻蝗民掘草根食雜之以秕糠賑濟若未周鄰邑連巖疆揭竿誘爲盜奪獄忽鴟張滑臺火不息驚聞縣官戕蠟九至濬郊四境紛倉黃先公晉犒起泣諭達政堂百姓爾無畏嬰城與存亡飛符募丁壯傾橐爲餱糧戈楯出庫兵

樓櫓踏曉霜紳耆署爲長什伍排册當部分僅俄頃哭至奔
犬羊白旗互伍嶺呼噪浮邱岡西斷巨橋水東窺李密倉惟
時癸酉秋紫霧横蒼蒼祖姥方卧病變色欷匡牀阿母仰天
泣誓死古井旁予時甫十歲奮臂登陴望弱弟僅七齡急起
走且僵當官義不顧袴褶何昂藏防身一豹鞭健兒列兩行
先取守禦完睥睨嚴巡防次將内奸鋤亦未多殺傷腥風卷
虎牙吹角聲蒼涼赤布裂萬幟巨礮崩雷硠横戈十七日鏖
戰天無光我軍據勝算撫背搤其吭董丞及徐尉控御西北
方火攻率營伍儒將推兩王縣丞董敏善典史徐松齡教諭王三畏把總王起祿周守各控
一門憑仗　天子威掃除豺與狼市人驅之戰披靡莫敢

當賊計無所施芻茭掠荒莊婦孺爲所虜雞犬驚走翔亟令
團鄉勇守望相保障羽書飛告警總統天威揚解圍不需時
電掃收欃槍　帝嘉守城功晉秩襃煌煌禦侮乃臣職
敢云銘旗常善後釐撫輯枯骨埋北邙功成身亦退宦海觀
滄桑沈淪枳棘地返駕驂鸞凰父老思庸功肖像虔祼將磨
厓銘峴山遺愛懷桐鄉奄忽廿餘載賤子難具詳哀哀述事
詩聽者涕沾裳

范將軍輓歌

桓桓范將軍厥名曰雲龍十三學擊劍十五彎強弓三十投
柳江奮臂思從戎少年本無賴失路嗟英雄饑虎號寒林倦

馬嘶北風鬱鬱行伍間自分甘長終俄聞黔苗叛犵獠忽內
訌白晝出殺人獝捷如猱狨割據盤山巔煽動連巴賨　帝
聞赫斯怒爰命威勇公建纛來南方掃盪湖以東摻兵簡車
乘壯士爭相從遊擊秦艮臣領隊當前鋒君時隸麾下躍馬
持長戟大呼山爲摧聳身登危嬰生擒巨酋歸馳下厓百重
勣侯愛其勇薦剡列首功授君以陣圖勖君以樸忠始爲百
夫長威却千羆熊乘勝復乾州芭葉齊進攻蛇巢負險固竹
箐環深叢我軍不獲入仰首當其衝督師福康安憂思積恍
惚誰能獻奇策爲我殲羣兇君乃踞帳前叱聲驚霆靂曰余
敢殺賊黑夜乘昏蒙舉火焚其穴伏兵起相掀賊亂自爭刃

犇潰聲訩訩卷旆復窮追金鐵交錚鏦飛礮震巖谷頹雲壓
犇棋鯨鯢無漏網豕狠囚轂轊奏凱當轅門毛髮青鬖鬖左
手持人頭右手執戈戟不避矢石傷流血被體紅元戎爲解
甲親酌琉璃鍾露章奏　天子翎翠旌勳庸累遷至參副寵
眷方隆隆丈夫誓許國不憚捐微躬哀哀遊子心少小多鞠
凶二親不及見滂沱涕沾胸九江古雄鎭斧鉞何尊崇移節
至袁臨錦服乘青驄勳高眾所忌亢直誰能容老臣甚矣憊
乞骸陳懵憃帷蓋許歸田桂管探奇峯買田南溪間伏臘粗
能供膝下九男兒蘄然期亢宗含飴復弄孫榸莱成疏慵老
驥伏櫪歌慷慨明深衷酒酣對親賓談笑驚疲癃每言臨陣

時跳盪任衡縱指其皮膚間刀箭瘢朦朧歲行至戊戌烈風號嚴冬沈寒殢肌理壅腫浮雙跫旗鶴翩來迎含笑歸幽宮我忝附蘿蔦奠斝陳璧琮諸孤乞誌墓大石相磨礲勳名重麟閣劖勒鼎與鐘攄實紀長篇髣髴精靈通仰視箕尾星黯澹寒蒼穹

陳東橋招飲秋廬

寒烟開別墅落日坐疏楹飲少客亦醉樹多秋有聲琴尊王晃宅畫史子雲航笑語見滋味歸途踏月行

聞呂先生論文有述

文字無今昔六經爲根荄夫子抱遺篇狂簡慎所裁講席秀

峯尊百史能兼賅吾粵文獻攷家法推東萊二陳去已遠蒼
梧亦邈哉最病士疏陋荒俗難挽迴絕學屢興歎百年待奇
才丹鉛老不疲舊書讀百回初時自浙歸顏鬢猶未頹高築
萬卷樓嘯歌城西隈後稍移南郭花竹傍簷栽弟子遝遝進
白髮笑口開論道有繩尺舉酒方歡咍指謂舊師友徜徉不
我猜初月照高烱乃自桐城來義法守方姚無異管與梅示
我震川文有若飲醪醅元氣自開闔眾妙歸胚胎廢興雖百
變眞意無隔閡憶昔束髮初執卷心忽摧每恨古人遠津逮
難沿洄豈期生並世几席獲追陪勖以堅操履閉門絕梯媒
庶幾傳樸學一使志業恢

彭子穆拾同少鶴餞别并承示池公生春輓章

秋雨蕭蕭白燕詞龍溪蕸蘧鬱哀思寢門風義猶行古嶺表文章待起衰揆筆昔曾歌慷慨登車莫更惜倭遲酒酣試共王郎舞看爾滄溟跋浪時

官誡十六首有序

陳君子瑞之官西安屬余作官誡詩辭不獲已因雜述先訓并耳目所見聞擇其今之可行而不戾於古者得詩若干首書以貽子瑞

曩聞爲縣官首在能親民親民廼政本痛癢關吾身譬如一家中兒女或吟呻父母往撫摩呴劬不汝嗔官果能愛民

民自與我親有寃向官訴疾苦得縷陳日日上公堂不知有
官尊官亦笑顔開桑麻課劬勤陳說孝與弟禮教得漸敨
士爲四民首教養最爲亟我輩起側微艱苦由目擊秀才倒
寒餓挾書往謀食豈無豪傑士志氣半銷蝕干謁誰獨恥流
弊亦已極長吏雖甚賢謂此非吾職學校委冷官風化不得
力文章日頽壞人材從何出爾我共此苦饑走恒太息扶顛
此其時愼無忘今日
簿書苦牽掣奔走事塵鞓縣官所得爲獨有理獄訟奸宄嚴
爲懲執法敢疏縱特恐善良輩鞭蒲遽輕用務在養恥心平
情究輕重我思古良吏民隱靡不洞一夫搆疑獄數家廢耕

種牽引及里隣負累實巳眾虎狠縱需索破産忍饑凍刻木
期不對念此能無慟
百里彈丸耳周知頗不易奸胥與蠹役往往巧爲伺閻人司
槖鑰竊柄尤縱恣若輩本闒冗要亦皆人類苟能善用之亦
可集吾事毋偏聽生奸毋骫法滋弊開誠令其感嚴明使其
畏官書我自治安用汝識字
老成貴持重遇事當深沈權度既巳詳果決吾所欽胡爲狃
積習民務久滯淫一日復一日孽海多究禽奸猾肆毒痛熸
火燔鄧林官方耽宴安謬云力不任譬彼立木偶無異聾與
瘖又如墮瘴霾白晝成黯霃安得霹靂手迅掃空妖祲葛藤

盡斬除神斷忽式臨公庭無障蔽是非快人心捕役爲盜囮
縱盜盜乃橫逋逃不復追緝牒徒奉行坐視而保奸齎糧資
所營薄責遽散遣告者反怒嗔鼠竊置不問嘯聚將難馴不
觀漢杜張犯者必痛懲搆線密爲訪懸賞重以緝枹鼓亦漸
稀坐擅神明稱誰與清盜源感格還麗湣重農固邦本吏治
日烝烝
經費籌久遠兩稅有定額藏富務在民筐篚培國脈有司凜
成憲徵課敢乾沒獨虞吏胥輩宿弊未盡革得錢飽私橐雜
犬肆驅嚇租稅本多門勾稽難徧覈所冀恤民瘼節費減差
役牧羊去其擾按地編鱗冊時軫流亡憂毋令脂膏竭我讀

春陵行太息腸內熱又思陽山令催科爾何拙
治法無百全利弊恒相因興利毋過急積弊難驟更條例日
增多厥患惟因循試於放衙時清夜私自捫何以質天地何
以報君親何以盡此心何以宜吾民勿云礙成例棘手空屏
營征徭閔疾苦荒墾勤耨耕義倉備荒災糴糶籌虛盈保甲
與牧馬鞭追虞擾紛良法難具詳神明存乎人廢之不克舉
彌縫成空文舉之或不當弊竇將叢生
疾惡患太猛去奸患太柔閭左多頑民大半緣惰游梟盧與
擲博往往藏姦偷縱飲逞眦睚殺人快恩讐此風北爲甚獷
悍貽隱憂吾聞古良牧害馬不可留又聞老農語芟草去其

猶督責詎不嚴犯者紛相投官舍多樗蒲蚩氓復何尤治疾
貴尋本瞑眩終能瘳勉思藥石言庶幾民有鳩
靈府本無塵嗜欲爲之賊百端紛交攻六鑿恣隱慝清濁好
雖異果孰失孰得此心亦自知鎮物或矯飾有如寒空月忽
被老蟇蝕改過貴勿憚防意本難測要須常惺惺道戰勇則
克乘風纜勿縱臨厓馬先勒懐哉清白吏常懍三不惑
鶬鸞不同類貪廉性則殊達人爲我言聽我歌爾途昔日豪
華子擁貲出上都流輝耀裘馬負債忘積逋夤緣結上官飲
酒爲歡娛子孫既習奢浮雲不斯須回顧悃愊吏守拙仍如
初被服無紈綺懸庭有鱸魚清風抗來葉教子惟讀書善人

天必昌苦語㒷非迂我聞再三拜寶之若璠璵貪者富不足
儉者貧有餘

昔賢敵氣誼寅恭重同官平心戒諂瀆循分求所安正如操
舟行篙櫓齊力殫文武縱異趨並濟期交歡新舊雖更代忠
告無隱謾柰何據要津瑣瑣爭交盤不見范與吳念舊恤孤
寒助賻麥五百營歸絹千端惻愴艱難際軒豁露膽肝古心
今已尠古誼原不刊抗手挽狂流君請爲其難

造物無巧擇大塊常并包窮達分已定膏火徒煎熬策馬登
此山復見他山高攀援不復止枉已無乃勞權門日噂沓恩
怨紛糾撓咎責滿八區所得不纖豪古來泰岱名達觀等鴻

毛果腹同一飽藜藿逾珍膏卑官能不羞立腳方堅牢欲取
鳴琴彈渚鴻方嗷嗷
登高望中原三輔最爲壯崤函峙左右洪河來莽蕩龍虎幾
啖食周秦迭興喪客從關中來爲我言其狀上腴列天府隴
阪壓寒瘴習俗雖號滇民氣亦云抗隩區誇富庶健鬭成風
尙所貴化淫靡教之以禮讓況今值承平深仁蚤醞釀尹趙
溯遺徽終南餘感愴積習久必變懸揣恐未當相期下車時
父老一親訪
君才頗卓犖君志殊介狷朗抱如澄潭洗鍊出瑤銑嘗自言
其失吾性實少褊卞急時屢懲芥蔕每難遣操刀况承乏綰

綬殊洪涊震厲恐過剛歛退患太輭安能養天和造福蘇民
喘予聞心竊歎知過如子鮮三折成良醫內訟卽盧扁此疾
君勿諱此言行當踐
燕臺昔把臂繾綣如故知及今遠遊宦舊學仍孜孜周孔去
已遠大道久陵夷百家相披猖學僞治益歧憬然緬前型猶
幸存遺規致用不在多仕學原兼資君於退食暇一一參考
之其源在正已其要歸無欺讀史擴其識讀律究所宜由是
宏遠謨仁政以次施行矣君勉旃努力佐良時

石門道中

呷呷軋軋山之坳亂石礫矗窪復高溪流清淺土瘠磽居民

三四編衡茅炎風燒夏天為焦十日不雨枯禾苗僕夫揮汗
如水澆挾鞾欲上喘且囂兩手把握堅以牢客子拳曲嗟懸
匏擾擾牛驥同疲勞呼童煎茶坐蓬蒿不嫌繞樹棲鳥巢但
盻甘霖漑東皋一洗塵鞅清浮熇請君聽我輿夫謠

神駒一首寄彭子穆孝廉

神駒産渥洼來自流沙東硉兀竦天骨電影青雙瞳卻立一
長嘶萬馬眞可空金臺誰為築支遁何時遇用以駕鹽車蹀
躞失故步苜蓿不得飽忍飢就長路長路豈辭勞白楊聲蕭
蕭世無九方歅騂騮慘不驕咄嗟生風雲為爾思鬱陶

病叟吟贈潘少白丈

一叟年五十呻吟臥破屋問叟所病何無言識隱曲人病病身心叟病病世俗身心懼沈痼鍼砭苦未足世俗久浸淫沴戾氣潛伏養癰固貽患抉疵亦傷速治療有後先上藥本無毒人才若元氣培養乃漸復得賢邦必腴造化挽當軸醫國貴崇本醫心在寡欲細思病叟言救時此可卜

酬馮會川比部

會川眉宇清而修坐擁圖史日校讐近來詩思愈涌出妙語一一如探喉我昔識子自余君謂子年少兼能文九衢人海勞問訊同巷咫尺不相聞余君大笑為我說爾我結隣已一月牆頭老樹蔭數畝門外長者少車轍風高葉落秋氣清披

衣徑往坐石枰酌酒花前競談笑叩門時時聞棋聲我近移居愁寂處子亦簿書困旁午壁上詩篇久塵積惆悵隔年不和汝去秋一日恒數見於今十日稀一面不是趨直無閒暇我自閉門疏懶慣聞君近寫陰符經毫端倔强蛟龍形乘興一揮數紙盡牀頭醉倒雙玉瓶昨往乞書君夜歸似云良會已有期市上黃羊正肥美十千沽酒莫復疑

酬余小頗農部

余子澹蕩人進道乃獨勇農曹號繁劇冷性就閒宂鍵戶恥干謁搴書時坐擁佳士或偶聞往造不旋踵會稽有潘翁抗顏志周孔披霧立峭壁老柏抱孤聳樸外了無悅豐中鑒亦

洞當代論才傑於子最矜寵我昔聆謦欬几杖獲親捧子亦
時在座交臂失倥偬詰朝勞枉顧卻立轉惶恐謂我有文章
譽我過瑤珙竊喜鍼投芥又如石待硐京華多貴游奔趨厭
闒茸幾人陳高義斯道墮塵坱潘叟今歸吳行將老邱隴新
知獲聖俞瓣香奉曾鞏君文日奇肆大波起軒涌近追歸與
方遠淩晁與董自言縱冥搜銳欲掃翳壅巨筆走驚霆沈思
抽獨蛹嗟予本樗散謬使備藥籠望塵慚駑駘寒吟觸蛩蛬
疵纇亦自知指摘不嫌侗馮君居相隣切劘志尤竦昌黎亟
嗜善周雅儷璧琫扶顛非一士廣厦搆棟栱舊游惜惘惘短
髮愁種種庶用企前型所懼航斷港頹波子其挽滄溟障濛

頌

飲伯言寓齋次和

委巷雪積無車行寒飈夜語圍孤檠短章示我老無敵長策籌海勇且英堅壁不進疑李牧投筆欲往輕班生酒闌倚劍膽肝露長河耿耿秋雲横

送陳蓮史方伯之官江南

不見太邱今五載拈髯一笑大江横觀人觀物有高論古貌古心不世情淮海雄藩倚半壁東山霖雨望蒼生中年哀樂豈容過寄語林皐尋前盟潘少白寓江左潘少白有林皐集

孔繡山青天騎白龍圖

雲背鞭龍龍已飛手持玉杖呑朝暉巢父掉頭胡不歸長安
茫茫半塵霧幾輩騎鼋不敢渡看爾白日破壁去東溪歲晚
玉女峯我願爲雲君爲龍不辭青蒿倚長松彷彿見君排雲
至夢中海客早心識披圖咄咄稱怪事拍手大笑三千年對
嶽樓上捫青天酌酒北斗扶桑巔賀監再逢酒中仙菖蒲花
開紫玉煙勸龍一觴且醉眠

雜詠

木葉蕭蕭易水寒五年兩度客長安於今屠狗無豪俠莫與
荆卿一例看

築宮請自郭隗始愛士三年獨此心當日君王求駿馬不知

虛費幾黃金

閒說城東萬柳堂盡都花月費平章只今幾級無閒日往事風流惜詠鵝

昨看牡丹崇效寺則好鳥喚提壺國初諸老風雅繼頗有青山紅杏圖

九蓮遺像淨如蓮瓔珞莊嚴歷歲年竟使大璫爭禮佛最樓花雨散諸天

繫馬花之殿海棠百株更有圓花涼鬧畫紅縷夢臺月蜂蝶春來爾許忙

謝遷劉健淒涼去覓園無人廢數咲話偪風詩留正始芒荒

雲老李西涯
師友華亭未敢忘猗蘭一曲自揚揚果然浩氣還天地百拜
城西諫草堂
徵君寄寓無人識秋老雙松白晝清詩客何郞獨愛古井闌
年更考開成
東山歸去豪情減鶴再南飛涕淚多尺五莊前楊柳綠春歸
怕聽餞春歌
鈍翁好毀阮亭譽日下紛紛說舊聞既有望溪文字古如何
史稿付横雲
十剎荷花對酒巵西園潑墨亦多奇承平潤色宜文事正是

金鼇退直時
鐵石高風在竹樓乾坤正氣屈纍囚師門困學原無負未信
黃冠乞羽流
揮斥明儒說性書欲將解詁捄空虛孔光張禹成風氣便腹
何誇有五車
清閟圖書集上方四聲八法各專場惜翁舊有翰林論只惜
清班少諫章

古意一首和楊紫卿

美人立雲中亭亭抱明月被以芰荷裳佩以青玉玦淩波起
微步照影光未滅雲螭翔左右吹簫向丹闕散作鸞鶴音滿

聽實清越迴飈奮餘響流徵忽淒咽蹇修時不來高義徒悵
結

戲擬東方朔傳爲詩

侏儒長三尺臣朔長九尺亦奉一囊粟錢二百四十侏儒飽
欲死臣朔飢欲死臣言可用異其禮無令但索長安米
龍逢爲宗正史魚爲司直延陵季子爲水衡百里奚爲典屬
國是時朝廷多賢才裂地定封各奉職臣伏覩陛下功德以
莞窺天以蠡測海耳不聽鐘鼓音目不視靡曼色
非有先生耕田力作不及人臨衆處官不能治民明有所不
見聰有所不聞意者拂於耳謬於心毀於行安可以不務修

身
睛駒襲狗不得已孤豚咋虎至則靡先生自覵胡與比數閒
長老賢人朔書具是矣通其條目考文理失毫釐差千里
集書爲幃蒲爲席編蓬爲戸土爲室好學樂道服膺而不失
諷誦詩書百家悉力摹之日夜孳孳已三年於茲水至清無
魚人至察無徒捐薦去几以義相扶方積思於六經馳騖於
唐虞先生喟然長息愉愉㖡㖡從公孫借車
禮義不愆何恤人言鶴鳴九臯聞於天抗之在青雲抑之在
深泉自公卿在位朔皆敖弄書數萬言不見用名過實因自
訟

烏哺鷇蛇遺跡先生曰咄困於衣食行步偶旅終無益一當
萬乘主意合心同計無不從褒賢錄德賞有功海內晏然囹
圄空
甘露降朱草萌左鳳闕右神明守相至公卿咸得其人安於
覆盂遊神養精後世稱其仁天下震攝諸侯賓
以爲蛇又無足以爲龍又無角朔飽食安步爲庸人誦說令
則不然遵經勸學優而遊之使自索虛心定志亦可以樂

榕湖十子詩鈔卷六

怡志堂初編　　　　桂林朱琦伯韓

秋感

寒色起太行凜烈來朔風摵摵響空林曠野吟孤蛩落木漸蕭疏頹照曖遠峯蒼翠紛萬狀天地爭清雄慨然登高臺古駿尋遺蹤碣石不可見海氣青濛濛

憶昔初抵都酷暑正燒夏黃塵撲十丈驅馬少閒暇鬱鬱兩經秋歲月浩如瀉迂生抱仁義世網昧權詐著書甘寂寞摧折氣不下文章雖一事高論自陵跨扶衰要有人豈復待憑藉

隘巷偶僦寓僻在城之西老屋十餘間土銼寒空室拓室庋
書册鑿坏翦蒿藜八口此重聚拙宦慚卑栖有弟若宛邱誦
史頭恒低癡女僅四齡牽裾覓棗梨睠然有餘歡且復甘鹽
齏

積雨苦淫潦屋漏沾牀席街前車折軸深巷泥一尺索居寡
歡趣叩門來嘉客為言荆揚間蛟龍徙窟宅百谷噴洪濤顛
厓莽崩坼民居患漂蕩孤樹露屋脊當塗殊憂惶蠲緩議軫
恤東南財賦區念此沈憂積監門欲繪圖何術起溝瘠

蹇劣倦趨走擁書忘朝昏妻孥笑我拙我若耳不聞紆轡偶
一出齞齞隨奔塵長安多貴游投刺爭及門主人方厭客車

馬空闐喧歸來自竊歎蟋蟀鳴頹垣巢林棲一枝茲意誰與
言
玉繩巳西轉溽暑猶餘熱團扇未忍捐把玩忘秋節回思去
年時九月巳飛雪白草吹盡枯老木凍欲折燕地苦早寒貧
窶鈌衣褐今歲氣候異日車走酷烈寒燠有推敚天道難識
察鬱蒸亦可畏憂腸轉百結差幸失業徒凍骨免嗚咽
把酒忽不樂悵然思遠遊拄杖望湖亭老木枝相樛暫隔塵
市囂頗覺林壑幽盤山隱深秀玉泉澄碧湫登眺興正酣呼
聲動鳴騶峩冠乘朱輪藹藹皆王侯坐客競避去余亦難獨
留松風忽謖謖一鳥鳴啁啾

夜臥城西隅違聽聲蕭騷暝色驅高梁落葉隨奔濤蒲稗自
因依荒叢戰驚飈孤鴻天際來蒼然下平皋霜威何慘慄生
氣藏泬寥丈夫自有志安能老蓬蒿攬衣起徘徊柰此寒蟲
號

河決行

怒流東徙洪河傾大梁積水高於城城頭老鼉作人立疾風
卷雨勢益急中丞拜禱立雨中自操版鍤親督工是時城中
居民不食已三日楗石下壩過箭疾壩成捍水幸無失傳聞
附郭三萬家橫流所過成荒沙水面浮屍如亂麻人家屋上
啄老鵶老鵶飛去煙塵昏沿堤奔竄皆難民難民呼食飢欲

死日給官倉二升米我有故人在夷門援手無策聲潛吞白日慘慘寒、砯亭安得樸園使者今復生

答蔣元峯比部兼懷彭君子穆時比部至豫隨王相國勘河

蔣侯寄我中州書使我一讀聲淚俱大河以南成沮洳橫流東徙故道淤奔流直下洪澤湖洶濤日夜撼汴都千家萬家泣嗚嗚男奔婦逐牽其孥踉蹌避水城東隅城西積水一丈餘死者橫陳委路衢問誰致此民何辜頽閘洞臣計錙銖歲額裁減昧遠圖汎兵咄咄鼓嚨胡黑風卷雨飢蛟趨翻桑蕩析漣淮徐危城兩月幸無虞天使馳至民其蘇閩江一老多討謨謂少穆先生相度水勢煩鑿疏楗石沈璧搴茭芻君爲擘畫

焦髮膚我友彭宣今在無（謂子穆）梁園作客顛誰扶哀鴻落日
紛叫呼側身南望心鬱紆

感事

鴉片入中國爾來百餘載粵人競啖吸流毒被遠邇逼參軫
民害讜言進封匭吏議爲條目罪以大辟擬殺人亦生道重
典豈得已粵東地瀕海番商萃奸宄天使布威德陳兵肅幢
棨宣言我大邦此物永禁止獻者給茶幣萬櫝付烈燬積蠹
快頓革狡謀竟潛啟飛帆擾閩越百口騰謗毀致釁誠有由
功罪要足抵直督時入覲便喋伺微指奏云英吉黎厥患亦
易弭顧宛至鹽峽恭順無觸牴節鉞遽更代蠻疆重責委遂

割香港地要盟受欺紿況聞浙以西醜虜陷定海焚掠爲一
空腥臊未湔洗虎鹿復逼近鎖鑰失堅壘總戎闞天培隻身
捍賊死開門盜誰揖一誤那可悔五管嗟繹騷征調無暇晷
至尊勞旰食軍書叢脞扆機幄時咨對震懾但諾唯天討
終必伸牙璋大兵起冠軍伊何人軀幹頗傑偉驍鋭五千騎
索倫十萬矢庶往麾天戈一舉盪滇㵄義律爾何爲句結餌
羣匪所恃惟巨礮以外無長技長倏昔決戰賊酋盡披靡艅
艎坐飢困如魚遊釜底阻隘斷其歸彼虜無完理惜哉失此
機弃突縱犬豕大師殊畏懦高牙擁欽義兵驕或食人傳聞
日訴詭哀哀老尚書調隆參贊文遺奏何噓唏上言海氛惡下言

抱積痞箴砭輒乖謬沴戾入肌髓艱虞正須才孤憤亦徒爾
先是春二月番舶據沙觜黑夜突憑城舉火縱葭葦矢礮橫
相攻孤城危卵絫萬眾方瞠目禁呵疑神鬼樓堞幸少完室
廬剩荊杞附郭尤慘淒頹垣半傾圮迴思承平時海南誇麗
侈巨舶通重洋珍貨聚寶賄珊瑚冂七尺明珠炫百琲宴客
紫駝羹金盤膾雙鯉妖姬促膝坐僕妾厭紈綺笙歌徹夜喧
紅燈照江水豈知罹鋒燹園宅倏遷徙竄身榛莽叢流離迫
凍餒盛衰有循環天道詎終否比聞夷務輯櫜弓竚旋凱徽
勞獲甄敘厮卒溷青紫虜驕愁反覆私憂切桑梓昨覽檄夷
書疾聲恣醜詆忠義乃在民苟祿亦可恥古人重召募鄉團

叚足倚剿撫協機宜猖獗胡至此我　朝况全盛幅員二萬里島夷至么麿滄海眇稊米廟堂肯用兵終當掃穅秕微臣憤所切陳義愧青史蒼茫望嶺嶠撫劍獨流涕

老兵歎

金門已逼厦門失老兵歎息爲我說借問老兵汝何來道路飛書連兩月公家程期不得緩兩脚瘴瘃皮肉裂老兵患苦何足陳我家主帥孤大恩厦門屯戍兵有萬况又鎖鑰連金門當時烽堠眼親見主帥逃歸竟不戰獨有把總人姓林廣額大顙又多髯自稱漳州好男子當關一呼百鬼瘖可惜衆寡太不敵一矢洞胸腸穿出轉戰轉厲刀盡折寸臠至死罵

不絕嗟哉漳州好男子爾名曰志告國史安得防邊將帥盡
如此與爾同生復同死

定海紀哀

定海地濱海地瘠民又苦縣小無兵不可守縣中居民無千
戶吏民勸官去官曰死此土虜來益衆勢倉黃官投之水釁
宮旁如此好官我慘傷問知侯官人頗云能文章一子予蔭
襲我爲紀其詳大書定海知縣姚懷祥

王剛節公家傳書後

皇帝廿一載逆夷寇邊陲定海城再陷三總兵死之其一鄭
國鴻其一葛雲飛公死尤慘烈寸磔無完尸親軍數十騎鏖

戰同爐灰先是裕制軍仗鉞往誓師余督爲犄角三鎭受指
撝要害議分守險艱安敢辭甬東僻海陬鋒刄苦新懼流亡
招未復怪鵐啼蒿藜荒郭背厓砦曉峰何嵚崎竹山障其南
仄徑窮煙霏兵法忌阻隘技擊無所施峩峩九安門獨力誰
能支公率壽州兵帳下多健兒烈柵據峯坳彼虜潛來窺我
兵壁壘堅無從抵其巇賊退攻竹山巨礮轟奔雷乘勢破曉
峯城角忽崩推公廼急赴援事已不可爲鄭帥斷右臂裹創
强撑楮張目猶呼公陽陽如平時葛陷賊陣間血肉膏塗泥
或云沒入海舉火欲設奇一酋自後至剚刄裂其臍惟時海
色昏頽雲壓荒陂公棄所乘馬短兵奮突圍前隊既淪亡後

隊勢漸危相持已七日援兵無一來公死復何憾公名日星
垂昔年戰渾河奮撾鞭羌夷平猺蠻苗疆奪蚤居前麾鯨鯢
坐可屠何論鼠與貍命將惜非人錯置乖機宜傳聞祭纛日
公潛語所私吾已辦一死此行必不歸後竟如公言失策那
可追大帥弃甯波拓實旋傾頹同一委溝瀆可憐損　國威
颶風吹怒濤沿海半瘡痍老弱僵道旁婦孺走且啼稍喜劉
中丞鎮定安遺黎用兵今兩年我　皇日嗟咨旣苦經費絀
又虞民力疲專閫成空名文吏習罔欺寇至軍已逃兵多餉
空糜頗聞陳將軍戰歿江之湄歸元面如生大名與公齊世
論泥成敗事後多詆諆若公等數輩使建大將旗進可殲凶

鋒退必堅藩籬何至貽隱憂歲幣爲羈縻　國家重武略忠義懷前徽死事例議恤優典極寵綏謚公以剛節祀公有專祠公名曰錫朋傳者宣城梅我爲補所遺長歌告予悲

狼兵收甯波失利書憤

城頭黯澹城門開天狼星墮聲如雷赤髮猙獰遽突出飛礮如雨從天來我兵直入不畏死前軍失陷後軍止妖童噴霧作狡獪截江闌殺火又起迴軍與角者爲誰巴州都士幽并兒手中剩有槍半段大呼斫陣山爲摧危哉銜枚誤深入一賊橫刀勢將及抽刀斷賊摑其馬揮鞭疾渡水沒踝背後但聞號呼聲狼兵三五奔出城可憐此軍號驍敢手搏鱷魚口

生啖柰何一炬付燼灰勾餘山頭鼓聲慘將軍失計空頓足潰軍兩岸詈且哭斷後尚有牛松山强弓百石力能彎不然三百虎士無一還

朱副將戰歿他鎮兵遂潰詩以哀之

將軍名桂其姓朱膽大如斗腰圍粗願縛降王智鮫奴臨陣獨騎生馬駒甯波三鎮新失利大帥倉皇欲走避公橫一矛踞帳前此輩跳踉那足畏我有勁軍人五百自當一隊往殺賊大兒善射身七尺小兒英英頭虎額紅毛叫嘯總戎走戕戕舟山棄不守鎗急弓折萬人呼裹瘡再戰血模糊公拔鞾刀自刺死大兒捐繼斃一矢小者創甚臥草中賊斫不死留

孤忠是時我兵鳥獸散月黑漫漫天不旦中丞下令斷江皋
亂兵隔江不敢逃敢有渡者腥吾刀

吴淞老將歌

吴淞江口環列屯吴淞老將勇絶倫連日鏖戰幾大捷沙背
忽走水上軍援軍隔江僅尺咫眼見陳侯新戰死大府擁兵
救不得金繒日夜輸鬼國

鎮江小吏

吴淞破逼鎮江鎮江小吏來約降約降持何物比戶括繪玉
鬼奴拍手笑小吏相嚮哭米粟旣盡供縱啖牛羊肉小吏低
首持牒歸沿江杉板來如飛官家和戎非得已明年及早修

戰壘

紀聞八首

邊徼苦夷氛所至輒糜爛姚侯一書生孤城乃能捍澎水潛
設伏火攻出深算東顧幸有人藉以抒宵旰
籌兵先籌餉任謗兼任勞文武職守異事權患旁撓大尉往
亥驛頗牧如漆膠用能制鯨鯢溟渤偃洶濤
木岡環亂山野番恒雜處奸民恣刦略蛇豕紛蟠踞滋蔓當
預圖番夷漸歸附內亂苟不生外侮豈足懼
制敵當以奇攻毒從其類巨盜招使降結之以恩義大府躍
馬來羣酋皆羅拜謂公能用我奮勇當一隊

鷙獸難遽馴草木識威德衣冠化殊類子弟列學職昔日盜弄兵今日往擊賊鐵纜沈巨舟鬼方黯無色宼恂屢典郡辦賊才可倚名世抱大略半從州縣起五虎舊分符方面重責委勝兵得千人疾驅塞鹿耳諸將擁節旄獻凱多侈辭大勇功不居鎮定如平時但云夷舟退首虜付有司守土自臣職寵祿安敢知忠讜本素性綜練白詩書君家惜抱翁廼是韓歐徒絕學承一綫吾道信不孤努力濟時艱所望宏遠謨

癸卯九月朔日集萬柳堂宴姚石甫丈席間話臺灣事慨然有作在坐者爲陳頌南蘇賡堂兩侍御梅伯言

馬湘帆王少鶴三農部何子貞編修主人海秋夫子
暨子凡九人

癸卯月在酉姚侯自獄出天斷信明聖忠憤得少泄湯子亟置酒簪紱萃賢傑潭潭萬柳堂城東峙屹兀荒寒餘古意驚飈蕩白日酒半競問公守臺何施設夷舟作何狀攻戰復何術公笑謂眾賓茲役邪忍說獨有巡臺時一事差快絕夷船大創去四戰皆告捷虜首翻獻誠通事來請謁聲言讋天威願一仰麾鉞公時私自念鋒餤今少歇和戎計大局生虜悉付給畀舸往撫之藉此覘窟穴杪秋蜃氣肅海面如鏡澈清風送歌嘯杉板坐長筏番童搖雙槳容色白勝雪約略十數

翿斂首拜起訖使君請出看我舟殊詭譎蛟龍掣大纛五色
下雌蜺青紅搖海市幻出金銀鬬鷁首盡東向鼉鼓有行列
六礮轟雷車怒潮中吼裂公問此何爲番目語吃吃謂此小
夷禮微誠幸得達國主千萬壽或有大慶悅毎船張百旗金
碧爛磨戛下此禮稍殺幢旛未可埒君侯威德盛義當備儀
節行行已逼近歡聲沸蛟窟登船皆聳觀兩邊列刀戟鬼奴
以次上免冠掠毛髮鋪牀紫氍毹貼錦紅𦄂𦄵咬𠺕羅珍異
華宴促密室龍鮓味肥美亦有鵝與鰈老將頭虎毛巨口恣
啖啜一酋捧頳盤乾臘𩠐以餑云是本國味鸞刀親縷切酒
酣縱鞠歷銅鞮助嗚咽韝臂復蹈舞廻帆轉蕭瑟我聞神爲

王震盪噎心魄豈獨燀國威道力何勇決在昔郭汾陽免冑示回紇古今事則殊忠義迺一轍去冬公被逮朝議紛鬱怫袖中萬言書誓欲奮喉舌既思天聽卑公論不久屈果然脫羅網覆盆照湮鬱陳湯寃不訟周勃口終訥將才出老儒吾輩見管葛異時任鈞軸醜虜豈足滅惜哉罹讒搆恐遂老耕垡平子方臥病謂亨甫說尹痡至骨我亦江海人一腔積熱血昨朝喜見公爲我話端末汝翁吾舊識意度蘊恢闊黎陽捍孤城殺賊事最烈汝今世其家規矩就前哲錚錚利言職尤當愼所發座中數君子神采煥㢅豁聞有東槎集兵事頗囊括文章亦公器瑕垢同盪抉霜高風色厲簷鐸戛金鐵驅車

逕歸去疏櫺上寒月展卷誦公詩歎息復屢輟夜深不能臥肝膽蟠崒硉洶濤疑在耳奇境恐暫失他日告史官茲事載直筆

張亨甫出示武侯遺像感賦即題卷末

張子毅烈人世但知其詩蕭然寄一室今古究所宜示我宗臣像云是帝者師草廬緬英風老栢餘古姿伊呂世亦有天運不可知幽人方臥痾落木下荒祠行藏誰與言沈冥且觀時

梜正亨甫遺集作詩志哀

昨日往哭松筠祠忍淚再讀松寥詩悄然風號萬竅悲降婁

睒睒無晶輝老鶴欲語聽者誰我昔遠遊類羈雌長安逢君
少壯時怒馬獨出黃金羈紅燈緑酒相娭嬉罍瀹一斗翻淋
漓朝吞千龍暮千羆忽然拂袖遊霅溪遠探禹穴尋會稽遂
登黃樓望九疑猩猩叫煙鵂鶹啼造化劖削愁肝脾南來跌
蕩詩愈奇公卿名滿紛走趨氣高蹇嵯頭不低欲止莫尼行
莫追獨憶故人東海㴩澎湖高建十丈旗再戰再捷剸蛟螭
咄哉小醜猶猖披沿邊屯堠無完陴君時避兵走浙西戰場
白骨歷險巇皇穹仰覗哀蒸黎傳聞和戎餌島夷羣飛刺天
毀功碑君方抱病吁且唏故人檻車奮相隨天門且喜翔金
雞朋舊往還暫軒眉痁鬼肆虐肺已萎侵晨覗君坐牀幃卷

帙束筍一尺圍屬我編剗語嗢咿删者觸筆捥爲疲存者加墨或頷頤宿心巳了遽蜕遺姚侯哭君淚綆縻爲營輀翣送之歸將蒐遺草付劂剞如此高誼所見稀案頭遺像何頎頎二三小兒角褧碁黑白鬥戰荒是非旁有美姝捧玉杯大醉出門坐荒陂想見哆口談龍夔嗟予薄宦恒苦飢正直可羞變脂韋青天寥寥雁南飛他日有過誰予規

浮邱子輓歌

浮邱子騎鯨巳上天空餘浮邱之書數萬言平生論交滿天下晚與夢鶴相周旋浮邱子九十篇天人王霸雜出於其間觥觥大節老愈堅鷹隼一擊褫巨奸不辭貶官耽著述朋酒

往還無虛日去年招我萬柳堂澎湖大帥坐中央同遊數子
盡豪俊縱談海外須眉蒼百年鼎鼎過箭疾諸老風流那易
得東槎已貶降婁死高視乾坤黷無色浮邱浮邱眞吾師推
賢嗜善無倦時可惜名高尙叢謗敢入流涕爲作狀翩來白
馬何渺茫散髮九疑下大荒

寄魏黙深刺史

魏子別我時授我書一編謂是海國志幽遐靡弗宣方今急
邊防疲氓未息肩苦心著此書搜討頗有年始議戰與守繼
繪其山川島嶼涉窮髮一一列簡端所惜身卑微無由達天
闕捆載悉見付謂我宜代陳涼秋事稍暇按圖窺九邊孰爲

佛郎西孰爲彌犁堅孰爲歐羅巴葱嶺相鉤連孰爲準噶爾昣壤接荷蘭展卷倘茫昧掩卷爲長歎邊防須整頓所急惟材賢天下理萬幾日昃無餘閒況聞玆書出市賈紛雕鐫輦下諸要人爭買不計錢 天聰儻易達無誒予小臣持此謝魏子久要愧前言

長安兩少年行和湘帆農部卽贈逸齋叔起並簡子壽

馬君示我長安少年行軒然大波挾滄溟掉頭東望九州隘吞吐海氣碣石青兩少年何奇崛一爲韓生名朝元一爲帥生名逵燡自矜老眼無眩惑二子英妙萬人敵平生志欲干伯王低首草莽不肯屈咄哉少年爾何賢口誦經史四十四

萬言昨持新篇往贈我槃槃老筆淩秋煙九衢塵霧驅如雲
馬蹄隱耳如不聞邇來士氣苦卑茶得此頗足張吾軍海上
烽烟況不靖鞭肉坐生時難更司農仰屋多隱憂東南力竭
誰請命兩少年唏以吁抵掌大言陳唐虞五餌欲繫單于首
九府不數周官書牛鐸黃鐘本同調蠢蠢朝行任嗤笑二子
好賢勝似我況又譚詩近道要曾有兩生不識時漢有兩龔
無人知馬君老眼信不謬荆門臭味無差池古來烈士多晩
暮少年如龍亟飛去咄哉少年柰若何手迴日車挽天河青
春縱酒爲爾歌

子貞出示顧南雅前輩墨梅横幅題詠幾滿吾師文安

公亦有詩爲題卷末

平叔氣若山梅清談詩許我近正聲偶然評書出此卷槎枒老筆紛縱横諸老風流緬當日吾師湖西餘手跡小石小草亦徒爾大息江山無此客

與張石舟論古音有契

天籟生人心伶倫協聲歌丹山巢鸞凰雌雄鳴相和虞韶發高調一夔已足多九招及三象伊周無殊科折楊嗑然笑靡靡工吟哦桓譚侈繁音景伯嗤迴波馬防暨盧賁稍足異傳譌一千八百聲舊譜同摩挲見譽猶應鐘愧汗生顔酡八能列端門奏版平不頗泠泠正始音無復謳陽阿

得石甫至蜀書不忘萬柳舊遊因題其後
蜀帥非嚴武悲歌惜浣花廉頗猶善飯杜老已無家書寄哀
蝯淚雲開棧道斜柳條攀折盡無處問東槎
同馬止齋刺史遊澄懷園作并呈何根雲張小圃兩同
年
廣厦須大木偏絃難獨張翰林育才地澄懷玉爲堂林木湛
清華池荷生暗香員嶠多仙人雲鶴方高翔明霞餉我餐出
郭航酒漿塵纓此暫濯心與水月涼老儒抱琴來慨然彈清
商彷彿聽穎師浮雲忽飛揚
張受之空齋畫靜圖子貞太史既用東坡墨妙亭韻爲

題一詩又云受之名辛善篆刻欲得余詩鐫兩印見貽余感其意爲次前韻奉酬

世事翻覆如谷陵空齋欹枕方曹騰打門狂客笑攜手爲言江東張季鷹平生眼高空四海謂我冷面鐵有稜尤工篆刻通籀法前有李斯後陽冰昨劚雙石持贈我謂與予好此可憑細玩鈐鍔出劍氣老筆那管俗眼憎鐵石持名競趨走排窠闊落堆霜繒玉堂清詠況峻絕龍門百尺誰敢登十日五日坐疎懶自倚吾眞非面朋書來索詩屢促迫戲拈禿筆揮剡藤楊王姜趙君自足妙兼四子傳一燈他時訪碑到雍麓高節更企喬與膺

酬會滌生學士

昌黎昔有言辱贈久不報兩年寘懷袖往復看愈妙夙好鬱未伸過時亦自懊報施路苟絕何地言忠孝

閉門希人事日取舊書讀佳客時一來挺如蒼玉束城西老執法謂頌南侍御共我抱茲獨空山儻可招南望飛鴻鵠

飲河飽一勺問道魚千里我生寡交遊亦有二三士古人貴直諒面朋乃可恥從容詢本學且先治經史

吾粤號能文頗數龍與王方姚得所師火維開南荒連壁耀孔翠後生無等雙誰縱入紘𡌿堅壘築受降

洮河有綠石可試桂溪刀雀環日摩挲安用縛錦條處堂忘

積薪吏胥徒疲勞澄清且竢時口語毋譊譊
往年識石叟掀髯出獄囚睥睨萬人中眞氣壓九州勁木凍
不撓利劍無寸柔灞陵何足誅瑣瑣計恩讐
飢蛟不受罾倦鳥不忘飛來日誠大難去日曷可追塡胸空
五嶽卽事忽已晁寡過謝未能吾友知昨非
昨聞臥微疴習靜老子宮疥癬何足憂外治勤內攻妙語說
秋菊新寒生井桐安得分刀圭浣汝壘塊胸
我愛秋懷詩涼露泫高樹浩然天地氣萬古自吞吐曲言亂
正學蟲鳥繁箋註願子日進德親行廼不誤
宣聖貴講學汲汲不知老薄俗挽使湣所懼鑿天巧顧我如

陶潛甚悔不逵道黃唐發微慨與子惜素抱

況芝房炊雪圖

屋上啞啞啄凍雀屋前雪花如掌落老婢掃雪作晨炊解讀父書惟此兒兒能忍飢毋心喜三十成名毋老矣他年鼎食尋常事安得寒葵常負米

正氣閣詩并序

宗滁樓戸部於都城西偏建一閣顏曰正氣祀越中殉難諸賢自明末迄今凡十三人首倪文貞公元璐施忠介公邦曜周文忠公鳳翔劉忠端公宗周祁忠惠公彪佳次王成公曾孫先逼及其子業泰附祀者

余忠節公煌張忠節公焜芳何文烈公騰蛟嚴忠節
公起恒最後則定海總兵葛壯節公雲飛上海典史
楊慶恩也與祭者九人各賦一詩道光丙午二月琦
爲之歌並記

十有三忠萃於越燕臺肇祀春二月綽楔大書正氣閣敬恭
桑梓事尤烈自從甲申遘陽九義士纍纍甘死守東西兩浙
霾碧血異代精靈孰先後廟皃首列倪施周蕺山寓山典型
留王余張嚴並迭起磊磊名姓光九幽邇來妖氛熾海國舟
山血戰誰最力同時楊尉死亦慘嗟爾微官不負職稽山鏡
水搜逸志宗君此舉有深意莫辭得酒同酩酊要使儒夫識

忠義九衢馬足多黃埃高樓徙倚生遠哀酒闌揮手各歸去
南望蒼涼隔烟樹

子壽將歸作螺洲曲見志余爲廣其意得七章

螺洲家在螺山曲老親七十鬢毛禿自言山中足風露年年
收穫多芋粟人生養親乃至樂况又聚居偕伯叔歸兮歸兮
螺之麓呼吸山光亦不俗
螺洲之居濵大湖有田可耕水可漁南山飯牛白石粲夢想
安能忘唐虞牀頭蒯緱劍一吷布衣甘作山澤臞注籍况有
百甕菹橫腰萬釘莫羨渠
螺洲生兒如仲謀有弟宛邱長若邱平生讀書一萬卷歸來

高築滄江樓青天明月不用買南望洞庭東北流更欲登嶽
叩金簡揮斥六鰲臨九州
螺洲著書號樞言笑過漢代徐與荀江陵每思救時相覈材
量交首知人可惜閉門老著述論衡中說人不識似聞眾夫
指我笑挽士一寸輙退尺
螺洲憂時一何愚前有賈生後唐衢活國未用過秦論低頭
且沿城旦書酒酣聽我慷慨歌投壺大笑玉女多銀河清淺
秋不波東方漸高柰樂何
螺洲螺洲將挂冠咄哉勇退人所難兩年刑曹抱案牘錄囚
唯恐民有寃殺三宥三敢爭執白玉指嘬顏不歡我知公孫

雖正言不用唯諾隨長官
螺洲之山白馬磯仙人採藥去不歸長庚敬爾一杯酒隨風
咳唾流珠璣婁江老子開口笑松寥已往少同調買田陽羨
知何日安得與君雜耕釣

伯言先生六十初度同人集龍樹寺設飲賦詩邵蕙西
舍人詩先成因次其韻
桐城倡東南文字出澹靜方姚惜已往斯道墮塵境先生年
六十靈光餘孤炯絕學紹韓歐薄俗厭鶉䳭古稱中隱士卑
官樂幽屏文事今再盛四海勤造請獨有愛才心餘念付灰
冷城南龍樹高涼露聽新警拜手持一觴夜寒燭當秉

和湯敦甫師相遊龍杖歌

蕭山夫子七十餘前年致政留京都蒼顏白髮謝簪裾腰脚
輕健不用扶舊宅十笏城東隅荒園草草瓜與壺中有遊龍
雜葦蒲紫花爛漫秋不枯鱗鬣漸老根生鬚笑謂畦丁無翦
除製以爲杖形狀殊堅比赤藤輕若無直逾卭竹中則虛鐫
銘示我屢歎吁自言老退思江湖家無桑田八百株又乏橘
官千頭奴便作寓公聊自娱人生隨地皆安居飽食緩步可
當車且學老圃往荷鋤草木位置不粗疏長公近亦歸衡廬
童稚繞膝讀我書親賓過從語踟躕年年根節勞爬梳良材
如此當預儲棞載分致諸老儒愧我樗散非世須問道儻許

談其粗夫子神完老愈癯誰陪屐舄健走趨延年作頌敢近誣豈但功與靈壽俱難進易退古不如

林薌溪海上仙龕圖

吾宗懿陽遊閩川黃庭秘經傳千言首云煉已要精堅朝屯暮蒙包坤乾河上老人來探玄乘風徑向長安住長安車馬半塵霧塵霧勞勞難久羈飄若浮雲又西去我知海上有仙山山中仙客留茅龕左龍右虎未馴伏河輔欲轉無指南一日藥珠出外篇萬靈拱手玉晨前迷者莫悟墮九淵皆云爐鼎事虛妄豈有黃芽白雪生丹田葛陂扶杖喜再至謂我忠孝有根器五厨心印肯潛授一卷參同在黙識十年面壁苦

不早青眼高歌似君少海邊蛟蜃行揚塵唾手英雄事未了
丈夫當封萬戸侯功成乃與赤松游不然亦如魯連子飄然
拂袖淩滄洲日月跳丸去不復閉門日取赤文讀五百年來
一攜手兩人笑齒粲寒玉恒沙衮衮無停波魯陽那能迴天
戈仙山未遠在塵世黃金不成可柰何

戴雲帆水部陞山載筆圖

陞山昆明之主山湖水百里橦花灣翩然載筆作地志碧雞
金馬劇堅頑卽今水曹寒徹骨老郎頭白耽著述酒酣拍手
爲大笑史館諸公敢奴叱

逸齋藏畫馬四幅屬作畫馬詩

帥子嗜畫尤嗜馬舊藏畫馬凡四圖紙墨黯昧無欵識畫者自署三寶奴或云鷗波留戲墨又疑雄駿摹江都卷中題贊半老宿陽明山人非腐儒當時行陣親校閲一一細辨窮錙銖雄筆偶然縱揮掃妙意已得遺毛膚古來眞龍未易識愛肥固非瘦亦誣莫誇畫骨泥古法更難望風識神駒金臺遺址況榛莽羣馬齪齪塵中趨錦韉玉佩自矜寵奚官飽食甘牧芻頗聞苑門三萬匹驕蹇不足供鞭驅落日吹角邊草枯誰持此圖獻九衢曹霸韓幹今有無莫使騏驎地上空趦趄

寄題桐城方植之寒巖獨往圖

漢宋紛爭自古今一編商兑少知音晚年更悟無言旨枯木

寒巖獨此心

送唐子方出藩武昌並寄子壽

潭潭臥虎英雄姿西塞半壁憑撐支關中大府號能事謂少穆先生管鑰付公一手持前年躍馬至京國指陳罣开識兵機屯田大計畫長久餘事況復工文辭長安紵轡勞過從抵掌言笑無厭時少年遨遊記嶺表袖中東海藏蛟螭自攜夢研圖一册勸我試作夢研詩荆門詩客我舊識披露肝膈無溢詞神武挂冠惜歸去吾道孤矣終誰希側身太行望西北荒沙鳴雁鳴且飛太倉坐食竟何補欲言不敢慚職司肸聞雄藩建江漢春風軒軒更伸眉城西行館亟相訪謂我倦遊胡不

歸拾遺一飯感孫宰季布片言重關西古來高誼亢獨守如
公愛才尤恢奇乾坤納納待開濟吾願甘與黄石期他日扁
舟渡湘水螺洲話舊同酣嬉

六月二十一日邰蕙西招集同人爲歐陽文忠公作生
日會者凡八人梅伯言農部曾滌生閣學龍翰臣侍
講孫芝房編修劉椒雲學博周子静孝廉以天下文
章莫大乎是分韻得下字

廬陵號醉翁風貌殊瀟灑雄文啟曾蘇浩如江河瀉龍門波
九折五代縱摀揞至今奉瓣香衣冠盛日下嘉辰舉祀事拜
手陳雙斝是時雨新霽簷竹秀而野主人雪西彦潭潭開廣

厦亦有宛陵裔扶衰今大雅同時二三子英英並作者嗟予
最拙直偶一乘驄馬彝陵幸未謫自笑學瘖啞每讀公諫書
規刺不少假當時疾若讐聖主不我舍歸田漫著錄思穎自
傾寫廬山何高高落月照屋瓦詩必窮後工名亦天所赮有
儒抱琴來且祝先生暇幽蘭試更奏莫謂知者寡

梆湖十子詩鈔卷七

怡志堂初編

桂林朱琦伯韓

九月十日發通州

出自郭東門海氣迷煙樹買船下通州解纜日已暮悲風決浮雲大野豁積霧落葉何蕭蕭帶雨自飛去晚來天氣清山月看徐吐已矣謝故人吾將侶鷗鷺

度閘寄楊疊雲漕帥

鳴金宵半水門開銜尾帆檣次第來河勢盤紆連兗豫櫂聲喧沸挾風雷忽思飛輓關天庾恐有飢民竄草萊全局預籌眞不易夜寒星斗望中台

寄李石梧制軍

鍾山氣象尊龍虎相踞蟠大江直其前百丈雲濤翻我來登此山始覺天地寬東望石頭城菰蒲靖荒煙淮海倚半壁控御亦大難開府建牙節令嚴肅幢旛顧乃降辭色照人肝膽寒野鶴未可馴飄然謝籠藩酒酣徑辭去乘興遊隨園竹樹何蕭疎巖翠滴簷端倉山小營搆未脫儒生酸胡爲盜盛名遽掩惜抱軒公子我舊遊文采殊翩翩因風寄嶽雲鼓櫂下湘湍

陶鳧香觀察出示唐六如遺像爲題一絕

金昌亭上曉風清燕子春寒夢不成欲向湖西問遺跡桃花

菴裏拜先生

飲劉曉川郡守衙齋

微雪灑荒江春壑生媚姿我從黃州來飛渡赤壁磯漢水巳漸綠武昌魚又肥清風挂半帆徐徐送我歸故人方典郡竚立江之湄叩閤聞歌呼鵷鸞紛追飛問我出都時送行復阿誰歸塗紆東南秋山飽清暉知巳艮無多酣飲日巳西夜寒爲此詩歲除忘旅羈

洞庭望君山有懷吳南屏

洞庭風寒春水綠君家遠在鹿角驛波闊帆小望不到一髮君山青接席聞君艱疾尙著書巴烏湘花吾友于安得叩門

慰寂寞酒酣畫作南屏圖

枕上

春水一篙緑喧聞欸乃聲薄寒侵曉日微雨過山城客夢湘
中熟谿花枕上明老親方北望憐爾未歸情

泊長沙贈李眉生太史

君昔别我贈我詩我臥長安未即答君又欸欸有書來勸我
堅忍伺時發辭雄義古未敢荷虎豹九關氣先壓却思小臣
太狂疏屢奏貶斥黍孔書汲黯守高不相下賈誼志大翻成
迂昨抽手版付時宰歸養我親亦艮圖秋高九月雁南飛哀
鳴滿眼洲渚非似聞東南困軸杼歲額不滿猶犁追有司匿

災懼蒙譴變法求濟姑涉危尊公艑亮三江督四患直陳達奏牘河千貪吏劇劾去海上飢蛟防竄逐接滕話舊何勤懇呼兒出拜盡敦樸君時謁歸湘之鄉憂樂天下雙涕滂卽今遲予過岳陽側身洞庭望八荒中流擊檝慨以慷我歌子聆飲一觴

泊嶽麓重憶南屏並寄子壽

洞庭挂帆雨冥冥洞庭之西嶽麓青閉門著書不求仕荒山乃有吳南屏昨乘北風過鹿驛風怒不休泊不得回頭更憶蠑洲叟獨立江干寒無色

晨起

今晨天氣好挂席趁風行寒日有霽色櫂歌變新聲倦眠客方起湘水波正清笑言問漁父似可濯吾纓

雨中

隔岸雲寒石氣濃時時呼酒豁歡悰歸帆細雨春三月疎樹幾家山一峯醉後愁思彌黯黯望中烟水尙重重伶俜莫憶他年事已作耕夫問老農

上灘

一灘復一灘亂水蹙浪花刺船與灘爭灘淺露石沙人言上灘難灘險殊未涯先生笑哦詩安穩如在家灘行信爲險出險亦可誇

楚地石較多灘急更多石我舟行石上石角怒相逆直前若
攫拏側出似劍戟長年作呀喘并力爭一隙兀兀忘朝晡勇
進不暫息君看蒼厓上篙眼有若迹
昨過三門灘周遭若門戶前後十五里水平灘不怒舟子爲
我言向憚此灘苦兩厓矗亂石水深石又巨纜長不得力朝
進困日午今春灘水高坦涉如平土遲速各有時人事難逆
睹且分賽神錢明日買雞黍
泝流至河洲洲水碧如染岸旁多大屋雲水低冉冉漁家雜
三四回波鬥灩瀲灘形若漸平路轉傍重隒急洑至厓出亂
下如雨點平生誇詩膽對此稍慪斂細思却不然兹灘未爲

險人心自嶔巇爾節毋過貶

南去逾歸陽遠望連九疑灘水日以高壩多行愈遲僮僕無歡容妻子或咨咨先生坐不問日飲酒數巵反謂灘勢奇縱筆多瑰辭湘雲有遠意湘水生媚姿聽我上灘謠艱難慰篙師

上灘續得三首

一人前持篙眾篙挺相赴後者復紹吽辛苦得寸步回看下灘船如鳥迅飛去順進誠足快一纜不得住往往觸抵石蛟龍愁日暮我行雖湮滯晚達非不遇卻思失足險橫流使人懼

前灘連數舟同行復同泊灘峻約同躋鷗鷺義不薄我舟昨小停人少灘勢惡彼舟遂獨進不復理前約人生各利鈍退步亦差樂獨念艱苦中未可暫住腳直上望扶持同心莫漫託

我爲上灘難聊作上灘謡擊楫偶一歌已覺風騷騷灘神若護持魑魅不敢驕似聞零陵間兵火已盡銷莽莽連崗谿村煙半蕭條且喜故人近春星若見招我生仗忠信不用多憂勞

憶昔一首將至浯溪作

十載湘鄉別後思孝廉船記北來時布帆盡攬巴陵勝雲海

難忘嶽麓奇白髮漸多慚對鏡青山看慣轉無詩意中尚有
浯溪好且往扶藜再讀碑

登居亭

我行本是重山水行到瀟湘又不同巖壑都教發幽邃文章
亦與變清雄難迴天地扁舟裏獨立蒼茫夕照中更向浯溪
亭上望荒崖斷碣識孤忠（上有魯公中興碑）

有感

溪邊白鳥忽飛去嶺上閒雲自往還兒女團圞供笑語果然
詩似白香山

鍛就新篇似得官苦吟終日不知寒此中眞意無人識留與

江南子布看
平生詩律門清嚴慚愧僧寮泥一杴昨自黄岡樓下過斷崖
千尺雨纖纖
盛衰哀樂那能忘彈指光陰百歲忙我自飲河期滿腹不須
三萬六千觴
彦倫矯矯猶充隱曾國堂堂久不聞屠馬毀車亦多事北山
聽爾頌移文
處士偶呼報恩子先生亦是可憐人醉看萬物浩崩谿一任
青山與世新
逢掖何如二千石功名常笑上竿魚入門問雁吾何恥飽食

逍遥懶著書

春風重掃仲宣樓投紱蕭然百不憂且喜鵷鸞滿臺閣不來沙上綱閒鷗

魏公當日讀書處聞在黄泥赤壁間一自秋窗重譜出苦將勳業换名山

湘中雜詠

蒼梧雲老遠天横兩岸峯多不記名偶向舟中讀曾論愚溪欲問柳先生

茀葉陰陰不放晴小船曲折傍山行行到水窮山又轉船頭更有一山横

猶記車塵響玉珂忽然寥落感關河寒鴉不帶朝陽色湘岸春遲雨太多
遥向灘前揖故人天涯知已意相親橫塘一瞥匆匆去衡嶽雲歸已十春
時時送酒白雲邊挂杖從容剩百錢莫説朝餐少蝦菜前溪叉有打魚船
宦遊爭説上灘難浮石灘過白水灘前路鷓鴣啼不斷笑他惶恐勝朝官
弱女嬌癡呼不膺伏生口授我何能畫雲猶記兒時語細雨蓬窗擁一燈

斷岸青青草色蘇寒寥煙水楚天孤飛來野鴨有閒意添箇山翁作畫圖

先安筆研爲裁詩對飲三人酒數巵除卻看山情不厭舟中半是讀書時

論詩五絶句

希聖何人更起衰身尊稷契道甯卑試看李杜光芒在不用雕鐫出小詩

古人難到嫌才弱陵跨前賢氣太粗用法須窺法外意漢唐一脉本同符

韓生畫馬眞如馬永叔學韓不襲韓面目各存神理得驚人

猶易愜心難
愈少可珍思漢魏雖多奚補遠風騷我知聖處眞難到虛擲
黃金亦太勞
漢庭老吏當參取宋史遺編肯博收既說蘇黃詩已盡如何
滄海又横流

始歸有述

去秋出都門冬暮達湘水比歸春未半好花爛如綺上堂謁
阿母阿母爲予喜謂言得好歸我疴亦艮已呼僕且沽酒老
淚不能止别汝今幾年往事細告爾獨憐汝弟遠栖栖戀祿
仕微名懼爲累干謁艮可恥汝今但杜門學道自兹始

庭西種竹喜粟菊人至欣然有作

割取棲霞峯一巒百年老桂共槃槃寒花恰好留三徑疎竹何妨補數竿樹石無多商皮置賓朋終日任盤姍忘機意自親魚鳥便學仙人也不難

馮少渠大令空山吟趣圖

吾鄉岑溪山水窟前有少鶴今少渠風流千載兩縣令高密李憲喬宰岑最久而少渠繼之白雲時憶山中居山中雲深無人迹獨向溪邊坐盤石松花滿地鳥自飛天琴一聲破秋碧

秋末聞舍弟南旋消息

我始還鄉汝在京秋深聞汝又南行獨遊每恨無朋輩投老

相親祇弟兄最憶對牀聽雨夜不堪吹角到天明連嵗冦警迨遥
南北七千里細數山程與水程

繕羅氏故園粗畢招客夜飲更名曰藉園

池館陰陰柳色新芙蓉花發有精神莫辭沈醉攜涼月且與
名園作主人幽鳥亦知春爛漫小亭閒對石嶙峋芒鞋桐帽
差相稱只少山翁爲寫眞星橋善畫沒五年矣

菊人飲藉園次和奉答

荒園十畝費爬梳纔護笆籬又濬渠小小茆亭安竹裏蒼蒼
老木愛秋初畫禪花下留雙影桂故年來補一書可惜驂鸞
無副本樾湖今以懶名漁菊人別號懶漁

招集錢石葉飲藉園臨別贈之以詩

錢郎愛梅愛入骨生氣凛凛十指出老幹剝落有新態一枝忍凍見高逸平生愛梅復愛山寄杖縱遊桂海間新詩脫手盡冰玉小園宴坐開笑顏亭西枇杷鬱深蔚爲書晚翠兩大字固知格力老愈堅可惜酸寒甘作尉君家南樓餘畫史廉吏兒孫貧若此青山可賣佐讀書係履何慚今見予昨往乞梅贈一幅醉墨奮抹大筆禿友朋珍重意乃爾劈牋更寫苦未足秋深倦遊遽言歸江湖滿地隻雁飛爲我致聲問湯叟謂雨生五畝草堂無恙否

奉題鄒鍾泉中丞家藏墨迹

伯季雄經論黎眉見古心三君宜合傳一老許知音謂汪茗文及家竹垞兩先生履笏珍難並勳名盛自今予宗附末簡史筆儻追尋

秋夜

落葉蕭疏半打門小窗微雨照燈昏秋涼藉可親書冊世論都教付酒尊元鶴夜寒猶有夢黃花影淡更無言卷簾試放天河入瞥眼飛星過短垣

趙淡仙招同李小廬余小霞飲寓齋指壁間畫梅長幅索題畫爲明季陳如隱作在座各賦一詩紀之

隱君作畫尚古澹詩老流傳二百春只有梅花是知己却從明月認前身吟邊東閣驅寒盡夢裏西湖覓句新與子巡檐

同一笑羅浮可是再來人

楊雨岩孝廉自軍中歸

粤雲指畫氣縱横匹馬親覘灞上營自謂將軍有揖客未妨衣褐作狂生抗言款寇非長計急借前籌要汰兵太息吾謀適不用蕭蕭塢水獨歸程

江岷樵大令佐烏都統軍事又能調和向軍次前韻美之

摩天大嶺萬山横水實平分南北營兩路旌旗須會剿異方支蔓恐叢生漢朝都護新乘障幕府參戎最解兵何日平蠻揮巨筆再銘銅柱作標程

有感再疊前韻四首

斷藤復據豕蛇橫父老奔呼上將營期後穰苴當實法亂成
侯狗豈聊生頗聞使者覓征戍分遣鄉團貯甲兵尚有陽明
遺策在蠻蹊間道記征程

黯黯霜天北斗橫大星親見落前營中年所感多哀樂萬里
猶堪託死生積刼難收誰始禍披圖未可易言兵時乎及早
安耕釣莫恥論封不中程

坐耗空倉任鼠橫斷無利孔絕蠅營納降蘇受疑終叛叩壘
張嬰許更生轉饟難塡金作土投戈可藉盜爲兵不辭巨萬
規長久只要司農有準程

上端庚庚兆大横河渠平準費兼營盡輸金粟無全策那識
梟鸞不並生向寵淑均差解事魏其多易豈知兵爭功幾輩
紛杯酒衛尉何嗤李與程

寄謝定侯伍文山荔浦並示岷樵

獠雨昏昏五管横高談王霸水西營食桃何恨殺三士綿蕞
安能致兩生石鹿久沈餘僞鼎火牛畢竟少奇兵短衣蓐食
尋常事難量鯤魚九萬程

雨岩將行復出南山隖守道莊索句

李白當年愛此山山在池州九子間芙蓉拔翠幾千丈中有
高人時往還天台諸峯並羅列隖水繞村隔一彎幅巾他日

容過訪揮手徑去開心顔

潭荔仙虎門觀海圖

天下奇觀莫如海海水之大大無外沭浴日月炫百寶吐納乾坤眞一芥扶桑番舶粤臺東虎門對峙牙角雄三十六洞在眼底蕩搖蜃市空復空神仙出没尋常事蓬萊望見若可至潮汐萬里收尺幅島嶼諸國誰控制滄溟浪高行揚塵紅淚如珠滴鮫人珊瑚七尺擊不碎宫闕倒影成金銀世事浮雲變蒼狗鹿角臺荒復何有隻手敢誇能釣鼇爲君且歌將進酒蜑雨昏昏春氣悄袖石歸來天下小君自忘憂如海客我亦浩蕩狎鷗鳥

釋言

曾人有曾參自信不殺人慈母告者三投杼踰墻隣市虎豈無誤鼠璞定非眞功利毒人心狂泉如飲醹聖居非不近洙泗尙齗齗我願躬掃除磨敲成輪囷

小除日即事

歲事崢嶸逼小除澹香疎影稱山居花能醉客如中酒囊之餘錢尙買書識字豈知憂患始早春已是雪霜餘小爐煨芋灰猶暖剩有閒情說記諸

檞湖十子詩鈔卷八

怡志堂初編　　桂林朱琦伯韓

全州書事

我行巳七日始至全州城全州城始開路有行人行僕夫不敢前十里一問程梟狠幸暫匿穴鼠紛門爭殺人如草菅血流浩縱横堧中居民哭客子終夜驚官吏來廵城廵城到天明柏耆好男兒謂蔣玉山挺身詣前營持我一紙書談笑竟罷兵騎馬復東去慨然請長纓蒼茫秋氣高我亦將北征

塗中雜感八首

湘嶺雲寒舊徑迷頻年兵火困遺黎蕭條破屋烟俱黑酩酊

荒陂日易西市上訛言猶有虎宵深起舞不聞雞中原戰血何時洗只有空山鵂鳥啼

生怕姦民竄草萊沿江烽堠角聲哀五州團練仍唐使三戶餘風有霸才烏府先生眞膽略灞陵小尉費疑猜姓名漸喜無人識草草輕舠破浪來

獨鶴風前草木兵痛深粤叟說嬰城論鋒不辟漁陽席飯顆眞成太瘦生買冈那堪金又竭招安屢誤賊難平邊隅無計規長久雲黯蒼梧萬里情

子弟親兵久未聞貔貅勇號總紛紛罷歸丁壯仍爲寇亂後瘡痍尙饑軍燐血三年愁化碧沙場萬骨忍論勳天南莽莽

多戎馬秋老秦淮泣暮雲
樂毅迂迴感大初亷頗畢竟愧相如肯教兩虎成私鬥莫諒
孤轅會僨車性懶長安無筆札名高幾輩談兵書後時堪笑
成迂拙猿鳥留人桂樹疎
亦是先朝舊諫臣歸來嶺海九經春吳門我自懷梅福河內
人思借寇恂獨有儲胥關至計可能挾矢禁鄉民異時功過
憑他議且喜閭師有替人
慷慨中流擊楫行挂帆飛鳥一身輕誰供大笑千觴醉要聽
秋濤萬鼓聲殘寇赤眉猶健鬥腐儒白面豈知兵羽書江上
無消息霜冷浯溪石鏡明

瀟湘自古詩人境我到瀟湘又有詩春草多情秋更綠嶺雲欲吐意俱遲子規不用啼山木故劍終思答主知聞說嗣皇能繼聖江湖寥落鬢如絲

至永州晤子卿適清課草堂落成因次韻

先生舊有春星閣講舍還開清課堂雲海萬重收嶽麓烟綃一幅畫瀟湘樓高盡據湖山勝池小平分水竹光且喜浣花留客醉夜闌尊酒話江鄉

薜荔牆低山半阿蕭槮老木得秋多柳侯池館誰重拓揚子林亭此暫過石鼎茶烟香不散鏡潭花影月相磨卜隣猶記前時約鷗鷺盟寒奈遠何

春星閣小聚數日留詩志別

亂後欣重見三年夙好敦友朋如性命耆舊感湘沅衡嶽圖仍把愚溪柳尚存何當掃雲霧同往看朝暾

白鳥知心事青山似弟兄家風原孝友兒姪繼詩聲嗜研多奇石藏書又數楹半弓容小住嘯傲稱高情

遠當追甫白近亦逼蘇黄樂府新詩格春星舊草堂頗聞罹寇亂舉室問蒼茫猶記平田約佳篇未敢忘

策杖頻登眺乾坤復此亭烟迷三楚白山對九疑青別業東峯起高松北牖聽隔年詩補和留客雨冥冥

夜飲黄海華太守郡閣仍用清課堂元韻留别

杜老憂時餘草閣鄆州清興發谿堂湖山管領須賢守正始
風流到楚湘籌筆從容元不易妖星慘淡寢無光秋江烟冷
魚龍靜料理輕帆指　帝鄉
七年匿迹老巖阿鄉國驚心壘多往事銷沉餘涕淚故人
垂老喜經過蓬蒿已出人應笑湖海年來氣漸磨桂樹團團
涼月小停杯不飲奈明何

題金陵被難記抒憤

父老何哀哀江南江南慘酷胡忍談秦淮之水變青藍鍾阜
積尸高巉巉長毛驍賊狠豕貪紅巾帕額兩鬢髿所至殘破
草菅芟自越汞安跨瘴巖禍流岳鄂彌江潭九江徑下奪萬

颿懦卒聞風走驚駭遂登石頭虎視眈鳳儀一角摧危嵐將
軍怒馬戰正酣短兵已接攢長欃臣力已竭血面鱠可痛旗
兵盡數殲生者逃出不二三塵起日霾毒霧涵盡燔塔廟毀
瞿曇囚奴衣冠斷頸頷士烈先殉偷活慚教主黃封闈一龕
天父天母聲諵諵經傳三字耶蘇諳摩登百千縱淫妣太平
荒國僞號劉東王令出酷而嚴一館女婦一館男二十爲伍
軍相參母悲弱女手親摻妻望其夫淚眼含臨衢不敢交一
譚老者乘城僵若蠶酋長鞭迫百不堪婦羞出汲米使擔求
生不得强婀娜回視貞魂山之巉厓顛谷墜死亦甘復有弱
質行步纖接屋連巷挂樓簷我有老友何處潛姓名變作吳

門監堂堂鄒公毅且廉罵賊自呼學撫銜剸其兩臂張怒髯
藩伯涂君微有鬚死亦最酷餘難諶咄哉此賊鴟獍兼餵肉
又比黃犬饞問誰始禍吏貪婪投之有昊心始甘我軍疲乏
梱箭谿向帥轉鬥旬日淹飛塹莫越窖以覘彼虜畏之如哮
虤狻窟已固難遽探金陵血書達一函讀者哽咽襟裾沾我
亦裂眦濕青衫頗聞連鎮大捷亂已戡親藩威望具爾瞻胡
不乘鋭直下平江南

同李春醴同年話舊因留小飲時觀察衡永方籌軍食

壁壘嶽雲變謳思沂水長十年夢京國一紙重淮揚軍府眞
無暇詩情老不忘他時附鴻雁猶易達衡陽

寄曾滌生欽使

一疏回天四海聞兩湖百戰冠諸軍古來不朽豈文字天下英雄獨使君專閫忠勤先諭將幕僚才傑亦超羣王師及早江南定褒鄂淩烟策首勳

望衡嶽一首寄紫卿

衡嶽七十有二峯峯峯皆讓天柱雄朱鳥欲下翔紫蓋劃開南紀尊祝融岣嶁一峯尤儁絕字青石赤拏蛇龍禹跡茫昧難强解攀援直上愁猱狨萬八千丈到絕頂蕩蕩疑與天門通朱陵洞府在何處上清金簡藏仙宮恍聞疏磬作梵響盡絕樵跡迴霜鴻南荒火維象星火幻出百朵千朵青芙蓉上

有珠簾倒挂之懸瀑又有臥壑不死之老松其中雲氣變滅
各殊狀若丹若霞若霓虹寒日欲出互吞吐時有烟雰磨青
銅連綿九疑接五嶺往往遮斷東海東我來况值秋雨晦苔
古徑滑難支笻山靈於我似有素洪厓拍手驚相逢遽掃瘴
霾見眞面使我一拓萬古胷北行奇觀此爲冠豈眞潮陽老
守哀龍鍾我生倔屈不祈禱但喜覓句收詩筒故人長卷惜
失去妙聲久未酬笙鐘忽然擲筆向天外臥想少文追游蹤

暮秋氣漸寒作懷人詩五章寄粵中諸子

李小盧

短李雄於詩仡仡抱鉛槧韋盧變舊格險語無不敢盧仝差

能敵無本畏其膽芒角難猝去蛟鰐欲手擘詩客例寒餓漸
老造平澹時艱況屢遭過從不免減邇來復逃禪高氣乃盡
貶翮日如老衲低心就繩檢升沉了不關小别忽惻慘蓄憤
終一吐冥茫雜百感篝火狐宵鳴石頭虎方眈擊楫誰往濟
拔劍我欲斬高陳伊呂志鷟鸑語非諂江天望閒鷗秋色冷
葭菼

鄭小谷

鄭子在谷口散髮作隱淪西曹早挂冠五十而多聞氣壓三
萬籤腸撐五千文談經專講席說詩少替人好奇自一癖别
欲張其軍滄海方橫流妙語百態新我懶無門志迹異心轉

親飛鳥歡同林流水歡同源不讀老釋書不喜儒家言荒宴託鬼仙芙蓉城豈眞相如實病渴眉公汝前身百怪攪詩腸僻性未可馴辱贈兮繡衣七字氣益振擾擾粤天末南溟有潛鱗

粟菊人

菊叟性愛菊襟懷殊落落耆英九老會高躅緬嵩洛眞率我亦預㪅期行滯索藉園荒前遊花竹耽獨樂懶漁雖云懶奇語亦間作樧湖句屢賡山色秀可奪尤工擘窠書落筆氣磅礴鍾張疑再生謬賞到來鶴餘力及水墨透出紙背鍔前年游京師山水富行橐垂老多苦辛翩然返舊壑啜菽每輿歎

令子一个弱課經時教孫低首再入幕臨别意惻愴贈我比
金錯盛衰各有時俯仰成今昨紛紛少年埸金石安可託

馬雲谷

雲谷耄而少出語甚敦樸八十始爲詩老學惟汝獨他好肯
盡捐屢問不厭瀆白鬢飄徑尺頗似緣坡竹平生精畫理所
畫三雲谷舊圖惜盡失丹鉛苦不足分書亦絶妙餘事紀瑣
錄辛勤梓人傳義不憚勞辱萬間留遺構坐卧一小屋垂虹
踏長橋勝事今再續探囊出新詩氷玉粲盈幅望我爲名臣
詞侈義則篤凄凄灘上謡苦語難卒讀扶杖望兒歸何久耽
微祿

趙澹仙

君昔執我手向我索詩序自言生性僻拈髭吟聲苦醋甕幾誤人布衣頗自許不惜千鍛煉別闢一壇宇劚削眞見骨樸野彌近古孟生銅斗歌踏浪不踏土賈師井口句三年淚如雨君亦用此例銳欲圖客主石桐坐小閣惻惻老鶴語秋風號萬竅鐵笛有何譜詩史辱見呼傷亂共淒楚百年多苦心坐此感羇旅

同友人飲舟中

多言乃數窮易盈非大器至人不立異學道貴默識坦懷説恩怨如道尋常事微生耿自知臨境俄難制六鑿況紛擾野

馬倏奔馳造化惡作劇世態等兒戲望遠生愁心咫尺不得
至枕邊一夜夢淚滴相思字
我生五十三歲月去如瀉較君長一歲所歷足悲咤頻年抱
軍書揮汗度炎夏秋涼秣吾馬去矣策高駕亂定始思痛事
過猶夢怕唐衢本好哭侯生或遭罵時急暫相倚氣高兀不
下寸田恐自荒默爾守耕稼向平願粗了兒女聽婚嫁平心
得解脫回味勝啖蔗且共歡此飲對月美清夜

長沙官吏祭軍門塔齊布詩以紀哀

前年痛哭江中丞誰其繼者塔提軍中興以來數將帥林公
之後三忠魂巴圖魯號天下聞論功終當畫麒麟潯陽忽見

大星隕目眦盡裂烟霾昏為猿為鶴那忍論洞庭淚惡愁鯨
鯢當時決策竟東下樓櫓蔽江如雲屯武昌踢到黃鶴碎赤
壁萬舟一炬焚奇謀勇士何紛紛督師者誰曾大臣拔之偏
伍付將柄　天子動色稱知人三十登壇絕等倫壁壘一
變號令尊都天健兒來歸附飛鳥不敢當轅門平生愛兵如
弟昆飲啖雜坐笑語親又聞臨陣有異馬生死一心同苦辛
九江天塹波沄沄城頭逆燄壓壞雲一腔熱血何處灑眾口
喑啞聲潛吞昨者歸靈衡麓嶟公與二公當為神羣吏跪拜
圭俎陳巫咸上天訴於閽專祠特建加愛恩我舟北渡湘之
濆怒風不息吹沙塵汀蘭澧芷凄餘芬投以湘纍萬古之奇

交淚傾長江濁浪渾嗚呼得不哀痛三忠魂

重過李梅生舊居讀遺集題卷後

生死交深兩世憐騎鯨何處問青天長沙年少空垂涕小李詩狂號謫仙鄂渚梅花醒客夢芋香池館鎖荒烟不堪重過城西路三直悲歌一泫然

欲往武陵訪楊性農不果

疇昔追逐如雲龍愛才無厭兩心同孝章不待文舉譽太白化爲東野窮南來瀟湘屢問訊幾歲尺書不一通我學日退付癡詅怕見子布慚阿蒙

舟泊七里湖讀紫卿集即書卷後

湖西把卷獨長吟湖上煙波深不深三十六灣秋水色二千里外故人心難忘耆舊齊歐鄧徧謁名山似向禽可惜清才艱一第瀟湘垂老鬢毛侵

越日再題紫卿集

天涯涕淚阻風塵病鶴支離隔幾春半樹老梅應念我兩家楊柳合爲鄰頗聞白紵繙歌調只有青山似故人塵榻尚懸琴匣在一回相見一回新

晨起對酒

湖口連朝避石尤侵晨五兩送輕舟好風不用一錢買狂客何知萬古愁飲量頓增傾綠蟻曉烟漸暖起沙鷗榜人笑索

迎神曲丹荔黄蕉拜柳侯

眠山晚泊

浮天湖水疑無地船到湖西别有天雲夢氣吞巴子國荆門秋老郢中烟落霞暗澹寒鴉少帆影參差夕照偏買酒已知沙市近眠山一線正蒼然

舟次微雪寄舍弟容菴五首

微雪荒江早初冬朔氣寒亦知愁遠别不是愛高官賢達方求退吾生敢避難新亭收涕淚辛苦向長安

心疲從弱歲吏隱吾能兼已是出籠鶴眞同上竹鮎巽方還帶甲旅食耐虀鹽莫漫誇形勝荆關未解嚴

離家已一月遠夢殊凄然多病憐兒弱孤雲憶弟眠藏書餘善本負郭少良田怕讀脊令頌艱危歷歲年

吟興愁來減孤舟生事微魚多貪唼餌雁冷亦低飛原憲貧何病漢陰思息機寥寥歌曠野吾道豈終非

市遠缺蔬菜村荒止數家傍堤多短竹晩蓼弄疏花薄飲難成醉浮甌總帶沙坐看寒日暝林際數歸鴉

荆州晤李鶴人廉訪時方罷官從戎留詩見志余讀而壯之

鄂渚荒城灑涕收白袍漉漉提髑頭刳肝祭告伸親憤瀝血艱危抒主憂子孝臣忠原一事詩才將略各千秋南征怕讀

烏飛句横槊樓船下郢州

讀王子壽論史詩爲廣其意得七章

取人必以言高宗恭默尊如天取人不以言唐虞考詢胡爲然孔子設科有言語宰予能言訖不取回愚不違語終日聽言觀人非一術能行爲上言爲次眞知其人不待試太公釣於渭之陽立談俄頃致侯王嗇夫喋喋釋之諫忠規諤諤著廟廊豈無椎樸不出口亦有便佞舌如簧兼聽則明偏聽闇藥言窾言宜審詳尙書道要守二語有順汝心有逆汝愼戒面諛君記取

黜陟以三載令簡吏無瀆國之二柄賞與罰先其大者而已

足秦人好量書日夜不得息隋文勞吏案猜忌多苛刻君不
論相親其細相不求賢鰥厥職荀卿亦有言主好要百事詳
主好詳百事荒舉舉萬世挈政綱親賢遠佞邦必昌
女無美與惡入室先見妬士無愚與智入朝寵爭罣憸人辱
高位豺狼方當路捄亂旣無術萬事委厄數簿書徒疲勞誤
人邦國坐自誤惠卿巧令公喜主簿黠令公怒用之則虎不
用則鼠信哉小人易進而難去
楚人劍利倡優絀秦王臨朝且歎息何況鷹隼當摩霄扶搏
不假兩翼力仲父尊爲父太公號爲公王霸大略固不同風
雲水火以類從上下否隔終無功國家元氣惟此事堯舜所

憂良暨細自古知人法不傳茍正其本萬事治
漢高落落英雄姿當機立斷不復疑爵不阿近罰不私此意
昭烈深知之賢臣小人兩言耳獨於此事太息究論無厭時
帝者師臣王友臣天下豈可謂無人惟賢知賢獲其眞大哉
宣尼言鄭有子皮齊鮑叔進賢者賞蔽賢戮楚國虞邱亦良
相關中蕭何不錄錄天下安危各有注將相和調士豫附願
書此語如陸賈猶勝叔孫徇時務
瞀儒不適用開口陋管商遇事輒顚躓欲買百金方桓寬議
鹽鐵漢制亦頗詳劉晏專理財唐運俄再光軍行不罷餉不
匱掃除羣盜如驅羊司農筦利乃其職論史胡故相謗傷糧

艘遠久計最良租庸參用蘇疲尫我無敬輿捄時策安用亢
言訾裴楊
海內汲汲苦兵食漏卮不塞終無益根荄不亟去嘉禾不得
殖盜賊不盡剪繇役無日息緡錢下策出宏羊變法之始猶
端詳朝布一令夕又改雖有上策無由臧漢武雄略晚知悔
天下已壞不至亡史遷作史不是謗賈生痛哭邦之祥吏道
太雜礙官方條例滋多飽胥囊本計終當返耕桑積弱何以
變富強勉勉綱紀望我　皇
馮展雲有詩僕歐陽泰持詩送行聊答其意
君家傔從皆能賦不耻泥中竟自呼得劍定知同俠客寄詩

應更遣長鬚未妨識字端明僕自古憐才頡士奴我亦昂藏
過六尺徵車爲爾愧長途

當陽道中

楚塞蒼茫外乾坤戰鬥中晚烟烏桕冷山勢虎匡雄厓豁形
如吼嘔呀語不通夷歌聲又起野哭幾家同

建陽懷古寄子壽比部並呈展雲學使

荆南城外車轔轔虎牙作勢趨荆門其中建陽地莽蕩亂山
如馬環列屯江流至此始一縱逴與雲夢相吐吞自來設險
誇重鎮置制自宋爭雄尊當時水寇頗忩橫岳侯傳聞此駐
軍滅么入日信神算枕席過師如不聞漳沱峻坂餘舊壘路

人指示原上村鴉雀千年著靈跡耕者咋舌駭霆奔精忠剩
此一塊土至今猶有雷斧痕道旁大樹盡南向獨恨賊檜潛
孤根金陀萃編那忍讀獄成三字眞覆盆荒朝功罪率倒置
碑冊臆斷紛失眞異時曲端亦若此魏公畢竟非良臣騎驢
湖上自惻愴可惜將將無其人嗚呼南渡不復振坐使歲月
成因循文官愛錢武惜死天下何時還麗涫茫茫七澤自憑
弔呼酒痛飲無與論高臺澹蕩照落月最憶三子同清尊爲
歌此事問螺叟遺跡監利儻並存

校定展雲近稿復系以詩

亂後相逢笑口開三關使節重蓬萊嶺南數子誰能繼海內

頽波要挽回已軼魚山稱後勁不辭𩩲尾鬥清裁考詩刻酷
容針石我亦丹池飲水來

長坂瞻關坡遺跡

炎漢扶龍臥巖關紀鳳鳴英雄餘履跡天地塞威名長坂寒
雲色荒城畫角聲所嗟豺虎亂立馬涕縱横

象山講堂

一塔荆門峙千秋祠宇新象山非異學朱子有爭臣无極何
容說陽明獨契眞何時掃精舍雙洞絕纖塵

襄陽晤羅澹村同年留宿郡齋因登孟亭

舊好伸雞黍風流見孟亭松雲棲峴首草閣聚春星太白詩

誰敵羊公涕尙零南山歸未得遥望鹿門青

同王子章羅少村遊隆中謁武侯祠

古人重名士今人爲名累古人尙謹慎謂可當重寄今人尙謹慎藉此固祿位古人比管樂讀書觀大意今人卑管樂不能堪一事大小材固殊利鈍競相避豈知王佐略澹泊先其志親賢遠小人前漢所以治堂堂出師表讀者隕涕泗何況尋遺跡抱膝吟茲地世亂思良相黃陵訪碑記寥寥二千年庚子乃重識南陽別有廬梁甫爲累欷

漢末苦寇亂割據紛權紹宗冑多卑弱羣雄方擾擾伯仲各辟地掐致屣爭倒蜀國得其龍德操識獨早薦賢第一義鄭

虎與齊飽多助國乃疆自用智則小帝者必有師草廬亟躬造時時勤咨訪軍事益暢曉不然隆中對數語已可了胡爲喜馳驅付託重元老屈指三代下儒者氣象好參署不憚詳忠懇溢文藻相臣有大度開誠布公道低回祠宇間羽扇想襟抱出處艮未易知巳古來少

自隆中歸過廣德寺小飲

隱公一勺泉紆轡入法界乞食但爲飽彼教亦墮壞雲居舊有碑大書殊瑰怪宗門破木楔深入衆佛海徒閙煨芋香懶殘知何在

樊城

樊口千家萬家住遊女索錢亦無數狼籍畫眉傳脂粉帕首
提籃不如故魚梁水錢迷烟樹渡頭乘船晚爭渡只有紅燈
照夜歸不見龐公棲隱處

汝州

漢代風裁獨李膺汝南月旦到今稱名高自望亦虛采流濁
黃河恐未勝徒說奸雄生季世不聞勘亂有奇能林宗善善
吾師表黨禍東林宜並懲

宿許都有懷蕭謙谷師因寄其子薌泉

虛懷愛士古誰比知巳難逢潩水空當世治才無賈誼河南
郡守重吴公敢云辟舍如同谷且喜詞曹有素風雨世紀羣

知契篤白頭猶記一尊同

車上默坐有省

敢矜逸足絕塵奔亦勿駑駘使水渾愛馬終能得馬力刈葵切莫損葵根三年畏壘爲生業一寸元珠養化源從此瀹疏文字性閉門畏口不輕論

梁園三先生詩

許鷹逵刺史山東濟甯人諱鴻磐

先生勤吏職作牧古許都篤老臥夷門面鐵一塔孤平生金石契積書如廒儲學子恣所讀惶駭觀鴻都予少擇所師文獻導前途識曲得其眞古聲陋笙竽先子昔同官僻嗜道之

腴詞學訂六書伶倫相怡愉巾帢絪諸老東國半癯儒歲寒知貞松舊有三友圖

李匀洋大令萊州人獲嘉知縣諱兆元

萊陽老於詩著十二筆舫瓠餘賸中州秋柳箋貽上樂律創獨解梅影叢清曠老仙雁字歌要遺鐵笛唱阿翁振夕秀高識無與讓延之再成軒二子觀所尚爰取先輩文指畫剖意匠河海疏一氣頓挫出劉亮古誼嚴始進科第決不妄後生無根談奈何日縱蕩東洋留一句飲腹安敢忘

王禮思州牧公諱宗敬濟甯人舉孝廉方正官晉州牧琦之叔舅也

禮思丈人行嗜古精分隸泰山摹秦碑孔廟存禮器陽冰與

擇木悦如今再世少年舉特科方正屹延議泗水廉能績長
垣界濬地公耄往省之館我常甥異孳孳戒平旦爲文先養
氣氣定志益堅尤須審誠僞少狂不知裁多欲苦爲累甯陵
授一編稍稍辨義利撫今三十秋老矣懼失墜未了山人書
挂壁六大字庶幾勤晚蓋抱獨恒知媿

聞伯言丈僑寓清江感賦

楓林夢見尙吞聲寂莫千秋萬歲名魚鳥難忘人澹蕩兵戈
翻笏筆縱横似聞書籍多亡散有數親知半死生差幸間關
遺老在挈家無計返宣城
六朝金粉劇摧頽賦就江南亦自哀庾信才名吳下重杜陵

老瘦賊中來銅駝怕見埋荆棘魯殿巋然剩刼灰舊篋尙存
新刻就定應把卷笑顏開

聞盡蠲兩河加價喜而書此

驚心兗豫半流亡河勢滔滔下齧桑芻粟挽輸中土困黿鼉
驕横大東荒側聞下詔蠲逋賦不使遺黎痛去鄉　聖主獨爲
根本計扶攜父老涕沾裳

過延津

侵晨冐曉霜轆轆轉饑腸似聽車鈴語微聞餅餌香近邊猶
苦寇異地未爲鄉惻愴舊遊處道旁多白楊

荒村四五家歲儉陋生涯豆粥糝黃米鹽虀啖白芽老農猶

望雪殘炖耿生花尙有宵征戒山城咽暮笳

飲豐樂酒自謿

平生遊迹半燕趙豐樂亭前酒一巵未耐風沙仍作客略安筆研便裁詩長途僕倦恒貪睡野店鷄鳴怕起遲輸爾田家朝臥足牛衣何故淚如絲

飲酒續得四首

百年三萬六千觴笑說庚寅坐命強得酒拙於蛇畫足升天黠似鼠拖腸空憐愚叟移山志難覓長房縮地方昔日負薪今貴富悠悠五十故難量

夜寒獨酌少歡悰看劍難平塊壘胷陳軫尙思剸兩虎葉公

未解好眞龍縱横五餌何煩試芻粟三吴不自供私喜篚筐
邦本厚盡寛逋累免租庸
神山望見轉迷離饌進肴黄語亦奇瓠子有歌悲漢武棗瓜
何處見安期最愁殘月摇征鐸誰倒長河塞漏巵我醉欲眠
君且去吸霞餐玉未應遲
材館藥籠肯並收元珠象罔細推求欽鵵嗜腐原非鳳乳虎
初生敢食牛郢説固知容易誤老兵與語暫忘憂袖中尚有
陰符在欲釣王侯亦可羞
沽村酒飲家十一宗老聞隔苑老梅巳放花
磨敲詩膽忽輪囷海内論交復幾人心似野梅仍愛雪眼看

谿壑又迴春廣平鐵石知難變廉吏兒孫不諱貧郵釀瓦瓶
君莫笑吾師爛漫取天眞

懷林薌谿閩中

文章於道豈云尊莊老當時許並論山水方滋篇翰富形彫
盡化本根存射鷹樓上霜風健說禮書中笑貌溫獨惜老儒
翻教授計車信否到都門

聞孔繡山消息卻寄

北海好客尊不空李白詩狂飲千鍾忽思太古問明月卻向
青天騎白龍蓬萊咫尺疑可到容成羨門倘再逢期君攜手
看日出雲海蕩蕩開心胸

答友人論詩

周詩三百十一篇曾經聖手難爲言魯齊諸家守師說卜氏
絕學毛公箋篇刪其章句刪字侈稱古詩有三千鄭衛淫風
尙不削肯安褊迫裂歌絃秦人摧燒妄立石老儒已死闕不
傳尙餘離騷二十五聖處已到日月懸漢初樂歌頗近質蘇
李揚馬導其前熟精文選抒妙理玉臺新詠別爲妍高文要
得建安骨探道始識淵明賢大謝小謝並清發鮑庾藻思何
翩翩三唐兩宋面貌異善學能變神則全輕薄獵華盜名譽
自元訖明猶蹄筌我家曝書八萬卷猶病音學不貫穿古聲
淡泊味者少自提一律歸精堅平生宗法有歟子李杜韓白

蘇黃元此外諸家間參取漁洋老筆親排編五字七字各正變劃置連壁無乃偏歸愚別裁見自別北平河間稍便便貶斥李何亦太過不如惜抱持論平後生晚出悅袁趙狂流東下奔百川競摘萏翠媚俗眼難追汗漫遺羲鞭狐生單間豈云挽和者寢衆紛高騖北行苦寒濡凍潁老馬識途私自憐悲歌慷慨詢舊俗往往眞氣出幽燕肺肝槎枒不可遏俯仰今昔心茫然胡嗚不平逞雄鶩吾讀天問解以天

檆湖十子詩鈔卷九

怡志堂初編　　桂林朱琦伯韓

到京館翰臣寓齋

薊門三日雪太行白如馬奔涌從天出雲氣亙大野春風忽吹散攬轡至日下晴明有喜色朝陽照屋瓦梅花開一枝暗香襲衣袴隔年欣見子亂後手重把五載瘴海間苦心誰知者故人雜沓至門外車摩輠風流兩京兆（謂蔣申甫大尹霞舫少尹）直節今亦寡但問故鄉事悲歎歲月瀉

王定甫招集西舫小飲翰臣詩先成次和二首

元都重到竟無詩上巳桃紅又一時萬事休論付杯酒十年

潦倒惜花期且欣內史還修禊欲繡平原更買絲我自思歸歸未得潛通小有憶仇池

晨燈酬唱續清詩西舫春寒聚少時君有晨燈集一時和者甚眾一字鬪仙羞剽盜百年鄭老赴襟期要看公等迴元氣不惜風塵涴素絲遠志出山仍小草未妨臭味有差池

繡山嘗言王子梅欲得余詩因出顧祠聽雨圖爲題長句

一人一像藏顧祠各拈一韻題一詩丁未九月顧祠贈別九日高會繪同人小照留祠內遽歸去回首巳是十年期當時好事何與張後來詞客瑯邪王潑墨作圖卷飛雨雙松照影吟筆簧僧寮瓦古短

垣圯獨恨平子成先死（謂石洲）翰林仙人亦貶謫舊交星散今餘幾東山酌酒氣猶豪薛華長句風格高惜哉風塵困箠楚策蹇遽去如藏逃春寒苦雨已二月松花亂落如殘雪城西荒祠少人到獨對茲圖歎幽絕

葉潤臣思歸不得作江漢歸舟圖寄意

一舟小如葉淡墨漬烟樹大江無惡風直指漢陽渡擨笛逢仙人梅花吹何處快事那有此千里自歸去濯足巴陵東洞庭可吞吐昨從君鄉來恍恍墮塵霧荒山餘黿蛇腥風穴狐兔城中十萬家樓宇半僵仆藏書付煨燼金石亦無數一笑浮雲變萬事都非故城南再呼酒眞氣時一露披圖作豪語

瞢騰任朝暮夢中江天大猶得侶鷗鷺

朝鮮吳亦梅至都得李藕船消息卻寄

老狂得酒猶磊磊豈有詩名動海外忽驚遠客相問訊凍筆槎枒走光怪世事滄桑多變幻且喜故人尚健在閉門讀書無一事寂寂車馬絕塵猥西臺弟子白髮新潑墨淋漓訴眞宰論詩品畫亦不惡大雪長安落璀璀鴨綠江寒柵門遠草木春回新破蕾藕花十丈高如船只有此心東到海

亦梅索題天竹齋圖

小齋幽且妍闌天挺若竹枝葉何纍纍離披翦紅玉植之風雪中清標秀西竺豈獨炎官避煩可藥凡俗粲粲吳季子東

濵奮高躅袖中珊瑚枝莽蕩搖海綠落月出闗門中原遠在目元鶴倘見招黃葉篇再續（謂藕船）梅花一萬樹冰雪積卷軸君持此詩歸滇上看雲出

陳凝甫舍人出示尊甫九香大令紫雲研冊

研上隸書紫雲端刋自有宋元豐之六年是時坡老在黃州同張懷民游承天銘之左側廿四字雲耶水耶相澄鮮雲水無名定何物萬古不壞惟粹堅袖中蠻溪剩此石潭上涵星復翳然愁心今古千疊山詩人一例窮可憐公有故人方出子裔孫仍隱光黃間愛公之詩寶公研得自顏𧀼猶沃田不炊而熟中州語丹紋奇古誇璺緣陽羨何曽置五頃食古先

劖詩一編新刻食古研詩集簡齋無已守家法固應有子如斜川幅巾異時倘過訪研匣細覗蛟龍蠷更向老坡乞轉語不待山中招我歸來篇

胡新泉出示石臣姻丈遺墨山水長幅自題云零落人間一角山和者多次韻新泉余之女弟夫今官農部重見京邸適余亦編次先大夫遺詩感題卷末

零落人間一角山百年喬木涕汍瀾博陵畫本仍如舊安國遺書未忍看池館尚餘新草綠兒孫不變素風難兩家手澤各珍護抱卷重來欲再刊

題王芝舫竹嶼圖用圖中汪仲穆韻

蕭蕭城市如山谿繩牀竹影搖東西時時空翠落人衣此心
光明如朝曦仰天微笑似欲語抱琴石上幽鳥啼

移居蕭鄉泉侍御紫藤山館雨後簡仲穆並示陳凝甫

中翰

子雲好客兩椽屋東野移家百本書驄馬人猶愛風采儒冠
我自笑迂疎天門蕩蕩春暉遠蘿檻陰陰暮雨初只有街南
兩詩客時時呼酒過吾廬

夜雨次前韻寄曾同甫

趦趄進退誰相念臨別殷勤一紙書酒不澆愁春夜短夢猶
思越雨聲疎劇憐衰疾仍羈旅豈有文章到古初絕境杖藜

同歎息班生終返故山廬

得會稽令莫子任書知韋詞臣欲歸不果復次前韻寄之

江南道路猶多梗鏡水艱難有報書萬里此行眞自悔一官苦戀計何疎仲宣樓上頻回首叔野樽前感遂初寄語韋郎亟歸去湖西為我闢精廬

黃翔雲招同仲穆凝甫遊永樂禪林仍用前韻

聞説老僧猶示疾禪家别趣不關書衰年未覺功名薄當局方知計畫疎拄笏遠山秋氣早盂盆佳果晚凉初紛紛輕重何須校豈有任人問屋廬

和春圃相國用拙集論詩五首韻見贈依韻奉答

潞國龐眉未覺衰元公白屋不爲卑司農暫解樞衡重碨谷
徽吟憶昔詩

黃羊遠溯家風古蒼頡精刊眾說粗前有亭林後經韻二徐
兼采到王符王蘿友大令嘗爲公校刊說文

洛社閒身仍醉白元和老筆要推韓豈惟文字衰堪挽旋轉
乾坤自不難

主聖臣賢曠古遭隱憂江海尚騷騷陸生試揣何深念東閣
重開莫憚勞

懷中鍼芥豈輕投爨下琴材肯見收敢說橫汾聆漢曲淙淙

始識水東流

晨起

晨起一無事平池下氣幽荷圓新出水雨過竟如秋僻性遲搜句徵寒索敝裘尚多湖海興把卷暫忘憂

四月三日葉潤臣孔繡山招集同人於慈仁寺爲展禊之會是日先致祭顧先生祠然後與會

往年聽雨寺西隅倚醉下筆詩膽粗今年春寒久不雨蒼苔盡裂松根枯荒剎闍黎何所有一二老僧白髭須擔柴汲水出應客開成井乾豕野烏祠前兩楹半頹圮斷塹數櫝堆亂書宋元學案書版藏祠側入門歎咤異今昔循壁且看空王圖華嚴丈

六現彈指以火來照形狀殊彼教尚能護龍象吾道奈何委
榛蕪絪維國初盛經術逸老往往勤徵車大開史館羅英彥
推轂奔走來潘徐亦知高爵未可餌輿起樸學誠非誣百餘
年來訪遺址薦列樽俎崇祠廬翰林作始我亦預嘉辰歲歲
陳芳醹編排名字隱誒攷豈敢文酒爲嬉娛郡國利病棄不
講坐使狂流倒江湖中原格鬬少將帥亦由謨謀無巨儒司
農水衡盡束手吏事未免親錙銖丈夫匡時無一策不若苦
空説浮屠殿閣況直新雨霽老木綠陰蔽簷除西山遠望有
秀色頹日欲下雲模糊朝官散直一無事車馬如龍踏高衢
流觴祓禊未可廢二子風流萃簪裾高名異代動遐想不飲

兀兀胡廑吁天下大政在誅賞邊徼所急惟軍儲七年兵間召詣闕徵意頗欲陳區區精靈如告憐我拙氣味誰親筍與蒲淮上詩客氣儻蕩（謂曾通甫）臨别念我猶趦趄爲書此詩與商榷吏訊淮北兵事今何如

同仲穆潤臣諸君飲陶然亭二絕句

一亭聚九客四顧何莽蕩荒城墮殘月大地自清曠

往者胡爲悲來者孰與紀亭前蕫花碣秋山有春氣

繡山尊人宰瓢城有惠政作瓢城吏歌美之

瓢城吏清如水只飲瓢城一瓢水瓢城城小小似瓢黃河冰高風怒號百夫呀喘不憚勞千椎崩裂魚龍逃瓢城吏椎冰

苦糧艘不得行難迴長官怒民聞吏去啼且走皆曰還我好
父母君不見瓢城吏在人口碑上兩字青天大如斗

六月廿一日歐陽文忠生日林頡叔水部同少鶴農部
招集松筠菴拜公絹本遺像潤臣舍人亦攜詩龕摹
本張壁間與會者陶鳬香張詩舲兩侍郎錢萍矼理
少龍翰臣通副孔繡山中翰劉炯甫孝廉圖爲頡叔
所藏上有　乾隆御墨並晁李二跋分得宜字

滁州遺像昔所窺柏槐高秀列兩眉風燈過眼又十載拓本
遠憶琅邪碑菱溪大石何頎頎荷花生日香滿池一琴一樽
爲公壽冠佩再覩天人姿公之文章百世師公之自樂知者

希博士徒傳醉翁操省郎解誦鷓鴣詞風月清切留曹司刼
火不壞誰護持圖中二贊隱可識李端叔與晁説之詩龕一
圖並完好宸翰照耀椒山祠諫草有亭自先後升階傴僂欲
拜遲公當盛宋偃兵革白髮青衫猶歎咨何論戰鬭變陵谷
忍使曹杜遭芟夷歸田如公未敢知孤遠晚出足瑕疵帽氊
感舊鬢有絲琵琶作絃苦無皮金石千卷聊自嬉亦知古嗜
非今宜不如花前醉倒紫泥巵

孔繡山韓齋雅集圖

孔君性好客年年爲雅集每集必有圖縑素高一尺圖成輙
索詩歲月識歷歷記者春木翁書者道州筆柏梘與石洲四

子留妙迹我生數知已不忘師友盍訪舊自驚呼老淚如雨
滴劉郎笑重來衛八感兹夕萬事不如初滄海判今昔

司馬繡谷善繪事醉後尤奇席間出采芝圖索詩

繡谷先生五十九醉墨淋漓酒一斗卻被人稱老畫師此老
胷中無不有燕市逡逡强趨走自拈一芝開笑口尊前意氣
北海豪風流豈落商山後江鄉半壁紛塵垢落拓一官呼負
負蒼顏白髮驚相逢短紙秃筆大如帚巔厓老榦迴屈鐵濃
墨横皴出雄厚邊鸞寫生知名久隻鶴歸來誰與友每思營
邱輙興歎安得蓬蒿臥田畝堂堂歲月侵人來昔日少年今
老醜仰天不飲杯在手壁間劍作蛟鰐吼似聞江海亟徵召

往取黃金印懸肘

同仲穆飲慈仁寺與劉開生翰清言別

慈仁寺側讀古碑開成井闌覆荒祠一架紫藤何臃腫兩株老柏尤支離客中送客飲不痛山外有山雲自奇老僧疊石作尋丈更就隙匾開一池

方小東金臺游草

人嫌才少汝才多無奈蟠胸百怪何碣石樓臺荒白日薊門風土助高歌蛟螭自易驅螻蚓璞玉難雙要琢磨我有一言君記取侯門無事不輕過

聞潘愼生消息次前韻懷之

十刹荒寒酒市多燈光如海奈明何黃郎豈少幽燕氣斛律
重聞敕勒歌鐵騎冰天紛慘澹鈿車壁月幾消磨鶗鴂吟侶
今來否莫負花期一暫過

吴亦梅攜藕船和詩並恩誦堂集見貽題寄

海鄰風月載歸船君有海鄰詩鈔兩地相思倍黯然知已再逢吴季
子報章猶問老梅仙和詩訊及梅伯詩白華絕頂三千丈黃葉懷人
廿八篇卻喜琴樽圖尚在分來恩誦及春先

藕船復寄酒㽅銘横卷次答卻寄

海外論詩李藕船百年鬢髮各蒼然接䍦倒著眞狂客眉井
新銘亦酒仙聞說林邱甘臥病遶追蒲褐有佳篇若教東國

論者舊未識臺山孰後先讀金臺山詩而未識其人

聞友人失子慰之

我年五十始生子君正丁年未覺遲灑涕自應憐舐犢騎雲何處問靈龜莊生弔詭翻爲壽揚氏元文亦最奇美惡有無同一例湼槃佛語不須悲

送翰臣學使之江西

鄉園五載同辛苦冠蓋重逢自去年百粤只今思父老九江持節又烽烟難忘士變春秋學未讓歐陽六一賢寄語詩壇舊鵝鸛風塵輸爾著先鞭

同里諸君多附翰臣使車南行家倬章復佐幕事

相依巳是十年餘各有傳家治譜書唐代詞人多佐幕公孫舊友盡隨車潯陽猶自驚多壘温毋何曾歎絶裾擊楫大江風雪裏暫時呼酒莫踟躕

對酒有感因題潤臣城南買醉卷上三首

去住渾無策樽前酒易空吾儕甘拙守往事忍論功齊虜皐三窟昌黎畏五窮春花太寂寂微雪灑東風

鹽鐵因時變薪芻索價高樞言稀奏記圖法困錢刀獨客安能樂微生亦太勞揮杯自相勸兩鬢漸蕭騷

斂退新趨懦交親亟飲醋亦知賤士醜未讓古人眞開徑能求益餘糧豈餽貧共君敦夙好買醉莫辭頻

人日葉潤臣孔繡山兩舍人招同朝鮮吳亦梅安桐齋

欽聖公舊邸

入春七日有詩無隔歲消寒補作圖恰好瀛洲談二客未忘皇甫重三都藕船寄詩及前敘猶上公賜邸花先發海國知名道豈孤白髮青衫同一醉夜闌燈火照歸途

次韻答楊汀鷺傳第並簡潤臣

河防兵志夙所聞絕學今更傳子雲八百一圭幸分我半千三對眞知車長櫰倘可託晚暮短布豈能忘華勳虎房雪落風似虎青眼高歌只兩君

汀鷺亟稱余新鐃吹曲次前韻

巨眼如君昔未聞南山挾瑟遏行雲長江不廢自千古老鐵誰能撼一軍協律翻推張水部風流何似杜司勳百城坐擁相歌和此樂豈殊南面君

潤臣用前韻見和適讀楊性農駕部移芝室草因題卷後並次答

日下相從訪舊聞山中芝草茁湖雲一鐙酬唱萬人敵性農欠少鶴晨鐙集寸筆指麾三百軍性農以三百至九首人守其鄉楚國異才眞并世舊時尺箠敢論勳門心已懶荒鉛槧鼓角重逢又有君

重讀柏梘山房遺稿有感

去年讀竟曾書後流涕師門奉瓣香把卷低徊猶昨暮旅居

容易又春光到江潢潦終須盡撼樹蚍蜉不自量尙恨從前疏領略未從眞放剖毫芒

謝李芋仙貽楚詞善本

高齋富藏書谿館楚詞妙私忖欲得之未遽奪所好乞歸暫一讀强諾意微懊越晨君過訪把手忽狂笑袖中一束書持以相等較紙墨無稍差奇獲匪所料平生文字性根柢在忠孝友朋義旣厚精氣隱相召峩峩獨立樓天問助雄驁旅舍忘卑棲揚馬奮高蹈京華積三載貴勢不一造酸鹹胡我嗜持贈比圭瑁翻欲拜牀下銳意窺道要南豐睠前賞贈詩及曾侍郎公達絕背誚嗟我復何有荒學耻近耄離騷二十五聖處安

敢到且擷蘭芷秀更取鐵厓棱君屬校楊鐵厓集一鴟徒往復瓊華
末云報

元夕書示少濤族弟

形同老鶴强翩躚藤館陰陰欲雪天私冀田應無惡歲似聞
寒已過荒年殊方兵甲書難至九陌烟塵月再圓堪笑車棲
猶昨歲燈花何故鬬新妍

朝鮮安桐齋集繡山寓齋索詩

浿津推舊族宗國有姻親宋末孔氏支裔有適桐齋遠祖者白袷正年少青
螺點筆新文章無畛域摩壘自輪囷北學今誰繼吾當問海
鄰

黄少蘭司馬自江南來席間話張殿臣鎮軍戰事歌以紀之

微月階前照汪汪江南有客方醲觴太息蜀帥既已死兵柄可付綏州張綏州善戰智且勇虎毛被額豹裲襠戟門銀砲正奠醱彼虜追覗來撞搪將軍大呼有我在軍帖百道安罷厄夜出不意火賊壘飛刀一指奔群羊健兒十輩一敵百僞旗斫倒烟霾黄鶴門垂翅復大振凰橋再奪血裹創解鞍休暇示不戰卷地突至句曲岡軍中以是服其膽草檄於子亦有光自從石鹿兆贗鼎勢同黄犬尤跳踉督師屢易機屢失鄂岳直下難周防獨有此軍彼所憚狡酋歷指喑莫當可惜

牧豬太微賤椎埋不齒諸侯王將材豈能棄二卵叩壘再生泣張綱我亦曠舉類敬仲鄉曲百口解謗傷丈夫忠義耿自許功不掩罪恩不忘三十登壇建旗鼓吳越千里憑遮障長白如瓠有直性再拜執禮弟子行子時佐幕眼所見橋蹇一馬還扶將鞲刀不刺幸得脱以手推止毋涕滂孤危百死話前事先識猥以匡山方丹陽大尹世亦少幕下倘恨無子房況聞節度互牽制棄甲往往憂餱糧拔卒爲帥破常格號令齊一兵雄强中興作頌洗兵馬後漢中唐今再昌笑言太白吾豈敢但冀渠作郭汾陽

題龍皐臣詩稿

古音去人遠獨嗜無與親之子挾瑶瑟三歎爲我陳驚流無迴波傾輣少完輪四顧積冰雪寸抱生古春養之淵靜中靄然還温湆蹇劣豈異趨聽曲稍識眞繁音怍衆蚓百悔叢微身終焉滌塵鞅逸志希道鄰遠眇葛天前甘爲隴畝民

次韻答段芳山農部

風騷今未遠蘇李自堪師一字疑誰析七詩爲我規用心知最苦故相益深悲灑涕吾何適陰雲大野垂

送陸稼堂廉訪之官保陽

水部論交自後先（謂戴雲帆）抱眞餘事託詩篇泙漫粗試屠龍技杜老悲歌射虎年好時思歸旋起用外臺說士最稱賢獨憐

遼海多飢雁風雪依依是別筵

元夕獨坐憶弟

寂寂竟何事沉沉月上初佳辰翻畏客老拙獨親書短後從吾適長安不易居故園驛使到消息近何如

月下再寄舍弟容菴

燕市一輪月雞栖萬里身尚多兒女累獨有弟兄親芋粥誰同啖燈枝亦自新時時踏街鼓羅綺照青春

病中題詩法易簡錄後

勻洋一句本無多墨不磨人人自磨眼底未能容俗物病中難遣是詩魔亦如止酒開還戒誰與爲歡嘯也歌尚有閒居

四十載紛紛說夢任春漊

得同甫江浦書並懷人詩五章題寄

邳湖删述布衣尊簪組春明笑語溫到處相逢偏説項當今此事要推袁探喉瑰辨九河瀉落筆塵沙萬馬奔歸去更知詩格健五君歌哭許重論

次韻答翰臣兼訊西江近事

文侯於子欣有素曾叟相從非一年巳知齊據戒濟水應念溢浦多荒烟使者敢云從軍樂劇州更須長吏賢校士姑緩牧民急平反未可勤蒲鞭

再題翰臣書後次前韻書自姑蘇來

客邸天寒方念子江邊雁至是新年路經短簿祠前月筆寫
仙壇石上烟別後詩篇眞勁敵舊時文字壓時賢固知癢處
爬難到笑說方平不妄鞭

王心如出關省親圖心如爲余婦兄嘗由維揚棄官數
千里至保安省余叔舅禮思先生既爲圖乞序復題
一詩

涿水古戰場拂雲漫紫塞長城亙萬里居庸限中外策馬燕
然臺山勢逴雄怪烟樹吞青冥仰見天地大淒淒孝子心揮
鞭發長嘯出關不憚遠沙礫撲襟帶阿翁古循吏邊風破茫
昧趨庭喜君至治譜爲子誠遙遙三十年丹壟逼謦欬兩家

話前事苦語吐一快蓬蓬白雲飛老木補圖畫忠孝無多言
述德子其勸

安園古松歌

園在金陵國初爲靖逆侯張勇遺構後屬劉玉階農
部大父觀察公乾隆初始改今名今百餘年矣玉階
置酒丐同人作詩爲題長句

曩聞安園有古松枝葉秀出栁亭中根大百圍蔭十畝盡收
烟翠鍾山濃將軍夜宴方召客火齊磊砢堆盤紅妖姬如花
出歌舞彷彿夾水酣笙鏞老髯矜視在雲表下笑蒲柳羞爲
叢白鶴厭客亦飛去繡幕塵積餘刀弓茂貞奉誠遽易主孤

標若臥冰雪封君家大父夢得裔雲英萬卷卑雞籠卜居喜近青溪側佐飲亦有紫駝峯是時江南方全盛板橋羅綺繁歌鐘故家遺風久漸變草樹荒落無歡容秋廬聽秋少人到濤聲怒與江流東落星盡碎墮花雨戈甲滿眼秦淮空小倉竹多供飼馬北埭楓冷號沙蟲千年老梅同煨爐斧斤豈能赦蒼龍前江後叚事一例水中歌哭烟濛濛曹司語此尤太息浮雲變滅隨春風舊時園記尙誒攷北山移文惱狙公不如乘醉濡毫畫橫障偶坐且學商山翁

繡山致經堂圖

海內藏書家天目逮天一予宗八萬卷述聞亦仡仡君家儀

鄭堂插架富縹碧四庫錄其副關里萃篇籍樸學世所希漢宋胡齕齸阮公開學海經解百氏積逼志相後先於君乃姻戚頎聞稚兵燹副本已散逸東南文獻盡淮揚憤再厄偉哉聖人裔暴秦閔在昔千鈞懸一髮亡書誠可惜大道無盛衰六經懸杲日邪説敢詖疋篝火黯將夕抱卷多苦心百城隱可敵風塵滿天地嘯歌吾自適恍聞絲竹聲玉虹燭孔壁

潤臣出示犀角槎杯席間索句

五音角屬木斷槎臥枯櫟斲之爲酒船奇古謝雕剖流杯不得停千里洪河走蟠螭菌縮蠢翻瓢勢爭陡藉以疏勒簟往問博望叟君齋富觥觥斛量羅眾有纍纍儷勺彝蘄蘄鬭射

耦鋭者曲若觩窊者深逾臼長者壓巨嚣矮者陋覆缶鑿落
巧勝銀碧筩新截藕觴羽佐奔瀉頸瘦嗤怪醜獨此匹犧樽
捧出爛兕卣劣可酌四升卓當詒五斗霜皮誰所刳鐵甲堅
難掊觸指駭杈枒澆胷忽堆阜星紋隱起棱梁産異屈黝童
奴頭何丱將軍腹無負不遺細鏜鳴眞同巨海受我家碧山
槎雙竿亦希偶劈水略知瀾辟寒甘獨守寸靈冀少通歡塲
劇戰拇五鹿未云折一匏竟鉗口自笑室如蝸幾忘柳生肘
何如鴟夷子藏懷挈左右箴詞瓶眉刱世澤水心厚子孫永
寶用飲此千萬壽

汪慕杜編修常爲余言陳麗秋李子衡之賢書此代簡

高文復古貴清眞脫紙秋河最絕倫京國兩生常在口弈棋百變不由人何知鸑鷟雛邊物已是蓬萊頂上身更欲乞君材館錄冰霜小忍到輪囷

孔宥函刺史和陶有貧士詠七章琦亦與焉感歎噫昔

題寄江浦

馬陵甘避俗念亂復悽然老鸛藏烟雨封狐歷歲年雄心腰下劒妙解畫中禪慙沮詠貧士南村獨汝賢

再書宥函和陶詩後

東坡去人遠南寺又繼之君詩多在南寺時作眞意旣已得外人奚足知浮梁別後夢逸鶴雲間姿我亦心嚮往灌園思及時

次韻酬廖韻叔刺史並示銀衍堂大令

故園荒卻軍書久宦轍東西復幾人難擇烏棲風雪苦再逢燕市笑譚眞草堂有句頻相寄蒳卜無心恐未神自是廟廊高論少馮唐頭白尚沉淪

偶吟

欲去悲長鋏孤吟尙短檠春迴紅蠮蠋渴飲綠昌明雲暗浮花徑風低雜雨聲曉寒吾不畏側帽聽新鶯

飲酒憶粤中舊游

騤騤歲月上華顛草草春盤佐綺筵一笑頹顔因酒變兩年旅味向詩偏縱窺聖處知何用薄有時名亦自憐爲語山中

舊猿鶴此心已到嶺雲邊

伯言先生沒逾年少鶴農部設奠於城南龍樹寺因出先生手跡並次曩年壽先生詩元韻時丁巳三月二十一日

老槐翳遠寺犖動攝一靜十年迹遽陳竹葦荒舊境心遺文尚在篋北斗曜孤迴晨星餘二三我輩何黽黽死生何足異壯心百事屏元鶴倘飛來黃鸝劇三請春風酬杯酒淮上烟月冷烽塵徒惘惘宿草淒露警一篇个園傳墮淚卷重秉

席間重展梅先生壽讌圖再題一律

蒹葭閣上懷人處日暮風高山氣陰湖海蒼茫遺老盡文章

涕淚隔年深舊圖西舫餘横卷猶夢南齋寄遠心我亦葛君詩弟子尊前潦倒二毛侵

汀鷺招同潤臣小飲

青氈仍是舊白首竟如新養拙存吾道論詩復幾人不辭文字飲難得友朋親淒絕山陽笛語及四農當年最愴神

酬王少摩大令即送之官豫中

十年不到長安中名士過眼如飄風浮雲蒼狗亦變幻首陽柱下誰雌雄兵戈滿眼尚爲客塵沙擾擾差雞蟲故人李生久不見謂小盧梁園傲吏驚相逢才名四海習鑿齒落筆如飛走蛇龍新聲胡愛黄𪍿曲幕府不數黑頭公嗟我衰老植强

伴小槽歌罷珍珠紅讀萬卷書行萬里對此頗可開心胷獨惜稷契多苦語往往取笑同學翁花前有酒尊不空雲夢氣吞略從容無多酌我狂更甚仰首試看冥飛鴻

飲陶晃香宗伯寓齋喜吳幼桓至話舊

武公抑戒接賓筵潞國龎眉亦自賢眼底公卿皆後輩老來陶遺賴詩篇古槐落葉方營奠（公適有悼亡之戚）赤壁歸舟話往年鐵笛倚歌仍二客雅音合續別裁編

次韻答幼桓

紅樓夜夜惜華筵幕府分陰獨子賢舊曲銅鞮供一咉大江鐵板唱雙篇（承錄舊作見懷二詩）英雄淘盡如奔浪滄海重逢各問年

尚有剌蛟心事在偶然題句不須編

書藕船酒器詩卷後

李侯有酒器笑說似圓榑聲小出春䴇肩高病夏畦習池風未遠豪侍理難齊莫問獨醒叟沉沉醉若泥

寄周春門觀察卽次留別元韻

風高燕市酒初醒一紙書來雁北征洲近百花漁子夢春回細柳亞夫營芻茭宛水蘇民氣虎豹昆陽駭戰聲磨盾從容飛露布風烟亟掃兩河平

符南樵索題半畝園訂詩圖越日復拈子貞潤臣同飲

憶昔舟航留迹作三月烟花照城郭青簾白舫倚虹園載酒

論詩亦不惡君有湖山載酒圖東南半壁況全盛轉運風流縱歌咢百餘年來幾壇坫湖海流傳僅一勺正聲微茫新聲競詩老獨餘沈文慤清裁玉暎別僞體當時大科啟鴻博前輩飛騰去已遠後生平原誰可託維揚羈客寄鷗閒收拾風月飽行橐昆山之玉靈蛇珠一日聲名滿京洛公卿投詩如束筍鯨魚觀海紛駭愕朝騰百紙眼如電暮投千篇手自劃圍居半畝最疏秀几案蕭然畫巖壑黃鸝紫燕春事深自云苦心愼尺度更名正雅絕褊迫我行我法意無怍前日乘閒走酒市翰林狂客大歡謔謂子貞詞律清溫本一例咄咄論鋒出干鏌酒龍詩虎何激宕古人可愛今不薄豈有名心爭時彥但多

悲愉感今昨挽回風會付君等莽莽江天正寥廓

次韻答家眉君郎題蓉垣彙槁

慚汗先朝說舊臣江湖憔悴作詩人百篇樂府鐃歌曲七載

蠻天戰馬塵明月狂呼何遜好謂子貞大峨徑闢廣夫新藝叔兄仲

詞源再覩吾宗秀一髮岷江繫汝身

王褒何故頌賢臣虎嘯中原要有人重到寶雞增涕淚可堪

猿鶴亦沙塵荒江草木隨春老獨客悲歌與酒新不用光芒

淩李杜高談刪述拙謀身

同眉君飲范雲吉寓齋示坐中諸子仍次前韻

西曹東觀半儒臣縱酒歌呼又幾人岷蜀爭先揚馬跡江河

不廢齊梁塵少年輕薄仍須遠老輩交期久更新論士稍寛持已峻兩言韋佩可銘身

復次前韻贈桂德山兵部

猶及西疆識重臣謂林文忠公歸來郎署老斯人乾坤蛇豕虛垂涕冰雪文章絕點塵同譜知君差恨晚兩龔論史最翻新大伸士氣通言路止為蒼生不為身

題彭詠莪相國松風閣詩卷再次前韻

師門臺席冠羣臣公及昆臣同年與文孔修師並時人相稱為佳話虛巳調和在用人聖主即承宣室召素衣尙涴洛陽塵巨編餉我松風古隹句思賢測海新家集中多思賢之作亦欲況懷辭一語舊為臺諫

憚呈身

偶述

吾友善論學語我心有天乍聞驚創獲細思得其源我方讀尙書慨想三古前知人能官人安民邦乃安當時君臣際親若朋友然質直無面從愼之一話言聰明必自民命討不敢專事事有天在萬慮敕幾先禹拜皋孜孜難窺聖心淵夏商當大競九德精用權周公獨知之吐哺勤下賢明告孺子王載之立政篇籲俊尊上帝此語萬古傳後來英傑人識此拯時艱得半已足霸刓能用之全自從漢魏來任法以防姦九品與中正考課不憚煩唐後用科目試士法相沿銓選委吏

胥賄賂搆弊端雖有捄時宰破格艮獨難釆名易滋僞蹈常差免愆宰相用讀書稍可濟其偏守官如守道道明斯能官黜陟操政本元化隱轉旋兹言非迂疏吾友信且堅更當顯討論汲汲相磨研異時侍講讀儻可陳經筵

過芳山寓齋芳山所居卽梅先生故廬距椒山祠稍折而南半里許曩與同人爲文酒之會今十餘年矣感而書此

雨後苔痕綠窗明竹徑斜前時梅尉宅今日段侯家（用半山句）客至頻呼酒詩清更飲茶難忘眞率意遠夢在天涯

芳山集後得見文端公畫馬詩淒然於知巳之感有作

段子論詩好權奇故相苦心深知之自袖新刋詩一卷末附太保畫馬詩太保馬詩承　詒作意殊漢歌有微詞相士相馬兩言耳輔導　英主當如斯天地風塵況不靖庸駑豈足供鞭箠應圖求駿未爲晚要取眞種遺毛皮可惜道林遽歸去世上神駿愛者誰

靜坐

靜坐有何苦獨吟不耐閒妄思若與拒茲道得之艱寒深四月雨雲白一房山我自耽文史養疴方閉關

張詩舲侍郎畫雙松張慈仁寺壁一夕爲人竊去作詩紀之春圃相國次和見示依韻奉酬

寺荒樹古野僧閒壁上雙松意不關竊月料難煩鶴守化龍
亦欲破天慳虎頭癡絕同豪奪鵶背重摹待補還詩句更須
圖主客抽身簿領望秋山

同潤臣仲穆至極樂寺看海棠因游萬壽寺而歸

道人愛花如游蜂荒刹羅綺紛爲叢國花堂中羅眾豔春寒
睡起嬌更慵綺窗新拓薇修竹野桃一枝出小紅美人對此
嚬卻立妖嬈自惜顏色豐歡情易減雨氣少一半狼籍隨東
風我老厭逐少年伴鈿車疾走聲不通萬壽寺前有老柏狀
若蒼栝蟠千龍樹根怪石作人立碑亭暗淡陰氣濃始知時
豔易爲悅參天愛此冰雪容佛閣花雨正繁會金錢布地敲

疏鐘衣香粉黛雜士女雙蝶飛近西復東日晡驅馬各歸去
詩客一笑豁幽悰呵壁書此當游記買醉更問鄰家翁

潤臣席上食筍甚美戲爲長句並呈汀鷺

長安市上竹勝肉百錢難買筍一束錦苞戢戢比瑇瑁素肌
寸寸截寒玉庖人不解呼稚子但說角生類黃犢初時瘦澀
不可口土膏漸肥競充腹四月已過山櫻紅菖蒲酒香甕菹
綠堆盤大嚼爲失笑介壽先生眞不俗時爲汀鷺作生日詩禪玉版
要同參腐儒粗糲我亦足故山籜龍不煩念千畝可移成淇
菉市兒齞齞豈知此城西水邊多種竹

何子貞飲顧祠因題潤臣城南買醉卷子爲次韻

昨聞論詩貴獨得應有𨚫有無𨚫無買醉城南叟葉仲餞春狂氣過雲夫已驚劍外傳高足還作遨頭笑大蘇老輩風流知未遠青松紅杏續爲圖

蕭𦳝泉舊藏尺五莊探雪圖筆意疎淡展玩久之因感昔時春遊漫題數語圖爲萬廉山作西江高手也

漠漠水塍潤離離蒲葦短一亭如笠大墨雲漬遙巘浩浩成一白春回草木晚林静鴉無聲花遲鶯亦懶尺五莊久荒故事餘詩本年年送春去春去終不返不如探雪客空山獨偃蹇

少鶴兩和余海棠詩時讀君龍壁山房集𨚫用集中次

子貞閏重五飲晃翁寓齋詩韻奉答

少年趨名悼猛進窮無阿堵語不韻老去强作感春詩爛漫朝晴鬱深澗十刹醉倒海棠顛一寸豈知黃楊閏忽驚豪語飛百斛脫手明珠不我吝玉池西舫好風月農曹雄筆走堅陣猿狙老仙今健者咋舌咄咄畏鋒雋閏江奇氣亦間出謂頡叔解杠示怯疑不信蔗枝蝨中始大服天漿飽飲陋村醴歡場跌蕩紛幾年冰雪漸看皤兩鬢猶記籌策參典午肘閒笑擲通侯印江頭榛莽狐鼠驕郎署崢嶸歲月迅頗聞禁中有頗牧何更遠方圖神駿舊游如我彌懶漫好鳥幽花時一瞬且欣近局祀山谷下直歸來重走訊頡叔近有期會

疊前韻簡子貞

翰林七品官不進小謫峩眉發清韻奇探瓦屋得未有飽飲山滌貌豐潤邇來詩老紛拓遨被酒哀歌重五閏百榼盡倒頗近狂三日不見巳生吝炎天顧祠來磅礴雙松飛雨跳急陣自云善書如善射猿臂勇爲眾狙儁亦恨古人無巨法太貶今人莫深信相見屢規開口笑萬言何如飲美醞李杜斷斷難檢束身世勞勞兩蓬鬢怪石古槎亦間作東洲詩畫鐫小印洪河豈妨泥沙下奇筆皆驚鷹隼迅謬説曹榆張大楚絕足敢追千里駿師門籍湜方汗走觀海眩轉不及瞬三山碧落何處尋五柳門空誰過訊時皃翁没巳浹旬

送少蘭之官長沙仍次前韻

五年佐軍恥倖進襟帶翩翩想高韻奚兀未盡胸中奇霖雨思為天下潤江南草間方偷活豈比霸統竊餘閏盧循會須一鼓滅破格慎無誅賞吝蜀帥一軍百戰餘部下蒼頭敢奚陣（謂張鎮軍）樓船苦無十丈蛟英名已是萬夫雋軍中謦毀半失實司馬目擊累功信舉劾尤能厭人意如飢得餐渴飲醞獨恨統軍甘退守失策句容焦髮鬢將權不一令不尊登壇宜懸九獅印此語甚當切時務惜屈枝官行已迅安得以此上論列驥足終當騁雄駿風塵黯黯嶽雲高千里湘帆如轉瞬蒼茫為我問家室衡陽有書勞報訊

酬高寄泉大令見懷

居庸疊翠眞宜畫，海岳頹唐畫不成。階蝶夢醒秋尚早，杜鵑啼罷月徵明。書來愁思紛難說，別後詩篇老更清。一勺飛泉應餉我，盤山深處濯吾纓。

雨後簡鍾官城並示芳山

十載重逢梅尉宅，簾櫳寂寂鳥聲幽。老思舊事多流涕，雨後微涼已近秋。驛使忽傳邊訊急，滄江亟掃亂雲愁。壯懷難遏猶飛動，頗似飢鷹未脫鞲。

有懷琴西郎用少鶴與琴西步荷池韻奉簡

澂懷池好夏氣清，草木蒙蘢小山頂。荷花三面繞亭館，只合

仙人來管領儤直晚歸車馬閒吪罷哦詩坐花間樓頭月明一湖水記取深秋攬山翠去秋同仲穆宿尊齋看月

王子梅少尉集慈仁寺同春圃相國詩舲侍郎子貞編修海秋潤臣繡山三中翰小飲越日子梅用詩舲題聽雨横卷韻分贈同人次答三首

邊塞久荒兵事兆鐃歌譜出獨君聽滄如攜拙稿至歷下君亟欲付梓可憐市駿臺重到尚説燕昭霸氣靈

補竹高吟竹下亭詩樓飛雨白龍聽似聞海市曾親覩雲氣荒荒擁百靈

猿叟强攜筇杖至松根二老倚松聽華嚴一會分明在壁上

靈山衆佛靈

懷張南山年丈粤東

海内文章祗數公廿年遠憶一尊同虞衡盡攬千峯秀詩派今開百粤雄收涕遺編存桂故先大夫遺詩采入詩人徵略續編焚餘諫草有家風獨憐邊徼蕭條甚蜃氣昏昏島嶼空

歐陽文忠生日以事不與會分得過字追作一詩

移書司諫憤欲唾范富同貶翻可賀翰林倔直獨歐公臣廬千仞氣不挫不談文章談政事吐吞虹霓忘寒餓顛東水綠菱芡美歸雁亭孤秋草臥門下簪犀曾蘇王手提衆俊功最大固應師道尊百世高蹈孟韓激頑懦自云一樽復一琴四

十稱翁未爲過滁州絹本我舊識偉貌疎髯儼在座圖中作贊晁與李博士沈遵歌且和獨笑難爲醉翁客有酒不飲甘嬾惰枕屏二鳥呼我起火急索詩要補作

次前韻題潘四農先生養一齋集并示潤臣

淮水綠淨不可唾宴花千杯爲君賀天下文章有中興眼前勃谿豈能挫弔古不羞槨下黜褎飯且憐子桑餓計車屢上不稱意躬湖有宅决歸臥聖賢英雄發奇想排斥老釋心孔大養一如此信可師葉仲何勇我何懦遺書乞歸讀百徧氣壯本朝語非過山陽主客誰繪圖鐵笛江樓列宴座晚年觀海尤豪縱木果獨吟難爲和嗟我老學頭巳白株守舊聞近

媮婧安得九幽起相質葢返質實無妄作

內兄王心如繼室張恭人善教子其子達源前母袁所

出也爲繪雪窗課子圖徵詩

父能教其子母或覆庇之溺愛所自出異產祗怨笞不然貌

爲親教督不一施父兮遠出宦履霜兒寒飢衆黔信多累母

亦難爲慈温温張恭人婉婉敦書詩均仁無偏朓勤劬何孳

孳朝則課兒讀暮則嗔兒嬉理家又嚴整孤惸賴攜持以此

父心慰官事乃愈治連珠十一子一一龍驤姿濟上有令譽

匪我姻戚私爲書雪窗圖傳之作母儀

葉雲素先生種藥圖

種藥舊聞海上偎枈自下田躋上田黃門給事有道者白簡懍懍斟化元平生著錄在典禮晚歲完養彌充堅醫師昌陽豈足道南園吏隱能兩全哀哀漢陰古孝子抱柩沒江世驚傳魚龍扶護出濤面墓側翦茨經九年生祥下瑞集白燕蘭茁其芽芝草蕃自云種藥如種德一經教子又教孫天道淵遠世莫信班班槐棘在後昆仲孫能詩視我厚峪林靜掃窺巨編清霜烈日見眉宇飛騰前輩誰比肩捧圖再拜舐遺鼎內行已是人中天神仙忠孝事豈二使我不疑知本根

錢南園侍御畫馬詩爲潤臣閣讀作

二馬並驅一馬驄山立電行尾搖風忽然仰嘶向天闕衆口

噎喑驚眞龍眞龍遠自滇池至異材間生豈擇地赤驥不數渥洼姿白筆隱挾風霜氣昔讀公疏久心折更聞畫馬能畫骨腕下峻嶒出瘦硬千首詩存共哭兀梧門散落少傳本老物通神不磨滅香蘇作歌一長歎南園迭起兩忠節雲素先生顔所居與公同當時裂麻思陽城伯庸肇錫以嘉名澗臣命名所自況今遺墨覩唐肆陡山恍惚來降精先生畫馬眞是馬細思妙處不在畫風塵巨眼誰道人何不按圖索騏驎

題蔡梅菴太史近稿仍次贈烱甫韻

蔡侯倜儻人有意昌其詩昌詩先昌志遠爲千載期得失隱自揆苦心非人知學古果有得平夷造深奇不然徒形模空

文道終卑世運有消薄交道無合離達者不矜高廼問我所師我師緊豈遠養一眞艮規天地同化元鵬運猶鷃籬靜則意有餘更爲子誦之

樧湖十子詩鈔卷十

浣月山房詩稿　　臨桂龍啟瑞輯五

雪夜

旅館寒燈盡征人夜索衣響驚枯竹折影息凍禽飛萬瓦曉烟濕遠山樵徑稀不知風雪裏天末幾人歸

頮亭懷古

我行日以倦策馬登頮亭日暮見新霽山色延空青緬昔沈寂士高蹈棲巖扃錙塵視軒冕豈以勞心形優游造物外長揖謝明廷茲亭臨頮水馳驅道所經愧彼宦遊子塵鞅何時停寒瀨石齒齒流水風泠泠高人不可作大塊空蒼冥

襄陽舟次贈別盧谷

落拓風前季子裘還鄉更買洞庭舟家無負郭難終隱囊有新詩足壯遊歲晚歸情湘浦月天涯別夢薊門秋那堪歧路重分手不盡離心漢水流

棄婦詞

牖支山下花滿天嶺南末利不成田東家有婦方盛年一朝棄置吁可憐憶昨于歸十六七顏色如花耀君室金屋藏嬌尚畏風玉臺專寵非論日此時兩美同一心滄海不如郎意深却笑長門當日事區區一賦抵千金誰知人事須臾變黃姑織女不相見因風柳絮比郎心帶雨梨花羞妾面妾面自

知今日老郎心不比當時好出門却憶初嫁時滿地桃花今白草回首殷勤重致詞賤妾巳去郎勿思却念門前桑柘樹春來莫翦最繁枝繁枝手種高如許窺墻猶禦鄰家侮但願新人故不如爲郎端正持門戸時物從來有變遷秋風紈扇未應捐歸來夜夜粧臺畔悵望天邊月再圓

黃陂道中作

百里黃陂縣蒼茫落照西斷流朝渡馬深巷夜聞雞野盡收薯蕷人多市棗棃南來波浪惡莫上灄湖隄

百穀登場日農閒方在兹終年勤婦子一飽到孤嫠餘粒雞豚得閒疇鳥雀嬉安居華屋者風景那能知

野老依山住風塵不到門有閒唯種樹隨意自成村留客榻
常掃呼兒酒重温田家風景好不敢傲華軒
兒家何所住生小大江邊蘆葦編成席棉花種作田機絲鳴
夜夜茅屋補年年不學商人婦高樓望客船

過彰德

秋來策馬渡清漳到眼蕭疎柳萬行客夢半醒殘月上村炊
乍熟晚風香鄴中諸子空文藻河畔高臺自夕陽千載霸圖
留不得西陵烟樹鬱青蒼

城南看花和王少鶴韭邀姚子楨錢萍矼同賦

寒鴉曉啼日在東寒空雪盡天磨銅城南花市春融融長安

貴俠連錢驄車前載花如遊龍我亦逐隊驕春風勝遊樂與
三子同入門香霧霏濛濛蘆葦小屋形如弓胚紅孕紫藏窖
中海棠睡起嬌且慵水仙妃子清而手俯仰山茶紛纖穠未
若老梅冰雪容臼石瘦倚蒼苔封頗惜市人皆奴傭盤屈直
幹成疲癃炙以獸炭金爐烘繁花一夕交蒙茸纖極人巧非
天工買歸老屋陪歡悰華筵自壽金珀鍾我儕年少如終童
朱顏足傲春花紅京華旅宦時相逢人生聚散如飛蓬他年
月落空山空應有好夢隨秋鴻作詩繼聲二客從願如此花
盟其終隨風開落莫悤悤

過河間獻王墓

嬴氏愚黔首羣經遂遭燔萩粟委塵壤聖道不復尊炎漢挈
天綱六籍光幽昏王生際平世儀彼先聖言皇皇日華宮文
士供駿奔掇拾灰燼餘刮磨如彝鐏維時周禮經成書貢天
閽大哉聖人道朗若扶桑暾廣川產鉅儒王實開其源吾門
有傳法功與十子論如何千載下籩俎不復存我來重憑弔
坏土餘荒墩鬱鬱松柏樹青青拱墓門石馬雖已折佳氣被
無垠斯文其在茲來者永勿諼

廬州

我行廬州夏六月火雲燒空四山熱旱禾割盡晚禾枯老農
踏車汗流血開渠引泉亦何濟昨日有水今日竭行人下馬

驛亭裏一飲清泉沭到齒問之致此路幾何云自村南十餘里憶從兩月皆大旱近井泥乾無滴水淮北諸邑地苦低春漲灌田田成溪淮南諸州亦沃衍黃流泛溢侵畦畎是邦形勢占高原南來坡坨似陟巘餘波不及未足倖亢陽偶遇知難免深山旱魃胡跳梁平地蛟龍易偃蹇我今作詩爲汝告天心會與蘇殘喘夜來涼雨飛高松雷聲隱隱東南峰嗟爾民兮幸勿苦擊鼓吹笙報田祖

桐城

桐城山色遠連天萬疊嵐光落馬前幽澗藏花迷野寺小橋通竹隱人烟秋藤處處青圍屋晚稻村村綠滿田惆悵簡書

多促迫未能佳處便流連

題滸陽驛館

南去悠悠天塹長郵亭駐馬玩年芳開門有路侵幽草高閣無人送夕陽江到湓城聲漸大秋來彭蠡氣先涼琵琶消歇誰堪問獨向風前一引觴

發萬安行山溪作

遠山延空青近壑俯寒綠縈紆一石徑細如腸在腹清陰古檜蟠奇氣蒼松鬱幽花每倒垂怪石故斜出平皐露野田晚稻青蔌蔌時見遠人村環繞山之麓牆頭引瓜蔓門外補修竹下有雙板橋溪流瀉寒玉我來乘清曉佳氣滿巖谷天風

吹雨雲前後互相逐村雞破午啼烟散聲喔喔賞心極清曠引興在幽曲一覽焉可窮游蹤謝樵牧

大庾嶺謁張曲江祠

東山西山雲濛濛馬前忽見青龍從不知梅關突兀在何許絕頂尚有人烟通贑南諸山顔盡赭奔走荒原亂如馬天教留此作崇墉瘴烟隔斷蒼梧野曲江相國命世英作事能使山神驚不然螺旋曲磴二百里炎荒萬里無人行桄榔葉密天欲雨古寺空垣走饑鼠一代宗臣濟世心千年祠廟荒山主廟前梅花三百株花時氣壓蠻雲粗相公風度猶想見令人不憶孤山逋南來奉使六千里眼見雲山幾如此攀崖緣

壁不須驚嶺南風物故鄉情歸時正及南枝發待向祠堂餐玉英

歸猿洞

幾日修眞隱石關暫時遊戲向人間曾隨帝子偷丹訣又向高僧返玉環別後蘼蕪怨遙夜歸來鸞鶴嘯空山卽今洞口蒼雲滿採藥靈峰還未還

三水縣

南滙三江翠嶂連浮家初見蜑人船寒流夜漲潮通海急雨秋來霧滿天林際酒香椰子熟嶺頭日落荔支然西來已飲吾鄉水欲覓雙魚何處邊

今年秋典試羊城撤棘後疲於應接知有詩人張南山先生而未暇一訪舟過清遠峽遇王恭三明府同年手遊仙唱和詞一卷見示蓋先生首唱而黃蓉石比部和之題四絕句寄正

織就登科記一篇匆匆忘訪老張仙誰知卌曲鈞天夢觸動靈心五百年

玉詔分茅佐紫宸碧桃花庢過千春雲端一笑君知否綺語消除現在身

絕調初平有繼聲泠泠鳳管和鸞笙霓裳舊譜分明記暫欲拈毫怯未成

碧宇飆詞唱夜闌紅雲遮海曙光寒人間不敢尋常讀歸去
瓊宮洗眼看

補遊水月觀

遊山不盡山意如索逋負豈必所歷勝懷疑終欲剖昨來觀
音巖石洞祕深黝沈陰壓虛殿驚覗不敢久頗聞茲觀殊軒
敞出其右靚面不一到既往吾則咎北歸纔兩月巖扉幸得
扣小舟接石磴仰面見窗牖拂衣識水蕉納履辨山韭虛堂
鑑江色高潔不容垢岍前諸翠鬟肅立若頫首長呼盡烟霞
高據失培塿壁間蒼霧出丹崖塞其後古藤纏石罅一一皆
瓊玖茲地實奇特與巖爲先後吾欲書磨崖光怪字如斗來

者愼勿笑靈宇神所守

晚望

茅屋敧斜野老莊數叢秋柳抱寒塘夕陽一片疎紅影知道前溪夜有霜

尋常一樣江頭月照作秋光分外寒酒後花前等閒事未應留向客中看

余於辛丑歲請假南歸同行爲蘇君虛谷旅館對牀征車把袂唱酬自適商訂多資良時難得計相距已三年餘矣追思我友悵然久之

每憶吾鄉蘇季子朗吟佳句挾飛仙秋風匹馬看山出暮雨

荒村對榻眠歲晚幾回驚遠夢夜寒何處聳吟肩行囊無恙花箋在惆悵天涯月正圓

春夜

櫓前丁香初發花游蜂喧鬨朝成衙盆中海棠更嬌絕一枝綽約臨窗紗主人出游歸日暮粉牆月上驚棲鴉每憐香氣襲鼻觀解酲安用龍團芽燈前倩影呼不出時掩翠袖憨嬌娃憶昨來京寄道院當春卉木猶可誇兩株丰韻並殊絕開時燦爛如明霞道人種花不護惜往往攀折隨鄰家我時獨居感幽興撫樹躑躅恒咨嗟當時觴詠二三子聚散久如雁踏沙祇今對此憶疇昔未免匆促憐韶華花顏窈窕尚可復

飛輪一去誰能遮對花酣卧豈有極欲覺恨無晨鼓撾

戲贈唐子實

唐子讀書氣欲腐夜宿中庭不閉戶短檠照室寒且深箱篋圖籍交撐拄有惡緣牆下窺矚厖然一槖牛腰巨公然攫去出不謝不信扞掫有牧圉先生晝出長安陌儒服稱身何舉舉醉中顛倒不自惜酒痕狠籍汙塵土豈期胠篋一朝盡青氊僅存抑何苦朝來日色澹沖融處處游春醉羅紵先生當晝恒假寐朋儕邀約惟堅拒浪説綺思今掃除口縱强辭心可覩伯韓侍御妙語言謂子傀失天必補塞翁失馬轂亡羊待釋裼衣親袞黼小生有説不謂然亡弓固楚得亦楚若云

小損當大益此意貪天天不許勸君出鏹買新衣陌上看花過好雨

送彭子穆歸里

乙巳秋八月彭子將南歸自言上書客久與家山違去年寄汝陽骨肉相因依來止蕭寺中幸無臣朔饑朝出步廠肆不顧貝與璣剔蝕讀古書勘別論是非插架懸牙籤難逃目所睎我忝校書職所好亦庶幾招邀故紙旁遇人甘笑譏所得各攜去丹墨無停揮謂言得久處賞析研其微誰知未半年倏此驅駗騑我居固惆悵子行尤嗟欷白露方改節涼風吹裳衣歸心如秋鴻已逐南雲飛子歸固可樂學道當自肥留

子安可得待子及春暉

八月二十三日一首

閒官何事趁朝車史館歸爲退食餘薄海共安無事福故鄉新得有秋書雷聲不共秋蚊斂霜影惟看古木疏但使攤書便高臥敢言今日異皇初

人日同人小集梅伯言翁寓齋席間有懷少鶴言翁肴饌精美不俗恆戲稱爲桐城風味云

人日開筵酒滿缸桐城風味妙無雙敢誇詞客春鐙宴暫免朝官玉珮撞唱道近知司隸貴(伯韓新署京畿道巡城)談詩難得舍人降(蕙西近勇於爲詩)此情爭使王郎覺嚴鼓深鐙閟茜窗(少鶴時就婚於衛輝)

府署

六月十二日黄魯直生日也蕙西見約不赴以詩見示聊復和之

苦熱燕燕晝居室頁友招邀不肯出誰知勝會非尋常恰與涪翁作生日涪翁去今七百年西江宗派何人傳具體漫誇陳無已苦心惟愛任子淵君今作詩好生澀如舉雙碁壓蔗汁瓣香私祝知有在分寧法嗣兹其嫡鯫生近復學老坡波瀾莫二江與河要挽横流鎮滄海肯與俗手分謗訶當年滑稽老蘇子詩成亦效山谷體君今學黄得大都我才辦與蘇作奴淵源自與凡子異莫倚門戸論精粗今朝惜欠涪翁拜

得見君詩翻一快待坡生日我主之爛熟花豬飽君喙

偶作

車中頓磨臂生疥日旰歸來如負債窗前故紙漫爬梳暫得新知時一快心中百事如棼絲十不一記九已遺空使旁人笑書癡官職未繫身未老抽閒讀書須及早鶤雞一唱霜天曉

小園

去日讀書處小園花亂開三秋容易過十日未曾來露積蒼苔徑風翻黄葉堆禦寒應早計蟋蟀漫相催

少年行

長安二月桃李新紫裘駿馬驕青春不知官寺在何等亦擁繡幰乘朱輪道旁瞻望無所惜意氣高於十丈塵薄暮入酒樓連聲喚供具酒家驚怖不敢避似笑欲言更瞻顧博得今朝一醉歸明日索錢府中去歸途相遇何匆匆車前儻遇諸葛豐

讀唐史

安業坊中夢雨回龍漦入室夏廷衰綠衣妒寵謀終拙自遣雲車召夜來

夜半宮中一斛珠逢君休怪李猫諛司空亦誤公家事枉費當年翦帝鬚

顧命元功遠遯荒冶容佳士兩相妨可憐垂歿君王詔不敵宮中娬媚娘

往事吳王訴帝閽黔中投老亦無言潭州再謫緣何事劉洎由來未是冤

東坡生日集劉寬甫侍御宅分賦

老坡當年衆所嫉海濱無地容築室誰知到今八百年更與老坡作生日江山風月長如此玉局仙人元不死東海桑田且暮間化身人世今誰是彭城侍御風流伯心與古人稱莫逆朝來熟釀甕頭春要爲蘇公徧觴客褒衣大帶笠屐圖惠州石刻衡山摹東坡七集世罕見玉軸壓架香盈厨鞠躬再

拜敬展視望中雲鶴疑可呼他時江海供嘲弄可憐田媪識
春夢峴首應懷叔子悲潭邊大有湘纍痛命宮磨蝎理或有
未礙名山躡飛鞚我今舉白欲浮公與公追逐爲雲龍赤壁
磯上不易得試問此樂將毋同座中名輩晁張敵談辨機鋒
如電激往事今情那足論從公飽賺花豬喫

魯川比部以歙石見贈爲報以詩

飯生弄筆墨文字喜馳騁常苦堆案煩匆遽不能整石墨相
磨研見拒如骨鯁每思艮硯材獨抱心耿耿馮子磊落人目
光射清炯相石能見骨不獨照斑癭書齋斥其餘贈我伴佳
茗蕉白滋而膩琴式端且靜試之頗宜墨香汁發俄頃便當

了十扇勢欲飽千頡惟我卞急性遇此始得逞比之濟時才質地或粗獷有懷坡老言寬饒未嫌猛作詩報嘉貺稱性亦自省

買書

千錢買好花春盡花自落萬錢沽美酒飲罷興亦索更有千金笑色衰恩愛薄不如買好書相對無今昨日與古之人來往相酬酢我與日在東書味散簾幙我睡日在西書鐙光灼灼有時良友去風雨增寂寞閉函召之來相對頗不惡有時黄金盡兀坐少歡謔展卷讀其間忘彼藜與藿是爲特健方亦號醫俗藥人生貴適意靜躁欣有託敢向道塗者傲我閒

居樂差勝游俠兒繞牀呼六博

奉和梅伯言翁中秋憶昔遊之作

滚滚年華逐水流故山仍憶桂香稠鯤鵬自擊三千里鸞鳳應栖十二樓曲巷笙歌宜永夜玉堂燈火自清秋饒他風月繁華地付與詩人感盛游

目疾廢讀賦此遣悶

吾生本書淫效用惟在目一日過萬卷於願蓋不足朝來紅紗幛礙我光明燭趨暗而惡明閉一雖用獨時疾在右目終日但危坐展卷不能讀方其內熱時如饑對粱肉又如好飲人渴臥憶糟麴人生百年內何者非嗜欲愛緣暫相染邪正實一

族何當盡屏去內視守眞樸庶幾還本來暸焉清如玉

書齋夜讀

十年席帽走風塵到此方知道味眞夜雨作寒詩境界孤燈照讀字精神尋書肆上無虛日得句花前不負春但願太平無一事未妨薄宦是清貧

贈何子永愼修舍人同年

城西古寺無車音中有高人襲蘭襟閉門寂寂子雲子雖處城市如山林長安冠蓋不挂眼惟有傳癖兼書淫宋鈔元刻手自校典衣購置無兼金眼力坐費不自惜偶得一義珍璆琳遹來謂我有同好時復枉駕相招尋細談文字契軒頡掃

除障翳開盲瘖先儒詁訓有成說實爲六籍鉤其沈有宋諸
儒最晚出錯雜水陸登炮燖令人飲水知水味功有並至難
獨任妄分門戶兢排軋未解博采收參苓吾儕讀書貴融貫
如飲羹湆能平心不然撐腸五千卷白首豈異書中蟫所嗟
努力失少壯未免歲月來相侵繙書疑義信手得往往掩卷
思沈吟朱墨點竄未盈紙起視日脚流花陰君言至此我怵
惕吾亦志學方自今劃分漢宋詎肯爾勉策駑鈍艮難禁見
君不恨聞道晚要使萌櫱成高林他年從子問奇字歎息始
識阿蒙深

送朱伯韓前輩

黃葉飛時君始歸方言遠别從兹始誰知今日武昌城我作
主人君過此人生聚散豈有定偉哉造物眞奇詭我持使節
辭燕市昏宿晨趨少停軌君乘大舸江上來看盡東南好山
水丈夫壯游乃得意歸帆可傲軒車美多君有才號國器經
濟博通世無比臺垣矯矯鳳朝陽諫牘泠泠霜入齒　聖恩
寬厚容戇直臣心澹泊思田里憶昨朋儕開祖餞幾輩太息
中坐起惜君無計可相留梅老新詩見深旨我亦窺君隱微
意獨未相從勸之仕負郭雖無田可耕傳家幸有書堪理峩
峩講堂秀峯下學徒莘莘盛冠履君歸邑子得模範定見英
髦相繼起況君好賢本天性突過昌黎薦侯喜比者同舟得

二陳（毅夫叔廣兄弟）稱道名聲溢我耳吾鄉自是不乏才能左右惟
君所以楩枏薇日不天生往往嘘植由尺咫君才未竟霖雨
用定有陰功到桑梓我送君行頗自慚名山事業安能擬遙
知天外望冥鴻翹首東華歎者幾

和邵蕙西同年大雪懷友人詩

憶昨飛雪圍征驂我持使節初來南輿前抱負小兒女黃綾
裹首如春蠶懸想京中早朝客凍入兩鬢紛鬖鬖誰知直廬
有幽興咀嚼險韻聲喃喃長篇細字書示我如諫果澀能回
甘梅老深情有同契追君逸步爭趨趨可憐佳會感寥落或
赴絕塞趨江潭歸焚諫草者誰子我亦出使疎朝參人生惜

別異一再至五六矣情何堪豪鳴縱有大鳥二一望益巳失羊求三和君難韻互往復聊藉冷事當雄談我來鄂渚未三月巳覺別味能深諳朱伯韓王黃兩子壽子遞相送遠望江湖歌枀藍外閒艮友更難遇不比京國猶盍簪今來使星溯襄漢桃花兩岸春波涵讀二君詩頗心醉曉甕不御香醅酣

舟夜聽雨

澤國春深轂雨時櫓聲帆影楚江湄故園應報山茶熟十載征人未得知

贈劉生英青鍾祥人

人子貴知醫求藥躬拜禱封肝與割股虧體親所悼古人制

禮經未敢垂常教惟天鑑至誠庸衆安敢斅我昔過皖城侯
氏有奇孝刲肝幸不死事往名猶喿頗惜人已沒無因訓頑
鷔乘軺來楚澤郢士首登造頗聞劉生賢守令繼相告謂其
遇親疾割股以爲療天爲全其疴今健猶未耄青衣困童子
小試屢罷氉我聞極詫歎物色私自料果於堂下立遂識醧
薎貌眞樸澁面目被服罕光耀始知至性人跬步亦慥慥文
章乃末技大節誰能到我忝司使職意欲風學校巍然置榜
首崇重比珪琄方今　大聖人錫類宏覆燾生賢應徵聘宜
舉貢天廟顯揚文字力磨鍊須稍稍神將介爾福逼顯進非
冒異時著宮錦洗腆當用醻

襄陽古樂府二

野鷹來

劉表治襄陽築臺沔水南性好鷹嘗登此臺歌野鷹來曲其聲韻似孟達上堵吟矣見水經注

野鷹來江之側殺氣蕭蕭生兩翼野鷹來臺之下攫搏攉拉有餘怒平原淺草曾幾時秋風颯颯吹棘枝草間狐兔頁欲盡野鷹颺去家鷹飢河北有妖鳥九頭而善鳴夜飛洛城旁使我兒童驚汝獨過之不敢顧偃然晝睡闔其睛野鷹來飛來空歎息羽毛豐滿自高飛安能從汝相求食

上堵吟

魏文帝以孟達爲新城郡太守治房陵縣縣有白馬塞達嘗登之而歎曰劉封申耽據金城千里而更失之乎爲上堵吟音韻哀切有惻人心今水次尚歌之見水經注

晨登白馬塞北望見中原伊洛百戰地萬古烟塵昏匹夫得尺土植荆爲藩垣牧我豕與羊狠虎不敢吞如何千里金城地一旦功成還與人我今一歌上堵吟當年遺老爲悲辛

過鄖縣南諸灘作

浪花如白馬前後互淩跨怪石如羣羊頭角紛相亞衝突自不平跌宕曾未暇兩雄猝相遇百戰莫肯下陡立似驚跳噴薄如怒罵轟豗集衆響餘噫雜悲咤而我挐舟來翩如投其罅譬彼兩敵鬭間道聊可借鏗然一篙落瞥爾輕舠下當時意甚壯回首吁可怕因念西來時寸寸挽强弝及今出兹險猛箭脱弦乍難易固有時水性安足詫灘神爾何靈日用費

酒亥

答邵蕙西買書見寄之作

曩作朝官矚書癖黃塵踏徧長安陌日旰難教負手回滿載時嫌敝車窄君如賈胡頗識寶謂此所遇皆糟粕眼高値賤市者難或計寸錢遺尺璧誰知愛緣不易斷往往歸來復自惜憶從奉使出都門孟浪揮金失此客君得番休便入市沙裏遺金妙柬擇敗麓破紙時遇之購得其一抵千百作書告我詞近夸亦料巧偷難奮翮夢想琳琅插架間一一賭勝誇新獲寶山回首富烟雲頷下驪珠幾人索宛陵先生造平澹五車富埒楊雄宅新詩爲子戒多藏考古實賓二三策賤子

貪頑豈易除閱賣終上波斯舶他年歸去擁百城看子虛室坐生白

晚坐

署冷如冰頗自宜晚衙人散漏聲遲遥聞野寺鐘鳴後靜對高樓月上時雨後雜花黏老樹風前落葉捲秋絲玉堂寂寞神仙字欲采芳蘭寄所思

黄州試畢至太守署中登雪堂堂爲後人移建非當年舊址而據有江山之勝是日雨雪宵霽詰旦渡江夜宿江夏有作

昨來登雪堂片片瓊花落坡仙喜客到爲戲頗不惡當年大

雪中雪堂如此作賴有馬生賢畚築親芒屩更憐潘邠老餘蔭於茲託誰知五百年青山換城郭移之府署旁峻比洪都閣長江帶其下檣影窗中錯北風初釀寒飛絮紛漠漠挐空戰玉龍穿林舞白鶴遥望武昌山清寒露崖崿朝來忽放晴檐間語乾鵲道旁老竹根一一開新籜渡江吾何往路指西山脚不聞鼓角聲但聽寒宵柝默坐詠尖义一盃爲公酢

贈胡生南薰蘄州人

胡生老學究閉門窮九經誰知破屋中藏有書連楹晚遇朱司業謂久香學使所學乃益精專治古尚書著論稽墜形茫茫大荒服神禹之所營方域錯雜出判若渭與涇禹貢乃專門布

圖如列星置之矮屋中妙論筆不停斯文脫秦炬壁藏儌聖
靈微言復中絕伏老無遺聲遂使梅賾姚方興輩僞學滋蝗
螟南宋產鉅儒閩學擷菁英尙疑格制間眞贋無由明生今
治此業明辨祛瞀瞢何當爲余說妙議發鏗鏗嗟子晚聞道
獨學恐難成明當館我室切磋爲友生插架萬卷書任子翻
縱橫庶以探討力見聖於墻羹無爲斗筲子漢宋徒紛爭

初五日夜小雪二首

寒光漸逼讀書燈起看堆鹽卻未曾好在茅根煨茶甲遥憐
溪水凍漁罾搴帷陡覺風如刺落紙方驚筆有稜願祝天公
賜三白要看宿麥長新塍

黄昏兼雨細如篩漠漠輕寒溼翠帷瞑入園林歸凍雀秋來
塵土灑枯枝熱腸但有詩能潤龜手應無藥可醫莫笑烹茶
舊風味自燒榾柮煮蹲鴟

㰘湖十子詩鈔卷十一

浣月山房詩稿　　臨桂龍啟瑞輯五

行漢沔間雜詠

鵰鳩先鳴屈子鄉茂林芳草間篔簹春深兩岸無花樹晴日風來自在香

隔岸人家笑語聲晚炊初熟野烟生橫江一艇衝波急能有時新夜入城

颯颯東風吼怒雷臨江六鷁倒飛回誰知弱柳寒烟外猶有清溪水一隈

晚風初起雨雲低帆影分紅落照西近水小魚迎月上投林

飛鳥傍烟棲

重午舟夜獨坐

少年喜佳節未至心已數清明寒食過幾日得端午龍舟何處來兩岸競笳鼓羅衣新製成舉袂迎風舞腰間佩蒲劍角鬌插艾虎合縱一日游償此九夏苦自從身長大人事涸塵土頻年列朝籍鄉風斷角黍米鹽籌細碎奔走困腰膂欣欣小兒輩羨得分果脯今晨劇閒暇地僻無官府六七幕中客忘形相爾汝鄰舟不往來渾穆存太古因念總角時栗棗紛索取庭闈天一方甘旨得幾許挑燈動懷抱獨坐無人語

次梅伯言先生南歸留别都門諸子原韻

文字相鐫越有年幸忘年輩得交聯一從使節辭都輦巳少
清談共悅研書至早聞歸隱計退耕不讓昔人賢他時倘遂
升堂願記取桑園老屋邊

感事

了事事愈多惜日日愈速不知善與惡所爲固不足往余方
少年慤若未雕璞見人面常赬厭事頷屢顣弱冠步京華稍
稍露頭角朋儔皆儒冠委退常局促賤子妄矯然獨往儡不
伏以茲疑與鉅往往時見屬舉足雖蹣跚救人猶匍匐朝出
或戴星莫歸常爇燭忠諒多見許壯往亦取辱伊余豈爲名
差幸自反縮冷官抱熱性獨處驚衆目兩年典學校儒官徒

婖婖奉諱始歸來伏處向家塾米鹽親瑣細猥鄙見鄉俗方
期得閉門三徑理松菊誰知萑苻澤椎埋競相逐臼書戲採
丸戈鋋徧山谷邦君重保障守望資董督謂余本州民用聯
我邦族小民懼非常難用彊所欲諄諄煩誠諭勉勉就約束
中有秀而文巧捍劇滑熟見告雖面從私議莫心服長年慶
百事中道行僕僕野老時造門家人厭剝啄居恒撫心歎此
事何能淑人心去古遠鄉黨尙親睦但此夸詐子飾智誘罷
樸納汙肯學川忍痛終蟊蝮省垣屹重鎭民未見鋒鏃幸賊
不果來觀望志早蓄縱令舌齒僘敢望金城矗今春虎出柙
腥沫省門樸雄師尙奔潰村眾敢抵觸天幸全一城眾志匪

余獨論功膺懋賞撫巳增媿恧三年奔走餘何可稱心曲磨丹案徒塵書字筆屢禿竟欲舍之去義不虧始俶以此暫羈留勞勞煩簡牘憂時鬢早星知味口不肉何嘗脫纆絆江上縛茆屋灶前赤脚婢門外蒼頭僕與世無往還游蹤溷樵牧

冬夜校彭子穆遺稿因題其後

翦燭窗前更幾時忍從遺稿理殘絲燈昏字劣余能識簡挩編殘子詎知但使名山償夙願肯教樽酒負前期池公不作滄翁死地下能無異世思先師池籥庭學使先達呂川滄郡丞皆子穆所嘗受知請業者

清明

繞郭新烟雨乍晴風光天與作清明春從白㮈花時過人在

青山鈌處行野店微風衫影細平原芳草屐痕輕閒情欲寄渾無那陌上吹簫學賣餳

同人游山寺晚歸一首

晚來蕭寺歸斜陽淡將夕迴看山月上漸覺衣露積犬吠柴門靜蟲吟松徑僻時見野草間螢光動深碧

春草和少鶴

曾向芳塘問訊無春山迴首又平蕪舊游江浦聞鵑路往事秋郊放馬圖曉月半窗迷蛺蝶香風十里送裙襦天涯無限瀟湘意三月桃花水滿湖

客裏偏驚物候新泥香風送早知春誰教曉夢蘇寒雨爭把

流光換轉塵金谷酒闌鶯語醉玉樓人遠雁書頻芳痕應被
離情引籠水籠煙分外勻
桃洞清溪隔萬重仙人巖壑翠雲封綠蘿影動波間月白芍
春生水上峰燕子來時香徑轉鷓鴣聲裏野煙濃竭來辜負
青鞋約欲寫鄉心寄短笻
大隄楊柳共滋榮歲歲風光說賣餳謝客池塘清夢遠王孫
歸路碧雲橫玉階仙露容消受蓬島靈根易長成何日芷蘭
江上路馬蹄香裏看春耕

偶作

鄉愚拗知識未見輒疑怪軒車偶一駐比鄰鬧若沸癡騃突

不避老弱走相會攀緣壓牆壁塡擁礙旌旆鼠伏或幽隱狙伺極狡獪環觀如得雋竦立若預誡後至意猶歉先覩心始快姊妷互奔告童稚猶跪拜嚶咿作村語私議不敢大我行朝至暮筋骸甚矣憊安能及此暇觀聽困若輩呵叱誠已過驅除苦無奈方慙居處便笑嚬不自愛

舟夜寄懷

河漢無聲夜自流西風獵獵送行舟搨來遠渚思鴻雁却憶深宵話女牛好夢易圓滄海月微霜新警薊門秋封侯嶺表平生志肯爲乘槎悵遠游

晚坐

日落霞光色正殷高枝時見暮禽還淡黄屋角初見月濃綠
樹間疑有山白日展書知晝永清時息事覺官閒何人秉燭
來相訪纔得新詩稿未删

江樓有懷

滄江昏欲暮燈火萬家然夜色不沉水櫓聲遙在煙游魚驚
岸側歸鳥過窗前無限思君意樓中待月眠

江亭

寒岸下蒼莨人來江上亭草含秋氣白山入夕陽青遙望蒼
梧野空悲帝子靈巖深斑竹裡風過水泠泠

將至橋口泊舟

忽見江頭鴻鴈飛白蘋初放柳條稀炊煙幾處人家晚新月一聲漁笛歸誰解招魂悲屈子曾聞鼓瑟怨湘妃殘霞天末西風起欲採蘅蕪香滿衣

登華蓋山 在溆浦縣

華蓋亭亭逼翠微天臨遠勢鬱崔巍荒苔雪盡野猿下晴日山空孳鳥飛桃谷北來連地脈盧峰西望接烟霏荒城斗大無多景贏得嵐光滿袖歸

代內子見寄

一自君行後江城增暮寒不知前夜雪相隔幾重山

道中雜詩

香河河畔岸痕低，雜沓泥沙上馬蹄。纔過夕陽新雨後，亂流春水不成溪。

店前薄冷上征袍，驢背分明曉色高。積潤未消塵不起，草青煙白過南皋。

寓居保安寺贈閔鶴雛一首

清宵步屧散迴廊，微雨初晴一苑涼。閒看樹搖知鳥宿，靜聞風過辨花香。春寒似水流難盡，客意如絲理更長。惆悵小窗同翦燭，說詩仍記夜聯牀。

五月十二日夜紀夢

春山瑤草紛葱芊，擲之不起如蒼煙。諸峰突兀撐青天，夢中不識巫峽與三島但見雲霞縹渺淩飛仙仙人騎白鶴招我往視玉洞飛來泉明珠百斛瀉滄海腥氣疑雜蛟龍涎青天滂沱萬萬古淫霧不散蒼松巔中有一人酌天酒飲我瓊巵酣滿口坐我蒼茫十二樓的爍星辰繫雙肘但看塵世走元駒那識浮雲變蒼狗我欲從之學長生仙人笑指青霞城君不見唐李鄴侯又不見漢張文成男兒大事身未了金鼎刀圭誤殺人我聞此言意非薄迴首雲山見飛鵲口中猶帶瓊液香曉日殷紅動高閣

喬口

落日洞庭西孤帆去鳥齊林深知霧重江遠覺天低野色連

吳盡春痕入楚迷年來江上水芳草幾萋萋

卽景

漁樵居止處山徑任橫斜秋草碧千里夕陽紅數家澗雲還作雨巖樹自開花愧汝幽棲者閒中閱歲華

槜湖十子詩鈔

致翼堂遺稿　平南彭昱堯子穆

獨釣

拔地峯巒聳黛鬟滿林紅樹夕陽殷無邊秋色來三楚終古灘聲戰百蠻春夢易醒何處遣離愁因醉暫時刪欲將泛宅隨漁隱獨釣蒼茫笠澤灣

贈陸子範

古今能書數百家惟擇精筆書乃嘉多君不屑管城子以指蘸墨霏烟霞淋漓揮灑百態出飢鷹奮迅蛟龍拏是筆是指痕並化離奇變幻不舛差當其興酣腕下走觀者動色相驚

呀江湖謀食寄一指依託文字爲生涯潯城卧病塵積釜無人相顧投一鎈智永一字值百萬名重自取時人誇感君珠玉不可食饑腸自鬱鳴杈枒不如東歸事農畝秋風穫稻春田劬勝似窮途受軈壈染指無味徒咨嗟

楚雄夫子贈詩依韻奉答

手掀海嶽役風雷玉尺能量幾許材百粤遠標銅馬式三霄曾和柏梁臺才人價待門前定天使旌從日下來喜得璧奎還再耀金鉋斗豁積霾開

三江卿月一輪高照見飛僊駕六鼇光燄燭天燕國筆秋聲聒耳楚人騷屢投藥石詩仍駁苦斂才華氣尚豪忽發狂言

公定笑平生羞唱鬱輪袍

附池司業原作

萬山斤斧響春雷千百林中一二材竟有芝蘭襲襟袖欲教桃李作輿臺門前今日吹竽衆海内何人種樹來投我怡雲詩一卷平生青眼爲君開

榑乘飛駕日輪高赤手居然敢釣鰲李杜千年猶謦欬江山百粤見風騷多餐靈藥詩方壽纔說干將氣便豪紅袖碧紗等閒事終須爲汝换宫袍

壘綵山題壁

吾聞崑崙山瑶臺十二相迴環珣玗琪樹閒錯雜但見五色

之玉文斑斕又聞雪山在岷蜀晃日如銀雪如玉層巖壘嶂開畫圖翠壁丹崖奪人目斯山曷以壘綵名朝嵐夕靄撐崢嶸或有蔥銀蘤金之寶氣丹砂慈石之菁英扶輿鬱積弗自祕發洩璀璨山之榮馬王臺閣今安在好山依舊留文彩雲霞壘駮起隆穹石壁赭堊蕉虆屝九天織女雲錦機剪碎綾縞空中飛墮落山頭豔不化滿山覆錦生光輝吁嗟青山倘組織文章豈少丹青色詞人禿盡筆頭花未必籠紗聊疥壁

正月十日同蓮丞游隱山有懷西湖

十日輕寒鎖碧城東風吹我作郊行支離邛壑經年別澹冶江山一笑迎綠野黃勻新畫稾紅泉壁瀉古琴聲鍾魚縹緲

鑪煙裊縱有勞勞夢亦清
世鮮張維執復湖宋乾道四年張掞作復西湖記祇餘緑畝可供租古人
不作山應憾我輩能游興未孤似虎狂風空料峭騎牛老子
已模糊洞有老子像賦詩何用磨厓字斷碣殘碑半莽蕪

言懷示蓮丞

東風吹綠遍天涯謝客西堂夢已賒陌上離情牽柳色壺山
失約負桃花一盃誰酹酒人墓壺山有宋酒人墓兩股蜂歸深柳衙
同是狄公門下樹莫教淹忽度韶華

客夢

萬山圍客夢一夕度鄉關相去千餘里還家咫尺間別憐子

季久慈解老親顔恍恍疑真境神魂覺未開

驟雨同蓮丞作

山頭驟雨疾翻盆銀竹森森夜砌喧麥隴潤添三尺足筠簾寒襲一鐙昏桄榔城濶遥聞柝玉樹堂深早閉門衙鼓聲沉簷鐸語不妨同聽挈芳樽

晝苦短歌示蓮丞

晝苦短夜苦長憂人不寐起徬徨頑鼉不鳴柝聲死心如轆轤天未央晝苦長夜苦短朱門夜宴繁絲管美人淺斟顔未酡漏水滴滴金壺滿晝亦不短夜亦不長良夜浩浩白日堂堂少年不讀書飽食而嬉紈綺塲東方既明尚囈語夢醒但

見天倉黃來者坐耗去者多銷磨白日柰爾何

春與和吕小滄韻

杜宇留春盡日啼嫩寒絲雨釀凄凄可憐小院草如褥癡想前山花滿谿三月風光驚水逝萬山嵐翠壓城低捲簾爲待新來燕祇恐濃陰路欲迷

故宮遺址繚垣長往事飄零促電光冠蓋梁園浮大白綺羅金谷被流黃祇今石獸蹲周道終古寒蛩弔夕陽不待雍門琴已淚殘碑處處斷人腸

京兆眉痕淡欲無金窗冷落十眉圖闌珊芳信飄紅雨寂寞重門掩綠蕪緘就詩篇遲燕子喚醒鄉夢爲啼鴣故人遠贈

陽坡舁石鼎清泉煮酪奴
湘簾窄地鎖茶烟數尺濃陰展綠天南國佳人怨空谷西園
公子樂韶年趁雲詩思雕清麗沾絮禪心絕罣牽烏信風催
榆莢雨落花時節總茫然

四月十二日同香甫少蘭小滄蓮丞遊李氏園得六十
韻

寄跡城市中所志在邱壑世網安足攖塵坌不能縛我友驩
相招躡屩踐游約火雲蒸蟲蟲赤日熇熇熇名園足消夏風
景變疇昨濃蔭生清涼松風尙竅作涼颸滌襟袖蕭爽散熏
灼燕影飛差池鶯簧破寂寞新蟬語嘒嘒吠蛤鳴閣閣清渠

注灤洄獨木横略彴榆槐漢緣雲篔簹坼粉籜鐵檜枝杈枒
蒼松鱗皴散蘪蕪碧以芬楊柳秀而弱倚山爲籓籬隱樹幾
樓閣結搆因自然妙手謝雕斲竹深得池館林缺見粉牋崇
崖插層霄峉㟪壁如削龍蓯排岩嶙巀嶭聳巘崿谽谺洞㟏
嶆巋嵬石犖嶨攀徑蟻盤姍履石蟹郭索劃然裂巖縫軒豁
境誰拓萬象落眼前烟火隘城郭小山碧玉篸遠岫青鍔鍔
平臺揭樹杪未瞰魂已愕藤棚漫勾留瓜架各欒礴甘瓜青
可摘梅子黄欲落食李酸攢眉擷椹飽饞嚼竹亭卧縱横藕
榭恣嗢噱撲蝶亦復佳觀魚頗知樂登舟文鷁移鼓櫂潛鱗
躍同人掉朶櫹舟子解青筰水涤涵紅闌柳陰映翠箔縠紋

皺溶溶石港流洛洛芳潋浮蘋萍沙汀聚蒲蒻芙蕖嬌媨人
婀娜半舍蒻中流鳴款乃雲水澄寥霩蘆漪盪蘭槳好風與
之泊科頭脫角巾解衣露短褌高談間榜歌滑稽雜雅謔勝
遊嬔漾陂盡興登垠塄青山漸晼晚夕陽墮叢薄慨然念古
人馳神入綿邈廣漢久榛蕪金谷已銷鑠當其盛赫時冠蓋
集咢咢賓客迭唱酬美人飾娉嬙歲月頻往來人事更復剝
春風散紈綺夜雨潤荃藥絲管變蝅蝅華鐙化蠋蝓浮雲飄
舞衣瓦礫疑珠珞頹垣荒茨蒺廢圃穴狐貉繁華易銷歇樸
素或堅確吾儕寄人海茫茫一葦著追往笑山猩測來陋小
鷽羲輪駕騣騣問古徒漠漠不如青雀舟同挈麒鷀杓萬事

如等閒有酒足斟酌招涼結松棚避暑補河朔笑謝蠻觸爭
豈屑鷄鶩攫胸懷艮已適渾沌莫須鑿叢桂如可招吾將小
山託

秋燕四首

金井梧桐昨夜飄離懷别緒黯魂銷欲辭舊主情猶戀爲問
烏衣路更遥高館空梁人寂寂夕陽秋水影迢迢呢喃休話
當年事王謝風流久泬寥
曾從華屋寄幽棲罨靄簾櫳軟絲低祇道春風銜柳絮不堪
秋雨落巢泥遼東鶴是何年返城上烏猶入夜啼知否梁園
賓客散玉階涼露慘凄凄

高秋征雁漸爲賓瑟瑟涼飈起白蘋此去渾如千里夢再來非復昔年春天涯有伴皆愁侶塵海何門覓主人故國祗今消息隔河梁分影莫逡巡

江山如此不如歸隴首蕭騷木葉飛蒼莽關河秋色老寂寥門館舊人稀玉鈎銀蒜簾無恙社鼓春旗事已非天末差池試回首故家何處不斜暉

秋夕懷唐子實

涼風動高梧摵摵賓林樾絡緯傷秋闌荒砌助淒切嗟我懷無端綿歎愈鬱結南鄉渺何許之子遠離别别情於我摯一月三遺札衷藏倍三年長吟字豈滅亦有一樽酒癙憂不能

輟念子不我前感舊心惙惙梁園客已散門館愈愐屑琴書委塵埃幽蟲弔殘月惻惻傷心人一燈淒欲絕

雲壑

歲月三秋盡瀟湘萬里深關山鄉國夢生死别離心雁斷天邊信蛩孤海上琴剌船人不見雲壑杳沉沉

訪子實村居三首

北風吹隴首行客度長阪千峰攢萬垤烟霜澹蕭散古道連松楸濃陰匝地輭村墟隱叢葦地曠磽以衍我行訪伊人道阻豈云遠疎林夕照黃客路漸晼晚

四山抱孤村蘿月照幽媨紡鐙出林隙寒犬隔籬吠宵征忘

遠近叩門忽已至樺燭張虚堂主人勞久遲開樽共斟酌情話不覺醉山窗延月影相伴入夢寐

牛羊下山坡白日匿西嶺暝烟蘿徑深明月在松頂穹巖盪天風修竹勁森挺高寒竹裏館河漢夜清炯

山居

空山沉夕照蟲語一燈昏葉落無人徑鐘鳴何處村松濤春夜雨蘿月淡霜痕羽客期相訪攜琴候竹根

禦寒

禦寒愁破褐臘煖氣佳哉十日不出戸小園花亂開山中單袷客松下[illegible]裏徊樽酒招相就陶然試綠醅

寄唐子實桂林

涼風起天末千里動離思隔歲書初至前宵夢見之草蟲燈下語山鬼雨中詩遥憶邊城客吟魂遡碧灘

寄王定甫孝廉都中

高樓明月夜樽酒共題襟送子往京國無人知我心塞鴻消息杳瑤草歲華深日暮碧雲合相思空復吟

謁呂月滄先生墓

後起慚余陋先生許著書三年勞孔鑄一别泣臯魚墓草何曾宿桐花已覺疎典型猶在目阡表重踟躕

潯州新樂府四首

太僕祠

癸之年冬之月猰貐磨牙吮人血梧鎮望風附逆吳潯州千鈞繫一髮潯州太守矢孤忠一隅獨當千萬鋒外無蚍蜉蟻子援礮聲殺氣塵濛濛孫延齡叛桂林蔣秉鑑獻潯城執公父子送賊營縛暴烈日中慷慨憤罵節錚錚刀鋸鼎鑊甘如薺妻子奴僕遭賊刑父子五人家百口無一含羞忍辱而偷生西山僧尼感公德收骨沙岡營窀穸忠魂趨謁 章皇帝 帝曰余嘉女忠直 聖代褒忠渥且優 龍章慰此貞魂魄潯城人士切謳思春秋祀事父老悲爲我濡染大筆而書之曰此特贈太僕寺卿遼東名浩劉公祠

雙忠行

丈夫捧檄守斯土常則撫綏變則禦君不見甲寅之變煽賊
氛平南孤城嬰强虜縣令周公典史武公位殊忠義心則同
先期豫備修城墉厲兵迎戰大峽石歐倫授首摧賊鋒短兵
相接武令峽揮刀復斬吳飛龍賊將總兵侯成德怒擁火器
來夾攻力窮被執死不屈一軍潰散爲沙蟲可憐楊夫人投
環竟自縊可憐周公子殉父死亦義　詔贈按察使僉事地
下忠魂可以慰賊奇武公多智勇威之不脅利不動有舌罵
賊如常山七日弗食堅忠肝忠肝義膽刀頭血留得芳名千
古說君不聞德化周公名岱生陝西武公名佐鼎百餘年來

道姓氏至今父老猶悲哽三公附祀劉公祠食君之祿尙鑒之

貞女樓

清風有意颸颸颸獨吹貞女之高樓貞女樓居僅二載貞女樓名將千秋女名紅嬌名何麗女志氷霜志何介幼字同邑潘瑞熊潘隨父宦歿舟中女年十七聞凶耗毀妝茹素居樓中足弗履地矢自守外人莫得窺其容從一而終古之義奔喪守節兒之志兒今生死皆潘人爲潘守節差無媿父兮母兮不諒兒心爲兒改醮潘歿誰尋逆耳之談相勸勉悲傷抑鬱淚涔涔媒妁來貞女哀高樓一夕自經死十九年華何烈

哉嘉慶癸酉年仲秋月五日桂平譚氏貞女卒

貞女碑

難莫難於報親恩重莫重於受夫聘女子祇以夫爲天死生不易惟夫命夫蚤卒女未適富室求婚女不懌鬱陶自傷竟絕食臨終語其親顏色慘且戚兒既字夫夫已死兒今從夫地下矣爹孃生育不能酬死有餘憾兒心憂語嗚咽一慟絕嗟哉貞女錚錚鐵夫爲誰梁漢清女爲誰把總國相女董姓社長名嗟哉貞女十六殉夫年更青飄飄楊白花老尙隨風移天天澗底松幼具凌霜姿試看潯州西門外峩峩百尺貞女碑

寄王少鶴

士有不干祿蛩蛩抱苦心天人三策獻虎豹九閽深大雅蒼茫繫咸池杳黙音箏琶競繁響吾意惜孤琴

同唐四湘中有懷

挂席遊京國悠悠客路長江山分楚越烟月渡瀟湘漁火楓林暗霜華杜若涼鹿門在何處高咏憶襄陽

楚中懷古

金輅消沉石馬哀武關西去幾時迴蘇張豈有安全策屈宋終憐作賦才江畔九歌湘魄怨澤中三戸霸圖開秦雲郢樹俱蕭瑟極目風花人酒杯

上蔡懷古

芳草芊眠綠故墟荒城憑眺漫踟躇三年遊學因倉鼠一石
轀輬溷鮑魚具位公孤依婦寺誤人家國易青儲東門黃犬
何人獵獨向東風策蹇驢

鄴中懷古

銅雀臺荒弔暮雲祇餘絲柳綰斜曛孝廉曾應三年辟功德
爭誇九錫文斗酒自傾喬太尉斷碑誰誌漢將軍西陵疑塚
知何處春草萋萋鎖亂墳

趙州懷古

小雨初晴路阻修車輪詰屈蹇驢愁土城積雪埋烽壘石塔

凌空認趙州六國風烟公子里三千賓客美人頭當年豪俠
俱銷歇欲訪屠沽遍酒樓

晚過趙北口二首

蒹葭無際水迢迢星斗蒼涼客路遙柳露滴檐鈴鐸語一鞭
殘月赤欄橋

碧雲如水瀉玻瓈烟樹朦朧半隱隄絕侶山塘春雨夜蛙聲
閣閣草堂西

結根

結根曾托泰山阿松栢纏綿附蔦蘿織素故人空逝水浣紅
新曲爲誰歌銀瓶落井聲飄渺石闕銜悲語奈何舊日珮環

休問訊舜華如夢本無爹

大梁秋興

落日蒼茫上吹臺太行秋色渡河來登車空抱匡時畧入洛誰憐作賦才高館琴樽懷李杜梁園花月弔鄒枚酒酣激越風雲氣拔劍長歌未盡哀

芙蓉花墮海門低萬里風烟震鼓鼙有道豈能容鬼蜮出師端合掃鯨鯢騰空鐵舳屯蒼兕下瀨戈船練水犀刁斗聲嚴歌管寂粤王臺畔夜烏啼

簫鼓樓船豔綺羅颶風頃刻海揚波持籌大賈仍懷土專閫元戎竟議和十里夷氛迷島嶼百蠻兵氣湧關河嶺南自古

繁華地珠市花涼弔尉佗

旌旄坐擁鎮南天玉壘霜明棨戟鮮養寇縱橫驕猰貐列侯恩寵濫貂蟬三千鐵弩何曾射八百胡椒不值錢聞道聖朝嚴賞罰氷山傾倒總雲烟

汴梁懷古

鐵椎濺血換旌旗河北長驅十萬師運策豈難援趙勝竊符應悔託如姬四年廢病牀酣酒六國縱横鬬敗棋守冢濶殘陵闕改夷門無恙草離離

幾見銅駝卧洛陽汴州塗炭倏滄桑奉書甘署兒皇帝傳璽終歸堳石郎跋扈將軍新節度癡頑老子舊平章可憐十萬

橫磨劍不救中原打穀場

紀事八首

萬里礬山水奔騰激怒流忽驚酸棗決極目齧桑浮浪湧蛟
龍騁城低父老愁茫茫成澤國怕上望京樓
南國河魚入中垣集雁鳴蒼茫鹽澤水奔注大梁城拯溺懷
韓綜羈棲慼長卿招魂誰翦紙杯酒慰餘生
末下淇園竹休論艮嶽花鯨波轟地軸魚腹葬天涯不没城
三板逃亡鬼一車十年生聚蕩何處種桑麻
腸斷馮都尉其謀亦已臧何人操出納臨水歎蒼茫天使崇
王景河臣誤許商　至尊宵旰切努力築宣房

高陽王子贛祈禱爲斯民主簿何勞泣將軍亦負薪萬家瀕九死一髮繫千鈞出險魂猶悸相逢話苦辛

聞道黃河水來從積石西漢家沉白馬大禹錫元圭有策惟疏濬無謀但障隄汴城如釜底何以奠烝黎

遲我南歸路其如泱漭何蘆灰媧氏術瓠子漢王歌鼙鼓驚閩海樓筏塞豫河金錢籌少府吾意轉蹉跎

客自故鄉來驚傳洚水災别離勞問訊生死半疑猜每誦平當語誰爲賈讓才其魚今已免酹酒禹王臺

將歸粤西留别查辛香二首

信陵不作侯生逝孤負華年到大梁九曲河流過洛汭三秋

山邑夢嵩陽淮南木落征鴻沓豫北風高客燕忙何事孤羇
不歸去中原洪水已滄桑
洛中詞客今寥落花月牢愁亦可哀卅載交遊豪氣在千金
揮散美人來鬒絲禪榻渾如夢舞扇歌裙枉費才莫向侯門
獻文賦夕陽衰草孝王臺

八月二十一日自汴西門登舟渡河感賦

赤眚亂後蕃生聚樂土承平二百年注海有人能掘地挽瀾
無策已滔天賑民屢貸監河粟謀國深愁少府錢饑溺關心
空自愧中流擊檝總茫然
秋深水退屋留沙野哭蒼茫亦可嗟魚腹難容新鬼溺鮫宮

都是舊人家十年南雁驚蘆葉八月西風漲豆華纂罷元經將底用會須親泛玉河槎宋開寶間東魯田吉纂禹元經十二篇太祖詔至闕下詢以治河之道余客汴梁值河決嘗撰河防芻議萬餘言藏之篋中

舟至南護城隄晤彤裳明府即以留别

葦廬逢故舊彤裳治機督運各縣錢糧廬於堤上縛葦爲屋濁酒話殘更風勁沙能語河湍夜有聲怒濤春客夢孤燭照離情明日巾車發班班又遠征

二十三日舟發朱仙鎮浮汴水而下三日至周家口

誰知駭浪驚濤後澹宕秋光入畫中柳岸波平舟不繫瀟瀟微雨落孤蓬

天子無愁妓莫愁錦飂歌管到揚州何人爲唱楊花落汴水濺濺日夜流

樊樓簫管久沉沙猶有旁人說趙家一别青城消息杳夕陽何處不啼鴉

我從浲水窩中來指點煙雲笑口開欲挽長條寄枚叔淮南秋入酒人杯

淮南水災詩

自祥符河決西南流分爲二支一由安徽太和縣之泗河鋪入淮一趨安徽亳州由懷遠縣荆山之西北入淮自潁上以東壽州以北河淮爲荆山所障數百

里閭茫茫如湖淮水故道不復辨矣河淮合流出荆
山而東漫溢臨淮而滙於洪澤湖其所破村落廬舍
不勝計矣

驚飆噫烈烈淮水流湯湯東南溶水災生計真倉黄榱傾牓
殘覽屋破惟頽牆揞葦爲蘧廬編木作舟航死者餮魚鼈生
者齕粃糠蹣跚有傚莚藍縷無完裳千村萬落間滉瀁何茫
茫河伯固不仁人謀亦未臧鐵龍既不用金隄何能防自從
決開封泱漭圍大梁官吏百計窮嬰城劇匆忙防河如防虜
寢食日不遑訛言夜驚呼奔竄起傍徨我從澤國來滿目爲
滄桑掛席趨沙關風浪轟雷硠舟人指壽州孤塔明斜陽周

遭數百里天水相低昂河流溢入淮潁泗何以康平地瀦爲
湖不魚已水荒百粤走豺虎入閩沸蜩螗嗟汝淮南民水退
亦重傷我行阻北風數日未得杭蒿目憫災黎百慼煎衷腸

下蔡阻風

平楚風煙接窈冥茫茫擊汰復揚舲人歸京洛衣猶素山入
江淮眼易青鴻雁迢遙秋信暮蛟龍偃蹇浪花腥榜歌休唱
公無渡閒倚蓬窗讀水經

九日臨淮舟中寄故園兄弟

萬里歸來一葦杭拍天波浪激硠硠海疆撻鼓驚猿鶴水驛
聞碪憶鷫鸘涼夜江湖添短夢臨淮風雨正重陽茱萸遍插

應憐我欲寫鄉書已斷腸

清流關

危岑高不極人語答天風衰季干戈擾清時戍壘空岧嶤千仞削險隘一夫雄登眺頻懷古蕭蕭夕照中

夜泊京口驛

雄藩稱重鎮賈舶檥千艘鎖鑰金陵固城墉鐵甕高江流殘夜月雲湧海門濤六代今何在江波日夜淘

吳中懷古

芒蘿山色越溪絲正是君王宴樂時破楚有臣鞭白骨爭盟無計刼黃池笙歌永夕微施旦花月千年怨種蠡欲洗蘇臺

金粉氣青山沽酒酹要離

滄浪亭

美人别京洛垂釣滄浪渚微雨灑修竹好風吹綠漪偶行紅葉塢時有白雲隨五百阿羅漢誰能薦藻蘺亭左有五百名賢祠

杭州懷古

半壁江山樂有餘盈廷和議竟何如相公三字成寃獄敵使千金募諫書南苑郎官偏斅犬西湖良將漫騎驢行人莫唱冬青樹愁向斜陽弔故墟

湖上詠古

烽火警襄陽笙歌樂未央璠璵多寶閣風月半閒堂花氣芙

蓉莫蟲聲蟋蟀涼木棉庵裡客誰識舊平章

湖心亭晚眺寄桂林吕十

君别湖山年復年我來湖嶼尋逋仙梅花未開桂子落醉倒煙波湖上船美人夜弄杉湖月巢鳳山頭晝晞髮欲采湖菱寄蹇修元鶴不來秋水闊

詠史

大纛高牙建隼旟海疆烽火漫愁余偷生姑俟千秋論媿死難逃一紙書方伯出亡徵賵鼎將軍殉節殮璠璵誰將肝膽酬君父長嘯浮雲過太墟

城頭昨夜竪降旗蕞爾殘疆已不支欲瀝臣心酬北極轉隨

黧面入東夷朝廷待汝何嘗薄刀斧餘生亦可疑百卉飄零
松柏在疾風留取歲寒枝

聽琴館爲彤裳作

使君抱綠綺來訪汝南賢石薦一揮手松濤萬壑泉瀟湘鳴
楚韻風雨入秋絃悽絕成連調餘音憶水仙

得月亭

淮西一片月曾照汝南王歌舞當年散烟波永夕涼畫欄明
積水金井澹流霜叢桂誰招隱銜杯話故鄉

大梁中秋寄懷唐子實

曾醉梁園月清光感昔年祗憐千里共又見一輪圓桂海縈

鄉夢蓬山訊列仙乘風歸未得氷鏡惜娟娟

九日黄河道中

竹箭聲騰積石流鯉魚風急浪花浮那堪綠酒拋梁苑又見黄河入亳州萬井牽蘿難補屋十年爲客易悲秋湘南叢菊淮西月羸得相思兩地愁

歲暮三章寄王定甫都中

日月如長淮注海去不返韶華輒拋擲歲暮惜晼晚譬彼嘉會時飲酒不及琖臨歧始餞觴行客自此遠昔年浮江漢梅花照襄峴今兹客汝陰雨雪沍沙堰金烏疾如梭長繩豈能綰光風歛客夢夜夜度蒼巘

幼時盼除夕但覺歲月長旣壯悲徂年白日馳堂堂阿母翼孤雛卵育望我翔頭顱亦如許身世猶蒼茫遠游依女嬃骨肉暫他鄉遙知倚閭心輾轉夢在旁家書久不至消息何由詳側聞鄉里災瓶盎無儲糧中原采蕭萩誰歟奉高堂明發慈烏啼啞啞感衷腸

獻歲赴京國擬謁承明廬蓬山在咫尺灘風斂其桴朝摩蓟北雲夕釣汝南湖故人念蕉萃千里貽瓊琚風塵漸淈没志氣苶不舒開椷輒自壯古昔爲吾徒冠蓋走京華華鐘般周盧薄宦數米炊仰屋偏著書雅頌飾太平牛酒方大餔疇知漆室心淒調彈欷歔相勗崇明德努力播令譽窮交慰寂寞

樽酒傾屠蘇

檇湖十子詩鈔

致巽堂遺稿

平南彭昱堯子穆

乙巳三月二十五日同朱伯韓琦侍御王定甫錫振農部王子壽柏心馮魯川志沂兩比部唐子實啟華孔繡山憲彝兩孝廉秦澹如緗業上舍集龍樹寺爲梅伯言曾亮先生作生日次邵蕙西懿辰舍人韻兩首

大道如靑天妙者悟於靜百家有統宗不朽在眞境先生富述作高文日星炯孤翔苞羽鳳俯笑雍磊黿文囿薆荒蕪爬梳豁芟屏一官亦拓落蕭然疎朝請旣忘炙轂熱豈覺飮冰冷海陬幸無事風鶴稍戢警祿隱長著書睠茲文鐸秉

葭菼開僧寮鳥語破虛靜春風歛菰蒲綠滿招提境艮會誠足歡心目盪高炯自慙習蓼蟲思奮怒力黽飢寒墮行役鉛槧未渠屏挾策遊京華竟獲文字請羣雅羅英豪吾道慰孤冷思柔旨酒酣振聵梵鐘警余生豈蹉跎爇燭夜須秉

崇孝寺看牡丹同定甫子實作

百舌啁啈呼春風微雲澹沱氣冲融九門旭日車馬動紫陌蹀躞連錢驄屠黎花開不及盛入門尚有羅綺叢修廊曲檻爛於錦含露婀娜欹深紅美人半老强妝飾顧影矜寵意態濃從來絢爛易平淡祇恐蕭瑟愁蝶蜂盛衰開落亦物理束縛一世何其惷竹垞詩人已塵土老藤夭矯蟠拏空（寺中藤花一株）

竹垞先生手植天涯兄弟會匪偶貰飲且醉琉璃鍾

送子實南歸

伯韓詩學杜子美定甫文似曾南豐翰臣秀句出紈綺詩筆
乃自鬚蘇翁鄉邦豪俊萃京國妙與古會神理融子年最少
所得厚譬日初出榑桑東讀書疾於飈掃籜眞贋輒復能磨
礲姬周以來巖劉替古有作者羅心胸海内人材指可屈子
每下筆驚諸公國子先生早賞識謂司業池籥庭先生惜不見子毛羽
豐文章不遇亦命耳豈以頭腦怨冬烘生平鑽研嗜史籍流
連書肆饑忘饔百金購書收散佚紙本精善如金鎔車箱滿
載數馬馱道遠詰屈愁駑驕吾生師友待性命惜子之去行

悤悤輭紅塵土屢跰踏世事馬耳吹東風過人資稟匆自棄
學海波劃蛟龍宮深山窮窱太古邃萬卷坐擁書城封石泉
爲我釀春酒行矣訪子仙霞峰

龍翰臣啟瑞修撰以詩送行賦此奉答

吾友定甫人中豪羣倫藻鑑區秋毫居常爲我稱說君謂乃
粹質英瓊瑤平生志不在温飽殿前作賦聲華高翰林濕薪
官燭淚雕鏤聲偶抜亦勞儷青妃白竟誰是譬彼原野樓蓬
蒿埽除習氣力何犖古文辭理能爬搔敢温沖淑淸且姚遠
揖歐曾近方姚吾鄉春秋學久絕君乃癖嗜芟紛淆經訓菑
畬在鋤治根抵厚植基愈牢比者海壖戢桴鼓彈壓鯨鱷驅

波濤時艱憂患正深遠勿使蠕蠢生蛸蝈文章報國餘事耳
賡賛黽勉期夔皐事權到手好建樹豈僅歌頌颺中朝不材
如我櫟社木擁腫合寘山之椒故人敢愛不瑕讁禮數往往
袪皮毛京華最愛文字飲重以惜别沾松醪長歌送我意瓌
偉投玖毋乃報木桃

出都

故人重惜别樽酒且淹留塵土增離索關河悵阻修巨觥壯
行色爛醉度盧溝日近長安遠垂楊樹樹秋

涿州

兩日畿南路車聲軣碌礅勞人真草草駑馬正紛紛遠樹漸

秋意好山猶夏雲石梁偶憑眺蘆海澹斜曛

邢臺縣

太行山不斷一路送南征疊翠連畿輔清光滿驛程烟寒漳水渡日落柏人城舊店如相識秋風颺酒旌

泛汝南湖

桂花如霰風淒淒我行又到淮之西汝南湖水别數月一笑無恙青玻璃積霖新霽萬家沐草木蘇醒含暄萋遠山窈窕如處女遥睇獨立烟鬟低樓臺出波塔倒影秋水拍拍浮鳧鷖拏舟延緣遶菱芡小兒拍手歌銅鞮芙蓉花時爛錦綺不及載酒斟其棹竭來花事歎零落枯荷敗蓋相愁悽我從初

秋別京國獻賦不遇非人擠浮生六合一寄耳滄海汎粟倉
掾稊嗟哉虛名究何用竈下鴿掇甕醯雞淸風明月本無價
江山景物隨取擕逝將返棹下灘水鬱黟深處歸扶犂

寄陳凝甫綸孝廉大梁兼柬查辛香冬榮明經

去歲識君在汝南一宿卽別馳征驂塗中寄我好詩句意態
瓌偉雄且酣想當撲筆致忼慨怏如駿馬羈脫銜京師三月
復相見梨花酒熟汚春衫人生失意易跌宕十千沽酒杯傳
柑淋漓酣嬉盪塊磊流鬻侑客聲喃喃陶然亭外葦如海萬
綠萍合不可芟藤花蟠屈龍樹古暇輒命駕窮幽探脫巾大
醉各揮手塵埃流落吾何堪君遊梁苑我汝上南湖髡柳猶

毿毿袁安不作范滂逝可語肝膈無二三初白詩孫老窮餓
新詩不足換酒甂嗟余微賤不能薦欲拔磊落心懷慙海天
晏謐桴鼓靖妖星霣滅收鬛鬖書生迂拙弄文字祇有山水
能雕劖草堂夜雨讀古史丹墨排擊誅姦讒黄州風月最妍
好江水蕩潏山崟巉詩人不歸松桂冷老鶴獨呌西山巖我
方掉頭行過此聱牙歸舸揚風颿安得與君跨黄鶴高樓長
嘯哦烟嵐

南歸留別查辛香

憶昔與君凭吹臺河水溜急轟如雷危城性命寄魚鼈富貴
於我何有哉誰知破家各不死握手作別空愁唉別來歲月

太易得綠鬢剝落霜毛催汝南湖上復相見春水初綠如潑
醅高樓餞我赴京國謂此去合凌蓬萊平生學道詡風鑑頻
年報罷心愜猜騰驤騏驥自千里而我屢蹶真駑駘誰知故
舊不瑕讁猶有酒食酬虺隤郡齋信宿話懷抱往往商搉相
嘲詠詩人老去作記室珠串好句霏瓊瑰抱詩數卷向誰訴
逐客零落東城隈飢腸轇結蚯蚓呌陰雨漠漠生莓苔自忘
貧賤苦留我豈不惜別行裵裒方今河海頌清晏倚柱悲嘯
嫠誰哀明星芒角夜有爛天道幽遠誰能裁書生迂拙究何
補古劍繡澀霾塵埃洞庭黏天四無壁歸鴉格磔翔高桅衡
湘以南好山水鄉國了了愁顏開雖無負郭田十畝采菽尚

足供南陔我歌且謠君許和龍蔥八桂歸去來

黃鶴樓

謫仙閣筆無人賦終古高樓在水隈詞客南遷芳草暮大江東去浪花開側身天地憐蓬鬢如此山川感覇才日暮憑欄愁徙倚白雲縹緲笛聲哀

巴陵阻雨

巴陵陰晦積霰潛我行纚栈於其間江豚怒翻風颸沓白波歕積高於山九嶷連緜青入蠻重華帝子去不還狖猿咿嗄山鬼嘯殘露墮竹啼痕斑黃衫仙翁在何許岳陽樓上空雲烟挹取波濤注樽俎雲夢氣合吞巉嵓塞鴻聲斷衡陽浦烟

波極目愁鄉關京洛故人杳消息心之惋懣誰能刪

湘陰

臥聞船頭吹嗚嗚曉起開門雪壓蘆楚山晶瑩色有無驪龍
跋浪求其珠昔年曾踏淮西雪挂帆行弄湘南月故國梅花
笑遠人一點相思寄愁絕

長沙雪中繫舟戲作短歌

我行歲晚揚湘舲三十六灣風浪生蘋花開殘楓葉冷北風
雨雪帆冥冥章華臺傾細腰沒春來楊柳猶娉婷悲哉舫船
自巴蜀一戰再戰燒夷陵雞犀拱璧豈不講區區谿壑誰能
盈秦政虎狠儀鬼蜮束手自縛歸咸京嗚呼七雄等滅耳驪

山塚破阿房燬屈平辭賦懸楚天猶有投書弔湘水

衡州以南舟行甚遲

衡州以南湘水清徹風入鏡波紋生荇藻瀠洄石犖确竹篙攪碎玻瓈聲行舟以緯太蹇澀如犢挽石徒砰鏗僮僕思歸較我速日盼土堠稽郵程來者順風去者怨細思物理眞難平江湖蕉萃鬢絲出黧然黑者爲星星眼前俗子敗人興擁衾夜作寒蛩鳴世間知己是何物靑鐵如意黃金觥小船賣餅認壚落百錢沽酒斟長缾好山到心輙自笑何況突兀堆崢嶸雒京塵緇濯且振但有烟際螺痕靑日程濡滯亦何悶芙蓉面面來湘舲

晏起

何處發船搥大鼓收拾風帆雜人語布衾熨貼睡味濃殘夢
朦朧逐鳴鸇爲魚投淵鳥厲天一鈎睡蛇鼻栩栩早眠無事
起復晏荆楚山高日卓午天游所得六鑿屏不擾名尸豈謀
府祝宗元端臨牢筴曾國爰居祀鐏俎束縛拘攣不適意翻
使殤兒笑彭祖癡兒傴觸聲利場到死何爲淚自苦勸君飽
睡傾松醪前有萬年後萬古

冬夜

江風入襦酒初醒蠟炬擢花冬夜永臥聞寒犬吠江村鼉憤
猿悲助清警披衣起視霜天高有爛明星盪光炯扁舟卻憶

黄州翁俊鶻横江掠孤影

環山

環山瀦波江斷路峽束青天櫂聲度擘厓迫狹盤金湍穿鑄蜿蜒一帆去粼粼清漲翹閒鷗漠漠白雲逆飛鷲不及西巖簑笠翁破網斜陽挂紅樹

望永州諸山

退之當日悲瀧潮子厚南遷歎楚永才人遷謫例怨憤作爲文章亦悲哽可憐一代稱人豪翻類楚囚泣形影我家去永千餘里懷抱且爲邛壑騁楚越肝膽皆一家散人出入亡畦町泰山秋毫䑛大小稗海環瀛信奇境何况造物雕巖巉環

麗江山秀且整我從蓬窗攬奇秀萬壑晴嵐潑門屏三湘之
潋哦衡蓀百越而南認鄉井都嶠嵯峨白石秀洞縟巖花違
追省記取山中斸茯苓完月娟娟出松頂

舟行即目

湘流鳴環石湍瀉秋水方生没牛馬天寒水落壋堰高江漢
歸舟一帆亞細腰鼉鼓春草生彭子尙作湘中行不須更怨
歸期滯無數好山爭送迎

六洞茶

茶櫝之茶自爾雅荼苦之茶編風詩大徐讀經苦不爇以茶
作茗識者嗤謷茶著經毀著論嗟哉禍首惟季疵風俗移人

嗜者衆揀芽鬬銙區槍旗蛾眷婷娉捧茗椀銀餅銅碾官窨
飬建溪龍團歲作貢萬錢百餅分妍媸海南蚶菜正論壓蜀
中荔子飛塵馳忍令口腹累民物草木臭味原差池始安産
茶自六洞質粗味厚神沖夷窮巖深邃飽雨露所秉敵篤刋
浮靡破除煩渴功等耳肯與蒙頂爭珍奇我生嗜好本淡泊
美者自美吾何知塼鑪石銚汲湘水腐腸煎滌醒詩脾頗憶
山中玉川子一甌松韻風颸颸

冬筍

南方冬筍不成竹雪後千山萬山斵脫襁憐此白玉嬰冰脆
霜腴在空谷貪饕豈煩晉直咒慈孝何勞孟宗哭天生尤物

供盤飧特爲空山慰幽獨京師大雪誇消寒有筍登筵嚼珠
玉萬釘圍腰萬錢食醉飽珍羞饜粱肉豈知耿介節清洌遠
避羶葷洗煩辱書生食虀三百甕毛以橙椒與蔬菽割腴燒
炙薦飣盤況有梅花佐醽醁驚雷別有春怒芽好薦瑱玕戛
霄綠

除夕

湘灘同源湛空碧灘水南流湘水北我從江漢溯湘源又向
灘江挂帆席山城風雨晝易暝燈火人家正除夕此行萬里
眞汗漫猶作江湖未歸客細思名利爲底忙坐使高堂苦相
憶鄉程違我尚幾日乍見黃柑愈珍惜故人執手相慰勞濁

酒一罇話寥寂

春曦

春曦如貴客半面覯殊難十日不斷雨層陰生沍寒巖花紅
泣露江水綠生湍獨上相思埭松舟庋釣灘

陽朔山

女媧擣鍊妖星魂棄擲散作蒼雲根勢難泰岱爭雄尊驅使
嶺外雄邊藩大禹刋鑿遺嶙峋金華老仙叱且嗔盤拏倔強
如有神低者僵立高騰騫大者孤峭瘇而皴小者傴僂躡其
跟前者顧盼後者踆妍者姽嫿媸者髡幻爲列象爭崩奔猿
猱趫趠熊羆蹲將軍羽箭壯士犍猛獸奇鬼森然屯觽首突

兀摩天闇蚪螭鬬捷之而蜿怒奮搏噬區疆畛騰蹂飛攫相
排根銛牙淬厲霜磨齗灘江中貫清且粼嵁巖迫束晝陰昏
得非五丁手擘留斧痕巨蛇蜕骨雷火燔奇情三日消征艙
神志錯愕目屢眴以手扣壁不敢捫偉哉造物雕頑嚚鑄鼎
象物模範真精鐵萬仞風雷熾聊以自娛匪駭人一錢不值
奚足論作詩刻畫銘瑤琨

王定甫自都至粵過其寓齋夜話

不關鱸膾竟歸來握手相逢笑口開湖海頻年勞寄牘江山
如此且銜杯浮湘詩挾衡雲健下瀨戈沉海島哀丹荔已過
柳酒熟登高相約粵王臺

夜飲海山園

荔灣烟水碧十里藕花平燈火秋潮湧樓臺夜月明昌華仍
舊苑歌舞又新聲金谷誰輸酒橫波一笑傾

紫洞謠爲潘霞荃作五首紫洞者廣州游艇名也

昨夜春濃酒未消冶春鶯燕又相邀瓜皮艇子桃根檝如水
相思趁晚潮

銀屏茉莉明於雪燈火琉璨豔似霞省識南州好肴様雙趺
趿玉滿頭花

謾詡湑于一石能金觥輸酒漸曹騰琵琶弦急摸魚子隔水
樓明何處燈

海月娟娟墮我前照人眉黛亦清妍扶留紅暈檳榔醉浪擲
纏頭不算錢
猶憶東風燕語憨板橋新柳綠毿毿可憐一樣燕支水春色
無人譜嶺南

南漢宮辭四首

風流天子本無愁刺史何人擁洛州不信隋家論沈水爇香
何處不迷樓
簫鼓龍舟玉液池藥洲烟水碧淪漪昌華五月紅雲宴宮女
如花醉荔支
遠遊冠帔紫霞裳珠幄森嚴訊玉皇付與瓊仙判軍國耍金

爭獻鬭花忙
珠箔風涼玉漏清百花條禁太分明君王新寘樓羅歷不斷
啼紅怨綠情

珠江話別圖送子實赴禮闈

蠟花狠藉戧船開長鯨吸涿江潑醅我方淹滯子告別風雪
萬里行悠哉十五珠孃髮譁額手把金樽勸行客荔灣殘月
陊烟波如水相思含脈脈昔年同看豐臺花姚黃魏紫區凡
葩豈知嶺海復相見綺寮浣日玻瓈霞謬將豪縱壓塊壘動
輙快意甯非瑕落拓書生太豪舉睥睨黃金斥糞土百榼珍
珠買笑擘一抹蛾眉爲誰嫵粉曹仙人氣慨慷南來亦復中

酒狂酒龍詩虎鬬壯麗文字飲雜紅裙觴吳兒木石强跌宕
竟夕憊矣君猶强哀絲豪竹等寄耳王覇茫茫蹟如洗尉佗
臺榭銷戈鋋漢䕶花田葬䌷綺西風吹倒金叵羅素馨旖旎
銀雲渦須知絢爛易蕭索相看不樂奈别何江湖憂盜路修
阻鴻雁渡湘秋水多羈羽䨿䨿叫寒月斗轉參橫壘出没侯
門珠履蓬山雲如意高歌唾壺缺藕絲不斷春蠶縶汳隄柳
馹湘雲舠京洛故人猶問訊爲道賤子鋤蓬蒿

讀大金國志

易水無情汴水流幽蘭遺燼倩誰收九原報與宗留守孟珙
提師破蔡州

夜讀亡友黄香甫錫祖詩

海風抉牖燈火微破窗風入鳴颸颸霜寒夜深鳴角悲殘星在戶月鑑簝百蟲繁響絮我帷鈴閣靜倚銅漏遲案頭蠹册如亂絲遺編在手作者誰姓氏鬼錄宿草滋憶昔別君灘水湄君探銅柱窮南夷山巉水刻毒霧霏短狐狙客騰閃尸鬼箭魏射霹靂馳蝦蟇晝怒蠱夜飛作詩辟蠱蠱愈狋謀攫人鮓饕饞齝箭林蟠虺莽伏魑大木薇牛藤抱圍巨崖削刃劖屭屓窈冥幽呦森薇虧不雲而雲壑積霾不雨而雨嵐蒸瀸咄哉瘴癘愁嶮巇日南版籍漢所治芸生駘宕耽恬熙君獨憂生憯歔欷激潏陡流不可磯中有所結放厥詞歙納瘴雨

攬怪奇剜圓礪鈍廉且犛蘆笙銅鼓音鬱伊木客悽嘯勞人
噫譁孃無主鄰露哀曉餐榑桑夕晻嵫手櫛短髮穹巖晞冰
雪瑩洌癯其頄齒狡我少形早衰雷霆劈空笑嬰兒（君耳重聽）墮
水不死蛟龍嗤欲采丹砂鋤紫芝仙翁去矣勾漏迷南郎先
生（呂月滄郡丞）君所師夕陽撾哭西州扉側身嶺外望淛西炎陬
流落不得歸尸饔者誰傷孤羈長哦遺句涕泗洟一別十載
馳輪羲掩卷髟鬅病鶴姿棲霞六洞魂歸來他年沽酒酹一
卮青山佳處蘊君詩

自廣州西旋作

我來桐始華江水浩漫漫水乾木葉脫風物感歲晏客游

珠履舉足畏譏訕揭歸諗將母且以慰親串故人餽歲盤此意良厚衍人生計豐嗇逆睹亦漫漉魚潛餌相忘鴻飛弋何篡江清數游鯈瀺灂泳得汕

東門行

飢蛟饞涎虎厲齾麍驝圈狶釁饕攫掉尾咆哮入東郭破關撞突抉鍵扃礮車雷發霹靂鳴爪牙濺血烏戲猛百琲珠璣夜深馱短衣曼胡爲誰邏一笑即當虎其奈悲風颯沓歛枯蘆嗟汝猛虎休恃嵎後有健者能彎弧

河南行

羽嚶嚶花娟娟橫波曼睩泣涕醽中有美人字素馨水榭雲

房深邐迤蜂蜨繽紛醉紅紫可憐卅六野鴛鴦與爾同生豈同死林梢不動蒼冥高譆譆詘詘羣妖號電霆鞭空火龍奭炰焞珠翠歸爐焦魏魏啾啾粥粥逐逐釜中孰游魂雌者迷離雄撲朔君不見河南花寮一水綠怪梟夜啼髑髏哭

舟過端州望天湖山寄定甫

江頭三日東南風峭颿飛踔羚羊峽端州烟樹浮空濛雲水澹涵數枝搶天湖山勢聯蒼冥中有萬斛飛泉聲雷霆劈空珠玉迸小澗亦作琴絃鳴昨者君游抉幽邃健筆劖空削蒼翠歸來示我冰雪文歷歷烟嵐入游記我從蓬窗攬山色孤負山靈似相識山中人去落葉深誰斸蒼苔認行跡老坑扃

閉新坑贙踏天無人割紫腴羚羊崱屴七巖聳祇有邛壑堪
追摹深灣大澤狙萑苻南荒嵗莫客飛塗書生無物盜不睨
百錢一醉謀行沽無事且爲犀首飲水態嵐光落吾枕麥畦
如翦菜華明一片黃雲羃綠錦獨曜齋中夜鐙火落月淸樽
應念我蓬島瑤華遲再來竹外一枝行駊騀

江行得風甚快

疾颿使風如使馬好風獵獵颿駸駸青山過眼百不識鞭沙
抉岸驅嶔岑江水東流我西上水落嵒巉石崛强長年三老
且攤錢飽臾東風卧棠槳

江上見梅花寄定甫

僊城十月見梅華冷澹幽香嬌且嫵攜尊沽酒擬相就風雨飄搖事殊叵譬餐嘉果齒病齲如約名山足患跛榮枯於我亦何有耿耿閒情凝澹沱僧鐘初定酒半温獨客掩關斜月陊誰知江上復相見無恙枝頭尙婀娜汀洲雪霽縞袂輕籬落烟明素鬟嚲仙姝柎萼迴越俗冰雪琢磨愈鮮瑳紅紫紛葩炫蠢蜨蟲豸矜豪笑蜾蠃先生萬樹不挂眼獨愜幽情惟汝可惜哉此去太怱怱不及停橈醉磊砢作詩負寄龍壁翁行折一枝壓歸舸

藤縣訪蘇亭有懷明府温惕菴先生

髯蘇昔賦藤州月寥落風流七百年幸有江山娛逐客更從

亭榭訪前賢畫圖笠屐人俱古簿領雲霞吏亦仙憶昨叨陪
真率會眷懷遺舄總茫然

肇慶閱江樓用翁覃溪學士韻

端江之水來夜郎豚温竝滙牂牁長東趨廣鬱逵蒼梧清灘
折注源同湘滇黔楚蜀滙各派此爲巨浸涵茫洋巨靈恐其
直走海手劈狳峽爲隄防長波鼓盪不能去盤旋洄洑崧臺
旁飛樓跨空作鎖鑰雲霞絢墇撐光芒昨浮鬱水下封川勁
髇脫彀琱弓張桃花竹箭互激宕綠波瀰漫春未央擬趨仙
城歙美酒北風驟勁波騰驤回飈倒卷潮汐白怒浪直打穹
崖蒼須臾飈定蘋末裊沙鷗江鷺嬉常羊我行賓日窺榑桑

紅緜十丈明東方西匯奔注幾千里蜿蜒赴峽勢陡强神山貝闕渺何許鞭石不走愁鼉梁瓠尊十石泛江海倦矣風水聽礌硍山城二月氣早熱拓窗喜潑山翠涼大興詩人有奇句讀去未竟神先揚昔年度嶺出清遠曾浮章贛沿湞洭魁杓森插七星耿及此飽挹烟嵐光斜陽黯黯下烏背高樓獨立哦蒼茫

二月初八夜大雷雨

疾雷陡掣幽人夢檐溜浪浪注雨聲但覺蒼茫鐙火黯絕無機感道心淸土膏嬰笋千山迸春水桃華一夜生明日江頭罾網出金盤爭膾鱖魚鯖

遡羅定江

吾行俄至此春漲正滔滔綠樹厓巔合青天甕底高風團雲擘絮江狹雨鳴濤陡絕危瀧水奔波首漫搔

春日懷定甫

東風不相覿湖海逐征橈作客防瓜李留賢憶藿苗遐哉斯意邈慎爾令名劭佩玖曾貽我平生重久要

羅定州

萬山連兩粤一水抱孤城石齧春湍壯帆銜夕照明暮烟官渡寂新月女牆生相對憐清影停杯空復情

遙聞

邉聞海外又寒盟風鶴傳來心屢驚魏絳和戎曾有賞吐蕃入寇本無名邊防每憶雲中守團内空談紙上兵忍向仙城問消息愁雲悽斷不勝情

東定甫

二月東風楝信初海天消息近何如樓船駕浪揚塵後烽火關心歷刼餘勢面花門貽隱痛綠波芳草漫愁余明珠大貝知多少慰我空中尺素書

三月初七夜大風

夕辭卅六之江樓挂席胥江艤沙嶼顛風陡起勢不測蹴踏掀騰怒且暴烋然一鼓作鏜鞳萬竅呺剽如括脫髇轟若機

發礮千軍赴敵奰叱咤萬騎斫營夜讙譟昆陽大戰屋瓦飛
疾走熊羆慄虎豹雷霆格鬭鮫鱷鬨波靡濤崩自凌蹈不知
造物爲誰怒山嶽低昂氣橫掃訛言不祥古所懲風伯蜚揚
憤召號勞生賦命亦窮薄且狎波濤任顚倒縱教人鬼判頃
刻忍向蛟龍事祈禱檣傾戙斷姑委之勉以艱危礪堅操夜
深稍戢飛廉威疾雨礌硍注急瀑敢夸利涉仗忠信稍喜新
秋得滋膏孤鐙黯澹寒結花濁酒一樽聊自勞

清遠峽

陰陽闔闢巖鍵闗蜿蜒百折紆彎環中有濴洄不測之深川
旁有龍嵸巀嶪之崇山薇虧互撐拒錯畧森遮攔五里鏑鎖

鑰十里扃機欃番禺都會亙嶺海以峽作險嶺作藩嶺南嶺
北盡吾圉唇齒相依何足患虎門之山恨不險坐使鯨濤纏
沫饕窮姦此通吳越走三楚豈判畛域區籬樊穹蒼設險此
何意吾將剗鑿劉且刪嶺西山水窟石鬭松林灘其旁亦有
峽怒雷斧劈窮躋攀惟此酷相類如印畫稿丹青糊陡厓削
鐵石磊砢長繩百丈飛其間巷松迸石縫詰屈根盤蟠珠林
合無縫蔥鬱萋以繁山幽無人鳥語脆雲深有寺僧鐘殘江
邊怪石闖人世幾看北客南遷還我昔度嶺看梅花天機邊
狎鷗與鵰風波倦矣青鬢改數米櫛髮愁譏訕乍從囂動得
清靜挹之凝渺意轉慳春江浩淼雙峽峙掬水一洗新詩孱

連峽

怒湟穿峽峽蹴濤石劃水刻山闢牢厓巔太古絕人跡臯空一綫愁猿猱泉巖乳竇峭詼詭百物橅肖窮纖毫有時奇特變枯澹心之偶得隨所遭嵌空石裂風雨陡殷雷走壑風泉號銀河倒傾秋水瀉龍女夜織冰絲繅寒花瑩洌浸肌骨拔荒盪目亦足豪何當倚杖聽終日一滌塵垢酣笙匏

樅湖十子詩鈔

致翼堂遺稿　　平南彭昱堯子穆

陽山縣謁韓文公祠

陽山洵窮邑劉削石劍訏爲陳饑早疏得此山水假幸有松竹林足闢問字舍劉生投釣竿區册共酒醽晉裾萃遐陬文字慰悲咤投荒畏炎瘴妥侑薦彝斝崇祠倚厓嶂深樾巧構架戟峰抱部郛孤墖補山罅挹白雲繚軒瞰涿湍繞榭被髮翩然來驂鸞祇且迓懷賢軫自昔訪躅頻愜乍山鳥鳴鈎輈躑躅半紅謝知公厭南食而我躓北駕因風得展謁明潔潤毛藉登堂幾聞道味腴如啖蔗

登連州城樓

鎬池貽璧山鬼語尉佗馳檄封湟關嬴顛劉奮項復踣老夫得以雄南蠻伏波樓船下湟水破竹豈復論强孱猺排獷悍負險固盜弄兵甲時窺覦與其鴟張迺禽獮何如震疊讋厥艱須知守邊在慎牧要孚荒服如纖寰三連山水挺岑峻奇峰怪石森亙環北接九疑南衡山飛嵐聯絡不可刪浮空秀徹晝濃綠韓劉當日哦其間天以詩人洗僻陋震盪炎瘴荄榛菅浪遊來自山水縣軒豁突兀開心顏巾峰圭峰抱城闕斟水滙水明沙灣宴喜之亭久傾圮惟振鷺瀑鳴潺潺擬尋巖竇斵鍾乳石英竭矣精華慳漢唐登此數作者思古不見

蒼然潛

王定甫農部贈羅浮黃藤杖歌

赤藤杖遜黃藤妍剛中棱挺骨節堅瑯琊曹郎看日出至寶得自羅浮巔黃龍戲空墮鬚鬛騰拏夭矯雲蟠蜒山中偃蹇幾千載風濤夜落巖鳴泉鐵橋石磴路斷絕倚以捫索安且便奇峰四百三十六寄託藉以披雲烟歸來割愛贈同譜著手緻滑心茫然有如山僧貌枯槁頎癯清炯精涵淵又如餐霞吸沆瀣骨輕鑠子攙癯仙虛堂倚枕颯涼雨飛雹搜逐蛟螭蜷從來過剛易缺折健化婀娜神斯全惟其貞固氣深厚廼勝艱鉅扶危顛吾孱腰脚尚頑健登眺往往思節筞兆堂老

毋漸衰邁要汝揩拄祈延年南荒珍怪金所鑄豈有姸麗追
盧錢羲鞭夸策漫比擬乞君爲我銘且鐫

得唐子實書

芭蕉入闋綠壓牀篠叢盪碧搖清湘故人音書忽入手平生
情好如君長去年别我赴京國取官祇謂如驅羊天門詄蕩
僅咫尺病驥奮首無由驤窮塗轉計在述作語可壓紙氣激
昂以茲自誓轉相昜此意耿耿吾豈忘譬行萬里到中道或
以風雨飢寒僵古人精靈隊塵土牛毛麟角終渺茫生前富
貴死名譽兩者珍惜操穹蒼世上小兒好鬻衒豈眞操劵能
取償吾衰三十髮早白壯歲疲苶後可量此生於道如稊倉

天游梗矣六鑿戕海鯨作膾一飽耳偏以細碎縈飢腸閉關晝眠九曜旁茶烟出鼎風入篁太常齋禁漸相狎腐儒滋味齏鹽嘗愁淋十日不出戶琴聲歌哭愁子桑病眸昏澀怯燈火據梧枯瞑團蒲涼偶將書史强繙閱如霧隔花風簸糠哀歌賣名吾已矣珮玖持贈遥相望百金新買洴澼方君材挍我十倍强斯文絶續在健者長瓢高挹天河漿新編有作願纍寄腦脂庶刮金鎞鋩

廣州秋感和袁鈞池同年五首

牂牁犇注澥門東如芥三山縹緲中蛟蜃樓臺摶頃刻魚龍變幻入虛空西陲雨好兵應洗南國塵勞鬢已蓬秋到炎州

風物異桄榔垂蔭佛桑紅
高臺朝拱鬱岧嶤趙尉雄風莽寂寥伏櫪駑駘爭豢秣摩天
鴻鵠厲雲霄百年夢裏侯王貴一例墦餘醉飽驕蕭寺菩提
南漢埨夕陽鈴語獨瀟瀟
劇憐下士蒼蠅笑怪底微蟲蜾蠃豪肝膽天涯分楚越鑪錘
水火自煎熬買來鼠璞重函襲繡盡龍文一劍韜洴澼新方
終有用篋中珍重鷫鷞膏
登山臨水送將歸黯黯愁雲縷縷飛蘺薜荒涼山鬼語竹花
寥落鳳凰飢燈昏垂穗團殘夜人瘦先秋快袷衣徙倚空階
攬明月滿庭涼露裛薔薇

洞庭木落雁聲哀萬里西風度庾臺華屋幾椽巢燕雀名園何處著鄒枚江山洵美愁斜照日月無何把酒盃詩卷釣竿商去住掉頭雲海且歸來

長樂道中

稻花欲穗雨不來五日十日徯期哉龍骨聯縣汲江水疲農踏車心未已不獨疲農憂旱田我來亦復愁行船江枯水涸沙渚出百指舁船船不前寒雁南翔霜驛夐士有悲秋例同病俯仰隨人作桔槔天涯孤負長鑱柄

自嘉應至潮州雜詩

緜綢秋羅畫不成徽風斜曳半帆輕記曾相識峰巒熟一路

青山好送迎
高歌小海扣舷哀泥絮禪心戒定才一笑與兒腸木石汀花
江草漫相猜
唐衢歸去王郎别故舊摶沙散不回諛擲茅雞纈馮鋏荒江
孤棹白雲隈
艣鵁秋聲入水湝隣舟仙侣有袁絲客懷似樹同揺落燈火
連檣夜話時
柑盤别後人千里椰酒温時夢六逢歲歲黄華作重九祇今
寥落暮烟中

潮州謁韓文公廟

馬蹄雪擁藍田關孤臣遠謫海國開元和天子佞佛骨天以
公學開南蠻公之斯文若日月豈以私照遺榛菅羲輪徹空
有不到瞽翳毋乃嘲天慳狂瀾手挽濬學海簸弄明月珠斕
煸筆端霹靂淬霜鍔鱷能感動靈不頑潛鱗信奐廟堂忌於
天能致人斯艱皇甫逢吉蟲豸耳豈有痛癢區賢姦莫嫌瀧
吏誚蟣虱湘子萬里嘗憂患椒橙芼烹馬甲柱聊假南食開
愁顏揭陽趙子六籍嫺大顛阿師時往還偉哉吾道孕萬有
蚍蜉有喙能譏訕姦諛之骨久灰燼北斗芒插韓江灣昔公
貞元牧陽山此邦學校公所頒留潮八月廟百世筐蕉筥荔
盤登薦遹來風俗漸弊壞誰繼公治蘇其瘝騎龍大海翔雲

嶓海風入林聲戛環廟前椽栩舊栽植樹老花著珊瑚殷龍鍾卅九未聞道每拜嘉樹愁躋攀顛頗籍湜吾豈敢有句不傑慙詩孱

陸丞相祠

別換興亡局間關遯水濱峰舍黃星瘴浪拍翠華塵南渡紅羊封西風白雁嗔五坡師已潰半壁浪無垠閩粵孤孩託江山寸土淪殘棋愁國手餘燼付斯人檣燕巢同破宮花島不春泣憐一塊肉殉致百年身淚拭朝衣濕波騰戰鼓振厓門沈日月海底正君臣潮汐蘊殤骨風濤盪鬼鱗生原依豹尾死亦抱龍鱗大節侔文謝窮奇恨賈秦斷霞明碧血流水送

丹宸遺廟陳芻狗荒墳卧石麟滄濱義鏡曉終古照嶙峋

涼雨

涼雨歛高館遙天積莫陰燈花團夜永蟲語絮秋深恤緯孤
嫠夢求僊出世心枯魚空歙泣呴沫到蹄涔

全小汀少司寇煮茶索句圖

先生辨詩如辨泉泉甘茗潔詩精妍松風韻寒乳花熟好句
偶得人誇仙出圖示我隔廿載畫史著邑矜華鮮是時年少
似旭日興至欲拍洪厓肩落花飛絮春風顛京師九陌車馬
填掩關兀坐眇衆慮如覓有失精神專赤銅茗椀文字緣愜
其所契餘可捐直將冰雪濯䌷綺與俗殊好斯能賢詩腸芒

角苦搜攬精思一縷縈茶烟修竹之齋筆如椽向書遺製萬
口傳鯉庭鸞掖好聲價先芬具在楹書傳祇今星軺遍嶺澥
珊瑚網盡搜楠梗每於試院續清韻風味沖澹猶當年團龍
蒼璧値萬錢渴羌亦注官焙涎中泠惠泉舊嘗試欲辨高下
心茫然行將渡澥看日出天漿斟挹榑桑巔蠅鳴蚓竅太鎖
碎集箸一品吾爲編吾詩妍醜何足道出門一笑江橫前

豐湖絕句

曾向蘇隄折柳條杭州頻水憶蕭蕭松風亭畔梅華路又到
豐湖第六橋
嘉平爭祀黃羊竈訪古猶登白鶴峰臘日不歸天欲雪伴寒

巉絶有孤松

廣州郡齋雜詩八首之二

有美蘇夫子（賡堂侍御）高標伉直姿人天珍諫草風雨老經師迂

絶稼山叟悠哉漆室嫠遥聞朱伯厚（伯韓侍御）歸棹卧滄湄

聞道斯人疾關心鬢陡蒼雙輪遲日下一榻卧餘杭燈影團

空屋江聲撼大荒攝生勞問訊消息轉茫茫（王定甫農部）

惠州白鶴峰謁蘇文忠祠

束髮曾哦寓惠集登堂初謁鳳鸞姿功名入世擠猶怒仙佛

憑人唤不知詩偶參禪能解脱文從渡海更雄奇欷歔讚歎

皆無補浩浩靈臺信我師

江行雜詩

灌木抱雲庋古社叢篁如郈繞深村江寒哭出新沙渚壁峭崩留舊漲痕

南方八月秋陽驕蘋末不臭心爲歊偶穿深竹梳孤艇風滿含碧涼瀟瀟

幽篁林茂蓄風雨老榕根屈蟠蚪螭峭帆使風激怒浪蓬背看山哦小詩

叠嵐入暝山濛濛萬象變滅歸虛空此時心與羣動息羣竹蒼厓縣杳中

自老隆至岐嶺五首之二

漙漙草露濕淲淲田水鳴經歲别田間久不聞此聲耳根忽洗滌客氣爲之清緬彼荷鋤人操約願已盈誰令膏火煎僕僕名利縈逝將歸去來襏襫披雲耕

辨土宜篠簜萬竹環村墟綠筠繚粉牆中有仙人居雞黍洽比鄰老死其井間古風蘊涓悶所樂惟耕畬遠游眷鄉里修竹長吾廬夕陽亂山間一縷炊烟孤

涼蛩

涼蛩語深竹一碧暝烟横孤艇詩初就寒潮月又生啼秋桐有信裛露篠無聲天末愁離索江湖載酒行

蓬萊灘

危灘三百六辛苦廿年來廣西自蒼梧至桂林凡三百六十灘不信波濤險颯然風雨哀江流天上水石鬭地中雷底事祈山鬼行歌亦快哉

試院

新長東偏竹何人倚檻栽風燈明隔院山鳥笑重來匝月不出戶好花何處開爲尋舊行跡幽徑没蒼苔

寄懷黄少蘭同年

來從西極卧滄浯草草風塵鬢易絲驛柳碧牽游子夢木棉紅斷女郎詩半椽無地貧非病一第登天數亦奇高閣酒闌人已散不堪凄雨憶龜兹

寄懷朱伯韓侍御桂林王定甫農部浙江

風目夔蚿亦互憐平生師友總迍邅屠龍枉學千金技射虎曾誇一石穿故國隱招叢桂雨餘杭人卧藥爐烟白衣蒼狗浮雲幻惘悵如弦大道邊

戊申廣州除夕張二招飲夏鳴之黃少蘭同集

今夕何夕歲聿除張生招我傾屠蘇百年擾擾各有鶩誰復餞歲謀須臾不如意事十八九眼前作達無過酒銀瓶到手忍復空金帶圍腰幾時有五華駿馬千金裘越女不笑誰爲留石田茅屋不歸去跳丸逝矣滄江流江南畫師顧虎頭（鳴之）黃山樵客書銀鈎（少蘭）可憐盛名致坎壈亦復落拓羈炎陬天

涯偶爾得相聚一醉之外何所求海風吹寒入高閣檐前雨
滴燈華落酒肴酸薄紅粉癯强以邏逤破蕭索銜盃方寸突
嵯峨倚壁高歌動寥廓銅龍報曉天門開通衢赫赫鳴騶來
九衢燈火無人識玉山酩酊吾其頽

送夏鳴之

春水温綠桃華潭牂牁江柳垂毿毿樽前越女駛且憨華枝
泥客挽客枕行空天馬脱羈銜掉頭桂山指烟嵐我昔同醉
珠江檝石榴釀冽椰酒醇離支三百供饕饞紅雲醉倒紅粉
攙淋漓酒汁汚紫衫是時海月鏡澹涵鵾弦切切玉手摻鸚
鵡弄舌聲呢喃海國聞見資噱談詩陳册荒禮戒饞夫豈不

達荒於酖子實嬌嬌文中巖下璞有美中藴含横目睨之笑
曰珹搏沙聚散理可參彼歸嶺西吾嶺南鑽研甘作故紙蟫
故交拓落同不堪咄哉傭食計甒甗去年韓江江水藍涉江
涚瀁山嶄齒蠻花解語無二三紅葉妍嫿朝霞酡好句持贈
遥相緘羅浮咫尺不得驂抱樸仙翁笑我凡石爐煨芋香擘
柑歲莫不歸游子悲黃精雪沒愁長鑱荆楊惡潦民不誠傳
訛可畏吁民暑幽憂夙疾心如惔海風颸颸響空巖草堂一
星燈影黓獨居捫腹隱几寢古劍夜吼蛟龍函昨聞八桂落
天欃無恙山水吾能諳況有故人同酸醎看君丹青妙筆酣
揮灑花鳥渲苔潭乃今槀筆貞幽探喻麋染紙千瑤篸一變

脂粉爲嚴嶤木棉花開火齊嵌愁迴春草共可芟我方學道
飲米泔行矣烟水揚春帆

樓前曲八首和黃少蘭同年

樓前芳草傷心碧郎馬蕭蕭沒行跡芳草年年萋復萋腸斷
天涯人未歸蕣華朝妍春已莫萍芷漫漫柳飛絮摽梅吾實
味含酸蓮子守房心太苦
東飛伯勞西飛燕惟參與商不相見填海寃禽志可哀補恨
媧皇石空鍊黃姑織女私自憐銀河欲渡愁無船人間漫恨
經年別天上猶遒十萬錢
江南二月東風驟悔拔垂楊種紅豆寶鴨燒殘艾蒳香綠鸚

誦遍金輪咒洞天緲緲華㝠㝠銀雲歛冷緱山笙精魂顧化
天涯草伴過長亭又短亭
東邊日出西邊雨無晴有晴奈何許車輪寘角怪底行石闕
銜悲爲誰語蔦蘿攀附松栢枝拔心鵁鶄怨蓊葩拗蓮作寸
絲猶在燒蠟成灰淚愈垂
孤鸞曾宿桐華枝含情遥約東風期鸞兮鸞兮汝何戀轉眼
已巢鳩與鴟鸞去不來枝尚在綽約葳蕤春不改祇愁重訪
頓闌珊花落水流付東海
木棉紅泫春山蘿鷓鴣格磔呼哥哥華露漸晞碧窗曉萬轉
千迴泰吉了宛轉嬌啼亦可憐乍聆孤調亦茫然底將栩栩

迷蝴蝶行矣聲聲聽杜鵑

茅龍騎入仙人家滿堂窕窈顏如花玉妃含睇似相識嫣然勸我飧流霞天風泠泠酒初醒山月夜生萬松頂胎仙洗鍊會有時石鏡清心發深省

虎抱天關龍宿直天上白榆森歷歷欲移北斗不挹漿手摘匏瓜豈能食璇閨夜靜當窗織錦字織成爛可惜雲籤璀璨篆縱橫持與旁人眯不識

感春三首

春風攪思愁茫茫我所思兮道阻長登高可以眺四海凝以卻曲傷迷陽稗瀛繚環紀兩戒但見一氣浮青蒼落花飛絮

惱客腸流鸚嘲听乳鷰翔鬢絲如草日夜出豈有鑷白傳仙方眼前得失且勿道東鄰貰酒傾千觴

三年留滯滄海滑釣竿空拂珊瑚枝僮奴怪我戀此土昔者有說今何爲我聞此語蹙不怡内省亦復窮於辭强將書史破憂患孤燈昏澀雙眸眵

男兒墮地先號咷能言已解珍錢刀貪夫殉此作性命生火輙復焚其膏井田旣湮糴貧富逐末擾擾空紛撓彝倫鈌憾可斡補嗟汝魄力眞雄豪豈無陸沈不火食熟視無睹輕鴻毛中谷有蓷園有桃詩人隱憂俗所謷桃花流水不我棄褰裳徑泛仙源舠

壯勇行

潮州壯勇真如虎大吏徵之防海虜海波方帖壯勇還驛吏給船官給糈壯勇炰烋習跋扈謂兵不足我孔武掉臂橫行莫予侮攫人之物意氣驕七都之民憤且怒剸其强梁殲厥巨髑髏漂波血殷土歔欷壯勇真如鼠來朝聯舸旌旗明壯勇發船鳴銅鉦是時彭子亦東征短歌爲作壯勇行

輓何蘭軒明府

愁霖十日君墉禜發粟傾倉更賑飢昨過縣齋憐拮据每從酒戲話艱危一行作吏心猶在九月西風病不支悽絕重陽爲弔客菊芲桑落斷腸時

出門三首

倦游戀吾廬乍歸復言別惓茲干祿心升斗愜所悅高堂正垂白㬋識殊切切家孥憐遠行罇酒爲余設治生計已疎獵取謀亦拙懸程以爲的思之增内熱百尺黄金臺天末渺高揭去去崇修名期身紹前哲

脊鴒惓高原鴻雁求其羣我生鮮兄弟形影眷所親吾兄阨轗軻而我亦邅迍旅食常異縣素衣惜風塵艱難得歡會此會㫉足欣南榮曝温曦傾此薄酒醺念當舍君去臨發重逡巡

廿載爲夫妻蕭然此環堵終歲計米鹽纖屑憐濡煦采蘭以

將毋聲膳亦賴汝稚子垂六齡聰慧頗不曾但知啼索飯豈
識别離苦丈夫輕妻子靑雲浪自許富貴不可期亦復念終
窶漫云衣錦歸曰莫倚門著

梧州晤少蘭復有嶺南之游詩以送之

羅浮之顛葛洪室拍手虎門觀日出與君昔作嶺南游兩者
蹉跎豈非失笑君珠履跋何門隋珠彈雀爲君宛紅裙爛醉
青眼死燈花海氣同昏昏寶釵樓畔秋聲涼美人掩袂客束
裝掉頭不樂我歸去我既行矣君尤傷三年留此爲誰笑岸
草汀花空斷腸衡湘聯緜九疑陡蒼梧城邊執君手纍纍印
兮若若綬仰視浮雲笑開口搏沙聚散風中萍何意相逢此

邂逅君歸亦暫我遠行草草杯盤勞以酒自從桂林此徙宅十載登堂輙拜母可憐嬌女玉雪如飢覓梨栗飽讀書有家自覩傳舍耳欲留不可行踟躕灘水南流湘自北我賦北征子南食舉頭日近望長安魂夢常通豈行跡紅棉醉纈春江潭壯游歷歷吾所諳君不見割愁山畔相思水百折紆流到海南

輓謝悔庵同年

生前辨論心猶鬬死後相思涕始零新塚離離將宿草舊交落落漸晨星只憐山水存圖畫終負文詞槧志銘太息楹書誰料理藐孤形影太伶俜

浮湘寄子實同年

浮湘三日天不開細雨徵冥雲濇沱南風快利北打頭盛意相期每相左篋中書畫不壓浿雨橫風顛盪行舸舟人笑我裝太輕畚取泥沙壓駊騀況聞洞庭盜出沒叢莽深箐伏么麽勞人長宵耿不寐起擁寒衾獨危坐猿啾狖叫境幽絕疊崟嶔崟石磊砢思君行且蒹葭遠九曲安流去帆娜定知前路好烟波記否同舟共燈火湘源書約幾潮汐祇此沿緣亦難果荒江寂寞客孤孑殘月纖纖沙嘴陊漢陰風雪梅正花驢背相逢一笑瑳

元日

月正元日日甲午日有蝕之柰其庨用牲於社瞽奏鼓遇災兢兢愼自古春秋災異筆削嚴史氏五行費訓詁我　皇宵旰懂恭儉宜以憂勤致嘉祜荆揚去年麗水患安集哀鴻軫恤撫　詔書惻怛意忠厚賑濟周詳澤洽溥陰陽錯盭誰爕理臺省諸公儼紱黼天人感召消息微匡救交修竟誰補獵獵北風困征旅草莽罪言亦迂腐聊將柏酒慰孤征安得玉杯釋繁露

武昌

我尋伯姊過武昌春風歛江絲茫茫初正十日雪乍霽草木閟呆山凝蒼吾甥卑官亦拳跼尚有薄酒供槑觴去冬塘爯

夜突火怒風崩浪驚熛颺千艫萬艑頓灰燼何幸羅此眞奇殃頻年江隄苦潰裂餓殍漂蕩哀流亡元冥祝融迭災患天道人事誰能詳天涯骨肉話悲喜寒夜耿耿孤燈涼我未得官姊垂老同以白髮憧高堂人生素鬢不再漆百年駒隙嗟風狂黃鶴樓頭望江漢飄然尙欲凌風翔英雄仙子兩寂寞白雲縹緲無何鄉

手車歌

翹如雙角髹塗丹狹如蝸殼彎卷蟠兩夫磬折手兩端後推前挽俱蹣跚客子倒坐背貼莞好山送客客飽看十年坐汝慙酸寒飛沙撲面汗泥乾驚怪不識黃土搏羊腸九折石徑

盤嗟汝況瘁餘喘殘五里小憩十里殆勞以酒肉羣開顔野

樅饞嚼鵝雁讙聒耳不知行路難乾坤道里方漫漫行道飢

渴汝勿歎

汝陽晤黎彤裳

爲官不過六百石倚瑟曾哦五十弦我已青山縈遠夢君拌

紅紛養餘年别無可戀塵中吏底不歸來郭外田舊日南湖

種楊柳多情仍綠大隄邊

淮西精舍晤袁衡堂

夜半笙歌霹靂驚雲泥衢路倏飄零官如殘夢真嫌短心似

濃醺未易醒人我貪嗔誰解脫風塵邂逅自聆𡑗授君秘訣

無他法一卷華嚴譯梵經

雜詩

故人同棄寘驅車度盧溝而我送歸人京國猶淹留長夏苦炎歊一雨如懔秋氣逼燈火淙響入虛堂遒不惜斷炊飢只抱崩廧憂茆屋已破漏未雨誰綢繆

靜坐忽有懷出門商所之伥伥不自適徘徊路之歧九陌揚塵埃素衣惜爲緇不如行歸休日落掩荆扉案頭積蠹簡文義棼如絲悠悠千載内殉名亦已疲吾生也有涯且復盡一卮

咸豎計傭值求芻爲爾羊助鄰追放豚所牧羊已亡主人謂

豎勤慰勞以酒漿誰知三百羣驅之餵餓狠弱肉強搏噬惻
怛吁可傷補牢亦已晚弭患豈曰臧欲往告主人閽者呵不
祥
蟬鳴高樹顛自詡飲露潔有時吟嘒嘒聽者亦怡悅涼風淒
以厲嗟汝已哽噎百卉愁不芳空山叫鶗鴂可憐風雨晦雞
鳴兩愁絕
憶昔客京華往還一時彥城南風物佳樂酒以文宴開襟商
所業藻采一何絢別來歲月改疾如隙中電艱窶勤米鹽疾
病臥山縣謂王定甫睽隔如參商天末不相見
得王定甫蘇州病起書喜作

萬口紛紜傳物故，一緘驚喜病新瘳。斯人縱死猶傳述，大塊勞生總贅疣。秋水已深鴻雁渚，好風早放木蘭舟。京華遲汝皆深眷，何日開尊豁積愁。

和邵惠西員外

僧廬西嚮夕射曦，連厨迫窄如㮣堋。蛩蟲擾臥起及午，我尚蜷。楊君叩扉開緘出稿，示所得氣象嶽嶽圭稜觺㚇，其醞釀益深粹，義法峻自曾王貽。宛陵先生下筆妙（梅伯言），擁書歸臥淮海淯。龍朱（翰臣、伯韓）高咏有述作，叢桂遠隔巖嶔㠑。王郎（定甫）困頓病瀕死，藥縱有喜來何時。京師陸海孕萬有，此調落落傷弦希。連雲甲第走冠蓋，酒食請寄憐其私。竭來師友感寥落出門四顧茫無之城南大雨阻積潦蘆陂水拍蒹葭籬閉關不出但隤臥北斗磊落僧鐘微君直樞垣大手筆尚有餘力雄文辭昨偕黃子子壽屢過訪明珠餉我瑩陸離誦君新作變衰鬢駐顏勝啖齋房芝

酬和孫芝房太史

秋聲夜度居庸關我如鴻雁翩南還孫君瑰偉作長句送我蘆葦蒼茫間臺省諸公自鐘鼎君迺感慨懂時艱洞庭之南瀟湘浦歸夢微茫陊沙渚嶺西極目愁風烟落日荒山正豺虎賀州城門晝不開如毛羣盜彌山來官軍怯餒不敢捕縣令窮蹙空自裁御史交章論西事　詔書切責如風雷大僚

諱盗如諱病生氣索矣神先隤吁嗟世事半如此居者偃息
勞人哀我家黔鬱雙江側寇盗縱横徧鄉邑山中焚破嗟無
家馬上誰何能殺賊粤中故人辦團練薦牘紛紛論功績江
湖憂盗㓨故土躑躅桑乾淚霑臆咸豐　聖人天聽聰舉措
理㥦民彝同君如臺諫好經國太平有道追熙隆

九日安肅縣

玉蝀橋邊玉藕風别來京國太悤悤百年多病偏愁裏廿載
重陽半客中入世功名如夢鹿渡江烟水怯征鴻天涯判醉
茱萸酒官閣芳尊故舊同

宏恩寺松

蒼松十尺忽橫臥屈鐵交錯枝虯盤老龍渴睡珠抱頷鱗甲蜷伏之而蟠罘竿搘拄若架屋其蔭濃被數晦寬愛其奇崛不忍去蕭然欻吸風濤寒安能移寘草堂側伴以怪石栽琅玕枯桐抱膝偶一鼓涼颸夜作雲漫漫

定州

夾道垂楊漸作秋授衣時節竟重裘寒雅數點斜陽外破帽疲驢入定州

曉發

七千里外新蓬鬢十二年前舊孝廉官柳籠烟鈴鐸語馬頭殘月落纖纖

輝縣百泉

靈源自天根浩浩孕深邃一碧鏡澹涵萬串珠𣆶沸潛脈瀦渟泓發竅涌瑰異活潑無鈍機瑩鑑荷萬類風漪皺雲影山閣浸空翠眷兹半日暇延賞愜所寄隔竹鬻園茶松風迴涼吹

清輝閣

高閣涵烟波俯瞰一泓碧空明水精域川源淨於拭樹蔭交檐端嵐氣撲窗隙仰睇蘇門秀朱甍耿歷歷塵勞悅靜境假此暫休息汲華五内冽觀泌萬慮釋何當數椽茅山中黙周易

嘯臺

孤琴不成響長嘯登高臺四山歛松濤颯沓聲餘哀太行如萬馬騰躍從西來極天插嵯峩豁達烟雲開夫子值典午萅黙道所該矯首謝濁世鸞鳳翔八垓中峰別酒狂采藥行悠哉

蘇門山湧金亭

翠輦南巡肅典型龍螭飛舞湧金亭宮槐蕭瑟空棲鴿池草荒蕪半化螢風韻激泉珠錯落詞臣作賦玉瓏玲開元全盛成追憶腸斷當年杜少陵

十載

十載騎驢到京國九秋隨雁指衡湘鼎湖弓劍餘悽愴桂海戈鋋正陸梁喜有　詔書徵驃騎尙無消息靖池潢不材只合烟蘿老猶許西山築草堂

百粵

百粵風烟黯不開妖氛纏角陣雲隤蓬蒿剪伐愁三徑豺虎縱橫感七哀大吏擁兵諏日出老臣銜命自天來戳渠好製鐃歌曲倚馬誰爲露布才

萬里

萬里層陰合狂飈攪太空雲濤薶斷岸霰雪打孤蓬浩蕩鷗浮淚飄颻鷁退風江湖正牢落跋扈爲誰雄

漢上寄王定甫蘇州

吳中詩卷沈緜裏漢上風濤浩渺間舊侶雲龍偏契闊故鄉戎馬尙間關愁無藥物資君病可有鐃歌解聖顏南雁相逢休問訊壯心落寞鬢毛斑

江行雜詩三首

鳴榔淩清波暝色薄西嶺天寒洲渚出草岸不知頃晚霞孤岫明積水芳甸永煙際辨風帆葦根棲漁艇長庚吐睒睒空闊照光炯旅泊寥廓間幽燈抱虛警

結丱哦風詩慨然念漢廣壯游倦思返崩波尙孤往曉帆劃江煙夕檝傍洲莽涉茲南國紀轉憶北轍坱風霾晳昏翳水

鏡豁軒朗樾雲隱迤墟岑碧覿遐賞崢嶸感歲晏淒厲觸餘
快疾飈起衝波砯磕激危響
刺船度曲港葦間盪延緣庨然入空曠碧合雲水連遠岸眇
一髮遙岑宿孤煙每於沙水痕坐作葭菼田漁人集泛泛楚
山澹緜緜菰葑薄采掇鮭菜足新鮮張帆箭激浪行歌聊叩
船

自湘潭至衡山五首

清川餞落日霞綺亙輝映鑒澈水底山千峰插明鏡挂席溯
湘流行舟入綠淨自欣所歷妙不覺孤往負纚颭傍漁村寒
月照沙徑

孤亭聳危石懸流一卷渺層岡結茆茨參錯互叢篠山村無藩籬但有灌木繞雲開露屋山木末炊烟裊蘊眞愜吾遇日出息擾擾夜泊鸕鷀羣客夢混水鳥

團月照碧湘湘清月冏冏風漪碎冰輪光彩散還併夜色明練沙嵐氣薄松嶺仲冬晷苦短夕以尊酒永芸生亦勞止息茲夜中靜臥聞寒犬吠客枕每多警

穹㞒互聯緜江山照層閣嶽雲濕衡宇湘漪抱縣郭長松蔭交岡烟靄翠斂崿少陵訪陸宰高致兩寥寞破涤帆去聲江風吾行佚所託

斂袵望南嶽縹緲紫蓋峰餘峰更隱約有愧昌黎公位離鎮

火維芨業爭長雄峻肅領百靈聚散雲鴻濛歸塗踢牽迫無
因撰吟鈴夜來夢陟巘摳衣趨靈宮

三月廿八日賊自東鄉趨新墟掠鹽而去居民大駭
誰知大壑深山裏尚有風聲鶴唳驚避地倉皇空走險守陴
寥落但嬰城平原鐵礮轟雷動寒夜松濤挾雨鳴徙倚虛堂
人不寐感懷愁絶淚霑纓

感事二首
重典無人用仁柔衆所迂鑄書誰則鄭賞盜竟憐郲大憝饞
狼噬元戎臥虎符養癰今潰裂往事付長吁
吾謀適不用人事劇蹉跎典郡懷虞詡當官歎尹何兵如風

鷂退盜比野蚊多萌蘖須摧翦奚堪縱斧柯

春日感懷

七千里外乍歸人故國風霾倍愴神笳鼓頻年喧兩筦鷓花如夢度三春欃槍有象兵纏角墟里無烟夜走燐聞道元戎能掃盪眼前瘡痏已酸辛

病起二首

病起聞啼鳥欣然愜好音藥烟縈石鼎澗水韻鳴琴野秀綠盈晦山花紅過岑無人訪幽趣一徑薜蘿深

雨後眺平楚浮青望欲迷雲移孤堎遠嵐擁萬峰低卜歲占暘雨憂時畏鼓鼙蕭然猿鶴侶容我漫扶藜

杉湖十子詩鈔卷十五

小廬詩存　　臨川李宗瀛季容

秋夜聽晏筠塘先生彈琴

河漢過疎雨碧梧生夜涼五絃一調撥四坐卽瀟湘斑竹虞祠古幽蘭楚畹芳幾綠園客繭寄恨渺何長

祀竈祠

天門詄宕開九閎鴻龍玉狗驕且猛子郭黃衣髮被額青藤半角當胸擎大夫都尉簽名紙長兒童子啟銅匭黃羊徵物爾何神一醉能邀司命喜司命歡喜能回天羊胃動色羊頭謹犬猫觸汚過不録兒女訢誶菑無干火鈴亂擲頳蚪逝血

色蝦蟇吐紅氣豈惟顧名慮察洽（神六女皆名察洽）妄冀呼名致吉利（神一名吉利呼之則吉）臧孫已往還王孫不因人熱伊何人昂膰絲勝作利市餕餘福胙邀比隣祠竈有經吾未核但解狂辭寫滂渤杜酒薄薄神所歆會看竈馬緣釧突

除日城北泛舟小憇虞山廟

雪後閒乘剡曲槎天寒水落露汀沙江山無恙流年換客子到門西日斜虛幌燈昏飛蝙蝠畫簷香動晃龍蛇珠邱雲散還遺廟何處靈旗降翠華

與郭處士

負局先生古逸民鹿皮草芰不知貧北山之北自孤往南斗

以南無此人因樹葺成茆屋小鋤雲採得藥苗新紛吾自幼
躭奇服慚對林宗折角巾

壺山看桃花弔山下雷酒人墓

一百五日桐花風小樓聽雨歌惱公黄鸝今日再三請出戸
始覺春光融雞翅草色有無裏引我步屧東城東壺山𣝼上
類壺注繞壺花發釘鞋紅明霞遠近蒸冉冉錦浪起伏翻重
重雲鬟縞袂態綽約朱脣翠靨魂惺忪龍火宛轉豈相待坐
輸雌蝶兼雄蜂一坏馬鬣酒人墓深杯酹汝陳根蕞青山白
雲以醉死偏提恰稱若斧封妙德先生荷畚插死便埋我何
怱怱鄭泉囑埜陶者側陳暄請老糟丘中生前嗜好死不泯

達人作達將毋同夜壑何異壑室飲況有狂客同酡容綴山
度索在人境才鬼乃勝頑仙耆須臾返照翻石壁擘天兩字
纏蛟龍壺山有酒人手書擘天二字插花倒着接䍦去拍手滿路驚兒童

胡馬

胡馬錦障泥蘭筋鐵鑿蹄畫圖三殿上聲價大宛西漢使蒲
梢入秦城苜蓿低時清無鼓角櫪下爾何嘶

薄暮山行

風色欺駝褐冰澌上鹿裘天陰蛇母哭月黑虎倀游星火分
漁浦霜笳隱戍樓龍泉知我者感激淚雙流

秋夜同松崖延奉樓登眺

飛閣瀰江江上頭雲窗水檻引沙鷗烟中柔櫓知官舫樹杪明燈指郡樓澹澹星河雙闕動娟娟霜月半輪秋三層漫羨陶貞白一榻松風解獻酬

惱公效李長吉 同功社題

韓壽香偷豔瑩娘色退紅語霏蘭蕙氣心醉綺羅叢潑黛眉峰小施緋頰暈濃雕鸞飛璧鏡暗麝掩鬆筒波影簾編篠秋光障畫莊金翹釘鈿雀寶粟綴釵蟲魚子團紬纈鷲兒織縹茸獺膏攏髮膩蝶粉着肌融半額纔分月輕身欲御風緘情遺芍藥隱語笑芙蓉丹蘤燈雙穗華㸌燭一籠收香調海鳥釀蜜課衙蜂衾煖黃䌷疊窗寒翠幕蒙藤箋傳盎部檀布識

蠻賓複帳懸明蛤重茵累綠熊傾懷逼叩叩碎步印弓弓貝
闕旋成霧河橋倐化虹何天屬㤝利立地上崆峒長衱墮珠
壓文襦蜀錦封樓疑來赤鳳廚怯臥烏龍鈎戛東丁玉門垂
屌戌銅檀雲縈屯字蓮瓣認芳蹤廚幔流蘇映衣韝熾炭烘
毾㲪凝紺碧欄楯望蘢蔥讀曲翻紅豆題詩付赤楓辛夷開
北塢甲葉拂南墉汕盌琉璃脆匏樽琥珀醲武陵桃灼灼清
室桂馮馮蟾魄斜銀蒜烏輪射紫桐曼姬吹笛過娀女抱琴
蹤疑雨飄靈瓦非烟隔繡櫳鳴箏安雁促貰酒解貂豐瑤懸
搴湘芷冰盤瀹土菘移燈防黠婢闘壁笑奚僮轣轆腸千轉
神褫意容總猩鬝沈喘息蛾蹙斂顰容薌澤聞猶近神光抱

未充鴆鵲眠滔上鸜鵒舞屏中帶結諧鴛縷鬟鬆颷馬鬉徽
詞初感洛愁賦不還邛顧兎三生邈靈犀一點通被薰留枕
待簪鞞洗粧慵雲母窗前別星娥渚畔逢仙遊追惝恍楚夢
憶惺忪岳廟筊求吉祆祠咒禳凶蛾眉空楚里獮髯出吳宮
浮臼邀紅友焚黃叩碧翁裳憑荷葉集囊倩柳絲縫蠟淚消
殘炬鯨音閣遠鐘朝雲無處所惆悵瑣寮空

送高氏妹二首

念我同氣人荆樹六枝茂爾與爾姊氏庶生齒最幼首夏送
爾姊吞聲各掩袖云何夏徂秋此別及爾又爾幸託令門庶
幾偕老壽郎伯乘龍客神骨挺天秀相期門楣光或兎中饋

詬所悲姑妐逝弗獲侍左右勉從兄公歸敬步上嫂後
爾性素婉㥶少小嫻姆儀列女采彤史禮宗買繡絲翻吉占
歸妹壻屋初結褵勗哉事夫子令德在無違常申弋鳧戒永
軫雞鳴規侯光與德曜高蹤良可追清風飛霜露去去從此
辭雖愴骨肉違且喜伉儷隨到家届飱臘椒盤獻新詞他時
大雷書定寄元日詩

送錡塘先生之廣州

若爲東下更西遊潦倒天涯一楚囚南菊逢人仍此日朔風
吹客又炎州爲君拂劍青蛇動到日題書白雁愁蠻府參軍
殊不惡輶軒采入語鉤輈

重過五畝園

霜天白菊又離離記得重陽撰杖隨五畝園中曾侍酒七株松下一題詩秋容忽變心傷色餘澤能忘手種時較勝平泉開草木未教零落委荒陂

孟麗堂梧桐吟蟬小景爲從弟晴湖題

徐熙沒骨稱能手（謂徐復園）如此丹青謝未能渴筆寫生眞頗得蕭齋聽雨記吾曾蟬吟高柳爾何訴葉落孤桐秋不勝好與阿連同領取紙窗分占讀書燈

宋藕堂秋窗小景用前韻爲晴湖題

鵞肪截取剡溪藤寫入蕭疎得未曾紅穗幾叢明曲隖碧梧

一葉下秋燈停雲舊館憑誰問落墨宗風獨爾能振觸東頭數椽屋補題準尾意何勝

鼓吏行戲贈香甫

大兒孔文舉小兒楊德祖餘子紛紛何足數禰生一去楚才空漢樹凋零冷嬰母嬰母洲邊草不芳數千年後生黃香雷霆破柱等一噫香甫重聽風月泥飲傾千觴揭來客況比雞肋二別雙洞歸不得夢中鄉味武昌魚眼前措大荆州鰤岑牟單絞小㡓衣紅么十棒靈犀槌狂來撾作漁陽摻一霎橫江急雨飛

惜別曲

織烏西飛月如水樓閣參差雁聲裏湘簾窣地悄無言中有離人三嘆起昭華玉琯土花紫吹出多情河滿子一聲淚落紅瓊瑰琴羽心酸抱香死菖蒲花謝菰葉爛河鼓暉暉隔銀漢夢魂一縷陽關西夜夜天風吹欲斷

寄遠曲

合歡一絲裊空綠簾幕淒淒響鳴玉空床鳳脛照愁眠盡夜銀缸吐金粟美人遺我青琅玕因風吹墮南雲端玉璫緘札不可識一片綠烟生古寒蒨絲巧織迴文字紅綃染出胭脂淚欲憑青鳥寄西那化作鴛鴦七十二

棲鶴樓有感

縞衣客去遺巢在兩字顏樓示不忘萬里青冥空悵望多生華屋係存亡當年化鶴歸遼海何日騎麐下大荒此地未隨陵谷變七松零落不成行

登獨秀峯

共觸炎綱傾鰲抃火維卸一柱揹嶒嶸厥用補造化風雲轉玉鷇日月生石罅攫立鈹錟攢森衛鐵猷架初循螺譽旋漸攙羊角駕蹻非都盧橦術擬伯昏射跬踽到絕頂踆烏走其下天才倚杵近氣得扶輿覇窘嶙仰矚窮庨豁瞷覤怕蛩彩與寶積𡺟欲出吾胯千家雁翅排萬瓦魚鱗亞廻嵐一照耀金爵觚棱迓顏君昔守郡於此結書舍至今五君詠驪珠光

照夜吾徒癖嚴壑塵網揮手謝誓尋玄牝關不縱青冥[illegible]
乎吾息壤子立絕憑籍

書晏筠塘先生重遊桂林詩册後 時甫終先光祿制詩中多今昔存沒之感故後半語及之

燕筑何足悲雍琴未云愁請出湘中絃聽我商聲謳商聲淒
咽騷些儔不能聽終雙淚流素女鼓瑟君山頭大絃五十泠
然搊哀鸞怨鵠相啁啾回風吹落洞庭陬淫魚出聽江斐遊
一彈再鼓天爲秋曲中哀怨何者尤酒鑪邈隔應與劉生存
華屋歸山邱策馬痛哭迴西州招魂不返九地幽恍然晤對
相賡酬贈君一語君然不九京謠詠殊未休人間何地堪埋

戞紛紛撼樹多蚍蜉君詩慎勿以黷投書之挂向青山楸

送香甫之太平

酌君宣城京口之美酒贈君赫連大食之寶刀酒以澆君之魂礪刀以斷君之牢騷相思江水醲蒲萄中有别淚流滔滔問君南去何所極崑崙關外青天高昆侖高高去天咫玉女青蓮馬前倚犵鳥蠻花管送迎猺雲蠻雨愁行李猩猩晝哭鸞鸞喜苦竹雲陰翳山鬼君獨胡爲至於此洞房瑤瑟冷如冰時君新婚男兒墮地志弧矢日南九真庭戸耳酒闌歌闋可以起去去帆檣鐵鹿子

長晝

長晝澹無與眠琴就綠陰微風數花落涼意一蟬吟松影靜當午茶香清到襟此中容我孄何必入山深

榕谿閣登眺

繫艇不見清風客老樹婆娑七百年全約湖光歸烏底平分榕影到樽前嵐霏片片將成雨水氣濛濛欲化烟遥指西莊雲樹裏春風亭樹幾啼鵑

少蒿過訪留宿齋中談藝甚樂翌日以詩奉柬兼寄薌甫明江

憶昔燈火捫虱菴圍鑪參語聲喃喃野夫對客踏辟卧黃昏王粲頹肰三揭來雨散弗能聚香也橐筆天之南王郎剢啄

復過我今宵彌勒堪同龕辯如爽也雕龍談此中有味醲醇
醇走丸下坂車炙轂驅叱楊筆訶聃曇卮言餘事及韻語如
箝紙尾吏飽諳有時獲雋忽狂叫遂古墜緒窮幽探絕潢斷
港豈到海津筏具在誰能參王郎年少氣蓋世千秋思以孤
肩擔挾輈而走抜幟起騷壇虎視何眈眈是昔遠寺華鯨饀
瓶笙細響炊銀坩危鐙欲殺一炷綠咍臺觸壁僮鼾酣一叩
一鳴兩鏦鐵再接再厲雙劍鐔吾儕抵死不作繭柔絲自縛
同春蠶又如秋虫食蓼葉荼苦翻謂薺輸甘折揚皇荂嗑肰
笑路鬼𣣋𣣋妻子憨吁嗟黄昏遠莫致安得揮麈相嘲唅桂
峰起視碧玉簪儷乎與子驂鸞驂

少嵩枉同韻見答次前韻復之

睡餘心開太平菴，檐前乾鵲雙呢喃。天邊五雲忽飄墮，開緘恍聽唾地三。簣桴居肰應葦籥，三十六體賡樊南。籠紗什襲不足趙，妙香供以蓮花龕。翻瀾布縠如向談，不飲自醉酤醪醰。楮公毛穎解作介，寄緣吾欲陳瞿曇。鳴髐側耳霹靂動，搥鉤應手芒芴諳。鋒如銛刃鋏可折，心若止水珠能探。硜砰巉巖韻如委土，此訣似向坡仙參。夫君生作羽陵蠹，異書飽讀五六擔。山經烏紀自枕藉，短檠尺半雙瞳眈。葩華洴布宏以䆛，確礲如震婆利坩。想當冥心入濛翳，使筆如劍狂飈酣。蛟龍抉窗魍魎匿，森森冷氣飛霜鐔。詞源倒傾三峽水，直驅灎澦開

凫鷖王令文章已大進執鞭負韊分所甘妄思拔戟成一隊顔行未抗心先慚玄鉞雷斧敲石柱靈虵在握聲唅唅詩徵莫湯遺著簪攬環結珮齊兩驂

途遇柳塘因過酒家小飲感作

交衢偶語斯須立酒肆聯鑣蹀躞過爾我相看俱老大應劉一別邈山河重來惆悵黄罏地終古淒涼華屋歌感逝無端行自念相逢不飲欲如何

隱山弔慧上人

兩年不踏西湖路憶挈軍持伴領軍偶共娑羅花下坐況疑篤耨定中聞琴絃拉雜空江雨香篆氤氳小閣雲今日重來

禮珠塔水流花落倍思君

銅鼓歌

雒越銅鼓誰所鑄欵識礴軼蝌文蕪或云伏波范下瀨或云諸葛初渡瀘託名荒遠那可詰聱自僻埜來通都陰房古社偶一覯黃雲團團衆磨礲面平若鏡臍隱起束腰參尾花交趺旁貫以耳鼎可舉内枵其腹離中虛蟾蜍欲躍鼉黽伏亦有絡索連錢鋪桄榔晚日一廻射翡翠純綠丹砂朱銅精露盡銅質化斑斑古色周秦餘我聞蠻峒初鑄此斂衆縆繫懸庭除椎牛磔犬釁其血練驪毿毿來精夫謩夷阿叚連袂至金銀釵挾丫文如金錯叩罷木槽應群飛鷺鸛追鴝鵒獠奴

酋衆媢都老致此勝馘千纍俘象林烏滸事剽掠陵弱暴寡
群相狙此鼓一鳴萬吭廢蘆笙瓢殼徒嗚嗚千牛一面豈肯
易窖之不啻周璠璵至今嶺南兩道尙附會塘潭村嶺名爭
誣廉州有銅鼓塘欽州有銅鼓村博白有銅鼓潭萬州靈山文昌有銅鼓嶺虞衡舊志曾記載探
奇祖典從石湖竹垞好事摹縮畣謂仿龢鼓之錞于四金六
鼓攷周禮範金代革前聞無蠻人臆造豈有據繁引博辨富
非迂我維此物足荒陋秘閣敢並犧彝儲歐陽顧瓬矜搜獲
氊車裏載從番禺南郡獻當建越代驃國貢自貞元初虎蜼
天馬竗鏤錯博古更入宣咊圖炎荒遺器存偶耳剺拭感喟
何區區黃茅瘴起墨雲黝時見呪鬼來妖巫瑤眊收魂雞骨

卜尙毚利蟲惟其愚歷朝叛服靡常度往往嘯聚同萑苻聖清聲教八紘曁飛頭捕蚓埒車書陳倉十鼓列膠庠星虹盱盱排天衢誰摹百籀散犵狫好以趧𧾷更陬隅三十六乳廢不用鎔之鑄作犁與鋤吾詩鄭重止於此未暇覼縷箋蟲魚

雪夜聞隣語二首

去年冬不雪大風拔我屋今來雪太劇折我庭下竹

唧唧復嘖嘖爭閃兩鼠鬨阿婆索火照不覺踏破甕

雪中招茗甫

姑射仙人冰雪膚笑騎白鳳淩清都滕六巽二受敕符空中

碎翦鷺毛麄冬山如睡交雙矑畏佳廣莫歊以巘巖鋒中人
金僕姑蝦蟆聲死鼓龍胡列仙之儒山澤臞一畝之宮環堵
居申亥坐困庚癸呼羹藜含糗過朝餔一婢赤脚奴長須稺
子瑟縮寒無襦嬌女刺鳳折天吳孺人軀手辟絖纑經橈臾
櫩相爬梳那問儋石家無儲東家擊鼓吹笙竽肉屏風燦紅
氍毹西隣十萬家樗蒱呼盧叱雉邀牧豬君謂此嘗逐臭夫
羗蝍轉糞詫芞蕒纖兒侈口嘲其迂君如不聞走且踰冐爽
力子齋鶴書掃徑爲迎去聲林宗輿索肪筍脯青雕菰更碾秔
玉蒼羅閤入門執手先胡盧謂我吾道其猶瓠使鼎挂轅馬
守閭惟我與爾有是夫巢由馬首胡爲乎老病再拜人難扶

我聞斯語頷且吁此老狡獪艮非愚薄田黿丁饘粥須遂頭
霸子勝犁鋤是堇堇者非難圖安用乞米陶胡奴酒酣耳熱
歌嗚嗚春回四體如醍醐袒裼熒勝貉襘襝爾無我詐我無
虞願君莫忘今夕娛

杉湖十子詩鈔卷十六

小廬詩存

臨川李宗瀛季容

中秋夜同人集湖西莊延鶴樓

青天一片月掛在湖西樓復此樽中酒坐君樓上頭烏啼越城曙葉下楚江秋今夕不成醉明年何處游

定粵寺弔定南王

伽藍帝釋墮窮刼螺女悲啼鴿王泣鐸鈴不語華由㾓夜半山魈作人立當年孔雀東南飛上方班劍生光輝廣心欲啟調御室雕甍峻宇非人爲一朝碧血戰袍裹白法無靈解兵火捐軀幸異逆藩名遺孽猶與女戎敗姚筰經營覬福田相

輪珠網沒荒烟衹餘一片寒山石猶紀塗膏釁血年

開元寺

古刹高由旬巽維據幽塏創自開皇年修惟正德載蛹月柔且佳鶯花浩如海料量服僧祴摒當夷禪鎧庭前窣堵波舍利今安在書函誰銀鉤非褚亦可採惜乎韓碑磨縣志此碑存寺中為臨桂典史嚴成坦磨去乾隆間尚或傳蕭翼紿或云道光中為節使某移置署中今見存猶餘扶風書照乘珠百琲寺又有五代馬賓金剛經碑殯房寄旅櫬題湊攢殯每未親螻蟻嘬恐飼烏鳶餒時無射聲仁暴骴爾何辜惟有悉達多寂照終不改

寺故有唐顯慶四年舍利函記按縣志引桂林風土記褚遂良以顯慶二年貶桂州今開元寺舍利塔前有公手寫

金剛經而通志則云或疑此記爲褚筆攷顯慶二年遂良再貶愛州明年冬卒此非褚書明甚然筆勢秀健得歐虞法其亦親炙於河南者與云云按通志所辯甚當乃風土記又訛舍利函記爲金剛經不知金剛經乃馬賓書亦在寺中尤不值一噱矣

大雷雨作歌

洞庭之女瀟湘姝鞭起雨工爲龍攄阿香夜竊霹靂符奪得雷楔翻雷車折丹屏翳呼其徒駃犇後擁山揮驅貫緪絡𩐫怒未渫頓令平地成江湖是時新秋指龍尾千里蓬蓬火雲紫十輪並翥堯時烏誰挽琱弧激椽矢日光曭曤天微黃少女返風陰鳥翔須臾微黃變深黑送上遥空一點墨旋看點墨散千團積鐵全埋古銅色焱輪陸出輾虿匿大塊一噫啟

鬱塞飍䮫如脫萬馬勒犰狳女魃避誅殛天礉蝀觸豐霳機
砯礌砰礚聲振悲狂捲魚蝦地下落倒挾弩箭空中飛天公
大笑礮礋走百道金蛇掣虛牖稚呿雌噏無端倪霴霞霳霶
卯到酉畢逋一線烏尾訛陰霾解駮陽光俄魚魚雅雅萬靈
集儛旍虹罣紛來過今年亢旱那可道蝪鵞笑騰蜥蜴躑掘
冢鑄幣繁有徒拾橡舂粰苦不飽可憐方社修禜雩上帝夢
夢平聲居物表上忙未了又下忙早造敢期收晚造蘊隆太盛
鬱則宣天意人事非徒肰夕狌晝瞀敎可覩何須巫覡占筳
篿野夫飢腸胃不鑿有酒盈尊米盈斛曲肱一卧萬事足起
翫羣山菈新沐

春陰

痴雲抱日影模糊大好徐熙水墨圖永晝愔愔下簾箔春陰澹澹薄菰蒲隔林晴色占鳩婦一榻禪襟供鼠姑斗酒雙柑吾有約柳絲緣到畫橋無

筠塘先生書來言舟覆大廟峽僅以身免占此誌感

片紙驚看淚滿巾鯨波鼉浪歷艱辛布帆無恙仍三尺書篋全拋僅一身此事豈關章子厚大招險續楚靈均茫茫沉冢多人鮓破冢歸來覺有神

秋曉意行

依微曙氣白曠望霜天開斜月背人下孤雲將雁來偶然聽

水立不覺繞隄回失路沿蒼耳迷陽歌易哀

霪雨歎

淫雲帖瓦低不飛汀花岸柳俱霏微綿綿一雨竟三月自春徂夏無時稀豕蹢涉波蟻封穴蝦䱇出井蛙跳池丙丁帖子不可乞覆船黑氣仍低垂今春二麥始入土禾黍被野方離離麥根禾穗被渰没化蛾弗已行成泥有司方雩致齋祓刑鷙磔犬禱雨師天心仁愛倘悔禍忍令黔首憂饑饉狂恒雨若僭暘若咎徵洪範理可推江星摇動月離畢周詩晉志存其詞九眞五管本瘠土豐歲僅免兒啼飢連年雨暘幸調燮比戸深荷皇天慈去年冬温陽弗遏癘虐疫癘妨耘耔豈知

治安烏未度翻遣黑螟爲偏菑　聖人在宥調玉燭雨不破
塊但濯枝好檄赫冲致屏翳來朝還我昇陽曦

天啟小銕斧歌

𡾊鸞移後王鈇荒乾清宮變將作場手持鋮柲眞木聖鋮柲斧柄
也國脈一綫從玆戕聰明天亶非凡理大巧工倕俱嗇指惟
后從諫木從繩治天下匠甯如此運斤豈顧金甌傷玩物何
期神器毀祖宗堂構弗肯承別有經營亟經始深宮斫鋸聲
未歇老伴高擎奏章謁太阿從此柄下移重見汪瑠仗兩鉞
儀鍠寵錫上公班鈇鑽嚴申黨人罰我聞湯武仗鉞興征誅
晝河玉斧尊皇圖金之殷武元劈正一人負扆千官趨豈知

草生輦路卓影撤鑾驉稀見隨乘輿臨濠締造事不易誰遣
狂童鑿元氣由來天道眞好還當日庚申亦多藝

唐昭宗賜錢武肅王鐵券歌

紇干山雀凍欲死朱五經兒乘間起金光門內來賊兵少陽
院中閉天子李岐去後還朱梁荆棘銅駝陵廟荒天目山靈
鍾間氣婆留并沸生眞王羅平妖鳥夜啼哭一劒雙戈靖狐
狖鎮海全收十四州射潮妙選三千弩和陵遣使褒勳猷丹
書鐵券賜爾鏐身免九死子三死山河帶礪盟千秋券長一
尺有八寸形如瓦筩吉金纏五熟之釜燕然碑孔鼎鄧銘美
同擅是時方馘淮南豪蘇湖婺睦烽煙銷錦衣軍聲動地喜

玉册樓影連雲高至元丙子旋淪失澤庫水中神物出大功
寶玉奮廟歸豈僅青氈還故物烏虖有唐藩鎮何紛更董劉
覆轍終無成何如開門作節度五王四代全功名尤難納土
守臣節世澤箕裘永弗絕朱三禪詔已飛灰愧此區區一方
鐵人臣末路難保恩持盈履薄非虛言柰何倨詞忤重誨幾
褫鞶帶成沉冤從來相爭豈在誓三死艮夫勸曾未君不見
銕榜戒後藍胡誅徒仿遺式傳明初

錢忠懿王金塗銕塔歌

寶月夜湧光明珠青猊叩額羣龍趨阿育八萬四千塔黑金
作質黃金塗幡幢瓔珞周四隅裊裊七級懸浮圖相傳錢王

好梵莢廣造香刹供曇瞿塔高四寸具四面面鏤佛像形容
殊或乞王城袒右臂或倚寶樹跏雙趺釋迦委身飼餓虎尸
毘割肉施飢鳥鷲王垂纓咒龍鉢螺女散髮擎蛟爐優婆塞
繞比邱拜銅盤銕網窮雕刻曾聞五百賜日本餘者零落明
聖湖竹坨謂出武肅製附會青士言多誣德清作記資考證
白石有詠工形摹至今鈴鐸語樸遬猶疑保俶聲聲呼當年
十瓶海物輸汴都餘財盡以資浮屠但將營建籲伏佑邉計
財力剜民膚豈知牛踏破錢讖先定龍象大力顛難扶酣眠
誰遣卧榻側持梃遂逐降王驅一朝金鳳遭捉搦妄希白法
何其愚烏乎妄希白法何其愚南漢更有龔澄樞

趙忠毅公鐵如意歌

一抹烏雲淨如練中有剛腸經百鍊逆瑺鑄錯聚六州憁此錚錚鐵一片維公生値桓靈時大柄乃爲權奄持世間萬事不如意但鑄譚柄供提撕鐵花鏽澀銀絲細色正芒寒廿餘字廉而不劌鉤無鐖以舞以歌君子器當頭委鬼方鴟張五彪五虎紛陸梁但令立仗作瘖馬肯使獨角伸神羊同文獄急勾黨起西廠東林水火矣椽人假子紛滿廷太息見梟轉無子四凶未去元凶行荷戈遶戍代州城中批空僉四害疏外論競重三君名飛狐塞西雁門北曾伴孤忠壯行色指揮能令天地迴掊擊何當仏嶽陪烏乎轉瞬冰三折三尺精鏐

尙無缺人間此物凡幾逢年歘各異銘辭同好借東方未明
研太白睒睒懸天中

連雨江漲漫述

一瞚鴻濛濕冥冥積氣垂疾雷翻地軸巨浪坼天維牛馬紛
難辨蛟龍喜可知漫愁鼃上竈懸釜亦無炊
萬瓦碧苔色四山低欲眠爲魚思禹績有鶴述堯年桑土誰
先撤蘆灰未可堙樓居成拔宅鷄犬亦俱仙
危城三版在負郭幾家存忍遣溝中瘠還招水底魂爲壇希
呂守祝策緬王尊傴仄愁隣里羸羸孰叩門
布被平原蹟床床屋漏痕决明階下死夭棘雨中翻申酉時

成怨丁壬世合婚夜來聞好語落月側金盆

夜坐有述

紛華與道德方寸每交戰一奩銘夕葬天游共冥遁俄然虛室白意澈象帝先全祛六鑿攘眹兆未萌驗雪從門外深水戒窗中濺端倪忽萬象歷歷眼前見古井波不生太極形乃現日出人事與夜氣牿亡漸欲追平旦心少縱浮雲變

曉妝曲

玉窗清曉披多羅水晶簾影嬌横波粉奩脂盤紅藍膩指上螺紋印成字鬈雲鬆髮仿内家素馨如雪堆盤鴉桐花雛鳳五銖重飛上鬢翹釵不動掵擋獨見偎中逼臉霞薄暈春潮

紅閒愁十斛無人會深淺愁心認眉黛

題汪劔峯孝廉詩卷後

黑風盪地雅輪缺萬刼詩天墮狐窟丹邱仙子棄鴻濛手抉銀河洗秋熱瑤空霏霏灑珠雨猛鳳銜花隔烟語輼輬昨夜墊雷公延露哀詞愴無主蓬萊夜碧烟點迷岑華一琯吹參差臨風更和君山遂決起晴霄女龍泣

觀楊氏十齡童子書擘窠大字歌前有劉氏七齡童子書擘窠大字歌未録

我歌東平書大字一毛僅見雛鳳皇豈知袁傚薦阿順又見一童奇可當草書神速亦伯仲呼之使前畢所長于時廣坐色寂寞累足有似觀毬場童子梯几氣瀲昂手操栗尾如挽

强作勢直欲騕堵墻犇馬橫逸不可纚飢鷹摘鏇飽則颺摩天巨刄聲雷硍嶠嶠天骨森開張李釰欲折虞戈揚撥鐙倒薘紛旗槍黓黚黕黷宗衛梁平揖草聖朝墨王常山枉出西樞房我生蛟蛇未入夢十指卷屈逾生薑何來聰明此獠面老馬轉避生駒驤試摘經義了瑟僩如宍貫串驚老蒼更令裁詩速走馬年紀恰是韓冬郎昔者杜陵九齡書大字晚逢杜勤歌一章陳家孺子亦解此皎然七字音琅琅我歌狗尾敢雁行嚴童豈待元九彰阮何端合雙爲雙樝梨橘柚同其芳

德公夜禪

夜氣正嚴肅祖堂寒悄肰萬山低侍立孤月迥當禪說偈呼
猧聽分床與鶴眠何當消瘦服來訪淨名天

寄題秦氏太清樓

不插塵中脚樓居抗太清雲霞當檻落日月抱窗生松籟陶
宏景蓉城石曼卿夜來笙鶴下恐有列仙迎

感憤三首

家人易著爻內則禮垂訓名教有樂地造端始暱近惡乂本
同蒂迦陵不共命咄哉黑心符牧犢未足病我思椎結賢復
懷饁耨敬緈纑孺人勞正櫛穉子昝弗聞掉罄舌綢繆到席
衽兹福亦庸膚於我胡斁靳生非馮敬通抑豈是劉峻我欲

敂黔羸孰執造化柄區區不余畀此生休更問
我有平生語吐向平生親肝膈勒金石意氣薄霄旻謂言不
我棄卒臆爲君陳旁有鳩鳥媒謠諑方狺狺人生重信誓千
里如比隣中情苟未孚咫尺越與秦同床猶各夢何況行路
人行當結舌退舍意何由申
退之厭餘生范文祈速死詩人賦萇楚異代同一揆吾亦欲
云云身世一噤矢著書窮愁中識字憂患始推心猶㝠㝠鍥
臂生倆俛看朱轉成碧吹角乃笑𠷔不知竟百年稅駕安所
底吾行亦自憎奚事問山鬼安得排長風妻孥脫敝屣傷心
語嬰娘啞孖兩囡子

齋中曉興

高齋曉沉沉啼鳥破晴黛晨霏不作雲抱樹成曖䁥新陽無違輝孤花有悽態簾波亂藻影茶韻入松吹紛吾倦於是寂爾塞其內靜忘昭氏琴高拮桐君佩涼夢戀芫蒻𤈦客辭䄶襶便應以踵息無復勞掌焠

栖霞洞

重黎垞明都瓌麗亙寰宙清淑氣以窮萬族恣陵蹂維南祟者山仙李鬱深秀其下有潛廬邃古閟陰䍐呀呷擇人宍撐搪齖骼臭束炬繼猛燭躃躠入自竇初規蝗衕旋繼躡駿坂驟發濛出泉纔習坎入窞又氣晦景方午行㲉夜疑戊神濩

歕潗濬宧突闟廣衺騎危趫戲嶠縋險極恂慭壍堙獨狠跼
閴仄兩嶭鬭一窪中空通三絶瘦皺透坱圠履匪夷軏㲉閉
不仆草蔡蕆難薅坌坲耵易垢投忝訇碚礐荋孵噢鸗鶖罙
入誰其阻突出莫之遁猛登吒傛傛踵至笑詎譊路歧臧穀
亡梯嶮退之疚潏汐寸滓瀿噌呟百輛穌或如史頊鼎或如
贈宮貓或如掠蛇贅或如鶱雁咮或緌緌相倍或戢戢相湊
或蓶匽蘈熒或菓菻飣餖圓或馬腫背肛或黿縮脰钀或聀
藿括鬰或椌楬侑暴腮或魚飛鬐尾或𧇊吼䶂瓡或鬼臂夔
跜或龍毻翎殀或含䲹騰趫或䴙鷉或疑頻伽嗔或相須彌
壽推碎輪或擘悉陀轟或覆入洞如入壁四殯暝色收出洞

如出井一綫曦光漏疇歟操攖觚般揰䆁不就彈丸與元風
左右雙翼副人云胍旁通直抵九嶷岫未熟道元註誰與辨
悠謬林立碑插笏鬼瑣不足究茲游信奇絕偪僿使人瘦慨
思二華君鐵遂裂雲奏

風洞在叠綵山一日小潮音

風水兩相搏洶若海潮灌有洞以東之音乃不外漩岌岌土
囊口宎咬焱輪悍大塊方怒噫轡極思一散有如千錞于合
摐響淩亂又如萬蕊蒻齊聲唪佛讚䆫窱戍深竈瀌潤眂尺
瀾鼓行入其郛毛直股且戰其下乃盧奴上壓白石爛自從
太始來混沌未嘗判日月所不到潮汐割昏旦嘗稽武陵記

風門出天半風井俍山椒風穴五臺畔玆洞豈其徒山䍧常出玩投詩方道彰風颮太爐闞穆如思景風高卧北牖旻有山

景風閣　北牖巖

中隱山

山行逐蘘若蔄露霑衣棧路出木林邨澀勒稠於芀稍趲石壆埆嶄磏溪泓噌遂造佛子巖有洞凡三層釋山大宮小曠奥得未曾言乘鹿盧屩亦拄猢猻藤直上百鉤梯直下腰緣縆椳闑旣烏跂居楔還螭騰閶闔詄蕩蕩璇題肅蔄蔄𢁉中試一欵響若干巖廜四顧峊硭碭方郅交榿塍祖華巳就圯筦籥無殘僧誰賦秦城詩疥壁遭點蠅載尋石湖字羅愚毋

乃顒炊烟起叢薄笪屋方篝燈歸途首招隱眞得西南朋种
放彼何人斯以充隱稱

李廸牧牛圖

一川莎草廻風香上有鵁鶄啼垂楊阿僮兩兩觳觫雙犢背
穩坐如乘航前者短遂歛無腔後者拍手歌未央郭椒丁櫟
莫可詳飦罷掉尾松陰凉寢訛飲降阿池旁盤辟卷角三尺
强視其後者如鞭羊跨牛人與牛相忘堯牽舜鞭空自忙此
技戴嵩稱擅長張韓史厲皆當行豈若老筆推河陽吾宗院
使成忠郎森沉玉斧依龍光奉詔特繪無羊章烏乎陽九丁
建康泥馬南渡家錢塘三足牛誰猢猻王閣東刺促鞦與鞅

弓矢包以牛革黃放牛桃林示四方𧺆也得毋心暗傷叩角
惜不逢虞唐考牧亦不興周綱蓺諫却借丹青將哀痛隱隱
含毫芒宣和打馬安可常令人回首牟駝岡

自訂舊稿十一首

束髮弄柔翰箴繡飾聱悅連犿駛瓌瑋逐鹿奮角犄尒時意
氣盛兹道頗易視長城千仞高謂可一蹴至硬彎大黃弓博
識后蒼字譬如初生犢虓虎無所避十年探鈐鍵甘苦始自
喻老馬駕鹽車歷塊乃遭躓老將經戰場臨事轉生畏今知
事大難向者談何易廻觀舊所作內媿欲無地思付劉家埋
或作唐瓢棄日暮途茫茫我駕何時稅

少年喜馳騖每苦藩籬壞霸才無主張狂辭瀉澎湃有如瓠子決捧土勢豈殺又如駿馬奔脱驂詎能絓中間務修飾又苦邊幅隘窘步無安翔𧆛言少真意子賜木偶人淹淹蜍與志戛戛乎難哉束身就天械近者差有悟難易兩不介語必由巳出境偶與古會無須畫葫蘆亦弗販稊稗吾自鳴吾天毁譽付度外津梁苦難逺精力甚矣憊他年倘知非更進一重界

孤燈照雙鬢擊犢歌且号每與古人期如友踐然諾江山藴靈恠遻至向我角徴茫一寸心持與萬象搏覃思極幽𡕒元氣共迴薄邃古性情海心源此中涸坐疑乾案螢行類啄秋

鶴思窮鮎上竿意得蛇赴壑穿袖吟不知回頭膺每錯聲名
勞七尺那顧瘦生詎先生且休矣李杜不可作黃金擲虛牝
無益得何樂笑舉東武言猶賢奕與博
會心別天地過眼成雲烟靜者悟乃妙指點皆魚鳶閑中一
存想萬象紛來前攬之已無迹境倏與事遷追逋如追羊歧
路心茫然有時不假求得自冥冥天我心有真諦落紙徒言
詮魚兔去已遥存者蹏與筌乃知無聲詩太音聲之先如以
言語求心聲終未傳
前不見古人後不見來者上下五千年中乃虱一我自從漢
魏來派別紛叠垜捷或繡虎名巧乃射鵰墮大聲出鯨鏗小

亦蟲吟煩每干造物忌天窮人復禍登高望北邙陰磷扇鬼火纍纍吟囚魄寂寞一坏裏吾生欲何寓一粟滄海斂身心苦相仇爲計良已左秋風哭遼海字字血淚寫身後揚子雲茫乎誰見也豈無長者兒齒牙速風馬王門鼓清瑟濫竽噫不可

兒時學操觚竊慕言愁窮此境苦未歷所語非由衷年事一以攺偏師愁城攻此時强歡笑心手益相從如濾則思噎如壅則思通又如熱思濯一息矯弗容信知勞者歌敢曰窮而工安得老復丁耆艾心猶童

周朴憙人誦楊綰不示人我則異於是可否隨所因荆璞與

遭刖至琔甘吾湮焦桐苟入聽一曲爲君陳達哉敬禮言何
知定吾文誰爲子建者撫几涕潺湲
慨思過庭日嘗承學詩詒縷指幾父執短李首高蹈觥觥朱
彥和亦訂撫塵好小子謹識之端趨乃有造瀛諸生苦晚未
奉將壇纛時因定省餘竊喜私淑到李侯軀幹小有力過賁
彔朱侯小萬卷撑腸飽史料兩家手稿存一瓣心香禱悲風
起庭樹鮮民痛無告嗟我堂上人奄赴朱李約哀哉終天恨
詎止九京弔計惟剬輯勤庶幾弓冶紹有兒值惡抵頭角弗
克肖愧呈宗武斧敢跨蘇邁灶警目有遺經提耳有遺教銜
索痛枯魚兼爲兩公悼

肅肅南村翁貞氣矢霜日子子南溪叟孤雲婀秋色芳馨逴莫致蘭茝生悱惻憶當觴觵年經受晏公側餘事及詩歌挽之唐人律鄧先曳杖來顧我歎英特謂如角鷹蕺目巳愁胡仄六翮雖未成萬里待一掣朝遊侍履綦夜鐙課佔畢當時不知樂境過始追憶無何稱棘人麻衣履霜雪兩翁前後去風雲莽蕭瑟前年晏公來話舊五中熱淒涼西州門一慟松楸赤水車旱資舟鑷襚勉其積鄧先丈人行寄詩苛評隲有如刀圭方立起沉痼疾寒燈展秋卷耿耿在胷臆感舊兼懷人壁蛩助嗚咽

獨學患孤陋求友歌嚶鳴四海王勗少與黃𥶒香傾蓋如平生風

雲壯氣合花月歡場并官奴賦刻燭甌宰監飛觥弦栝邀一
別歧路多縱橫晚交趙宜之淡仙肝胆久益傾與人色無忤煦
嫗言如春顧于考詩嚴鉤距無遁情研練稍未愜頸赤持斷
斷秦法棄灰坐隋律竊瓜刑吾初苦其難久乃貪以成吁嗟
文字交有此爭臣爭安得王黃來曠古歸盱衡扢揚四始義
斧藻羣言英

蒼茫湖海懷牢落天下士命雋希呂嵇同舟緬郭李翩翩素
心人歷歷行卷裡喁喁酬對語躍躍欲出紙因人怨存詩將
刪輙中止顧茲胏腑親泉路隔生死春風綿謳鬧夜月隣邃
起存者長相思沒者長已矣痛逝行自念逝者有如此余年

甫三十早衰顧正禮師丹性善忘君叔髮先改修名懼不立餘生知有幾常恐先朝露㝠㝠負知已㒰頭兩白楊病葉打空几拉襍成此詩不復次端委

田家襍興

曉日披牛宫駈牛上隴頭倦卽牛背卧安穩如乘舟養牛識牛性不在芻牧求朝出暮來歸瘯蠡百不憂老翁倚門待絮語相綢繆張燈具豆粥洗脚早息休殷勤舐犢意胡不如老牛

于茅滌塲圃掛壁滿農具肅霜未授衣爲以卒歲暮明時無暴征篋中有餘布趣織機下鳴促作襦與袴道逢彼都士鞍

馬光照路狐裘粲，紫茸玉佩紛鏤錯。長跪謝君子，新衣何如故。

少甯以近作見示率題一律

屏居池北之茅堂，藤枳亞枝低筆床。佳人貽我玉雙瑴，絕代無儔態萬方。小婢解翻團扇詠，宮人爭唱洞簫章。自憐才退邱靈鞠，媿尒琅邪大道王。

再書少甯詩後一首

中允聲名夙斂袵，平生此道息深深。鑿坏未信眞忘世，對客多應不鼓琴。到處鶯花供涕淚，異時風雨一披吟。夢中似警青城弋，杳矣冥冥天外心。

中年

衰病侵尋且未涯蕭騷凍雪擁荆柴不知來日成何事漸覺中年無好懷鏡裏新霜生短鬢燈前細雨落秋槐憑君閲盡婆猴伎格是無能味少佳

杉湖十子詩鈔卷十七

小廬詩存

臨川李宗瀛季容

客有示余蜀後主祠詩意有未盡賦此廣之

錦官城外玉壘西武侯先主同遺祠可憐後主還祠廟杜陵野老曾題詩天涯有客此憑弔夕陽下馬尋殘碑村翁簫鼓漢家臘杉松水鶴翻靈旗緬維永安憑几命嗣子可輔則輔之天不祚漢大皇隕阿枋從此中消移當時仲父倘不死雖百貉輩何能爲一朝輿櫬號安樂此間安樂不蜀思或佯閉目或驚視失七故智非眞痴試觀日夕淚洗面翻觸猜忌悲牽機從來代嬗本天運當塗典午更興衰君不見華林蓺噪

肉作糜太息司馬家無兒

題宋徽宗仿唐人明皇訓儲圖

梟鴆事後郿有此瑛瑤琚等同日死阿瞞慈愛從可知何取
傳經訓儲子勤政樓曉來青宮豐犀雅肖文皇容在陰下上
和鳴鶴遠楊隱約吟雛龍所手者何書無乃邪風與無逸不
然文王世子孝經章第一後來生為逆劭死武乙安家髑髏
玉盌出此日諳諳誨何必神霄天子遊藝餘太清樓印文鈐
朱當年橅此豈無意似屏齒冷三郎愚詎知兩朝太上先後
符或駐西幸蹕或驅北狩車中興或授靈武璽內禪或降宣
和書由來言教本身教耳提面命胡為乎猗嗟耳提面命胡

爲平帝範刦憶眞觀初

讀文中子

新莽僭周誥荊舒誤周官仲淹儗魯論王氏何多賢尼父聖之時棲棲老轍轘不聞太平策自獻時君前四科四友外無聞者三千云胡及門士將相相比肩祭酒備都講卓苦孔鑄顔㱁倛著假面優孟妝衣冠中說杜淹撰繆踵草太元子虛與烏有托名滋欺謾經籍志未收儒林復佚旃傳勞司馬補寃煩長孫瀬我讀河汾書心疑豈其然不如醉鄉記難弟千秋傳

論花奴

花奴三尺雙漆瞳少小頑劣殊常僮千回上樹猱升木拋塼
探鷇無弗工跳粱突過黠鼠黠養拙頗類蒙鳩蒙有時晨興
儼聽鼓明且晏起仍高舂鴉飧或遭疥壁虛鴿立忽然垂釣
恭應門客到了不顧千呼萬喚佯喑聾小齋清課日有幾三
章褒約非難從汝今飽飫不事事豬豨殛遯雞犬功漢書王莽時募天下囚徒人奴命曰豬突豨勇慨思吾家全盛日蒼頭盧兒身手雄若爲富
都若那豎胥佩筦鑰家肥豐壯哉鼠雀耗倉粟轉眏羽化銀
栖空一朝失勢鳥獸散離心曉漏嗟忿忿汝今事余倏五稔
毄儌經營煩乃公屋如玉川喬相守才非潁士胡甘窮吁嗟
此亦人子尒差免詈罵人奴同東隣厮養釁酒円西舍臧獲

酬笙鏞汝家主人獨寂寂讀書昌谷携巴童猿奴詩仿杜陵叟跛奚擻儌黃涪翁詩成呼奴奴不應垂頭觸倒氈屏風

盆魚

盆池新甃苔衣封游戲眞個如兒童蝦蟇不跳雀不浴錦鱗潑刺蓮葉東我生但作盧考章魚計弗屑陶朱公萍衢寸汋卽濠濮宛轉蘋末交清風堂堂策策靜可數浩浩育育嬰相從朱鼃碧藻互鉤帶丹砂瑇瑁紛青紅瑤天如鏡落波底一一尾鬣行虛空中央蠡似假山好連附頗擬香鑪峯有時拋梭出復沒唼喋蒲荇穿芡葑吁嗟堂坳瀉杯水射鮒井谷將毋同居然咫尺具千里跋浪宛在銀濤中我昔瀟湘汎單舸

夜半繫纜蘆碕哦大魚吹火出叢葦水面喨碎青芙蓉藐茲
涸轍苦煦沫望洋向若思朝宗安得縱之歸大壑鵬鯤水擊
南溟雄柰何遣助兒女戲似鳥剪翅羈筠籠諦思何遽不爲
福江湖滿地多漁翁汝今托身蹄涔耳溉釜幸免刀砧供桃
人土偶更相笑紛紛得失徒雞蟲老夫臨流但搔首碧羅扇
底聞唫喁崔珏詩碧羅扇底紅鱗魚

清明過李春舫墓作

去年寒食風花暮與子踏春北城路今朝淘井又清明一樹
棠梨開遶墓疲驢破帽垂鞭來楓林嘯雨留離哀絮酒酴醾
和淚奠紙錢蝴蝶與心灰廣䡖車回玉棺閉魚膏照夜蟾蜍

吹臺前挂劍愧延陵余許爲君刻遺稿因循未果地下清譚陪輔嗣王虹舫茂才先君一月卒

蕭蕭風起白楊昏隣篴何人倚夕曛秋墳鬼唱鮑家句於邑如聞幽獨君

送從弟韻棠宗鴻之廣州道光庚辛間廣州遘英夷之變居人逃竄十室九空韻棠獨奉六季父走桂林家人未及從也十二月辛丑東事小定將往挈眷來西詩以送之韻棠曾投効軍前故詩中云云

西風吹靜江與子江上訣平生歧路淚于此倍嗚咽問子去何之行行指東粤問子還何時開歲建辰月賁禺非遠遊半載非久別胡爲惓惓懷執袪不能發楚庭歐羅變蝟鋒起倉卒昔時仙羊城今作鬼鳥窟夜深歌舞岡寒月照白骨子時

侍高堂風鶴夢魂蹶桂林借一枝艱難妥黃髮掁舟方西柂
牽車復東轍心牽圍城中八口未遑挈不行室家陷行矣滲
灘闕以茲游子心去住兩難決伊昔適豐初試請從頭說順
逆理既異主賓形詎埒頗聞橫海將計昧桑土撤城頭舞梯
衝闖內卧旄鉞烏虖鷙鸞仁不廢鷹隼掣誰令一星火燎原
勢弗滅阿連吾家駒秀出封胡羯夙懷棄繻生請纓繫百越
胸中短長書刳肝瀝以血再拜獻軍門怪事殊咄咄達官老
于事媕娿戒激烈桓桓楊大眼（誠村參贊）獨許子言切晉連甯受
賞排解乃其節才高數轉奇羣飛忌一鶻玄冬凋急景紅旗
晝翻雪去將移妻孥亦以靖氛孽阿兄紙上談握奇雅未閱

提攜如意舞詩爲杜觀綴他時聞好音醞酒向溟渤

病中不得觀江漲因成一律

急溜聲兼萬瓦騰夢魂飛到古西陵亂流誰唱公無渡扶病來觀僕未能幾月犁頭掛農壁一星屋角閃漁燈河魚大上鵁鶄舞誌入方輿見未曾

歲暮謠二首

四座請勿喧聽歌歲暮謠暫假一日歡酬我三時勞晨鳧與夜鯉烹羊復炰羔風俗重餽遺閭里相招邀睦婣本周禮八蜡興於堯嗚呼王道始可以風漓澆野夫飽喫飰負手康衢遨春聲遠浩浩春物胥陶陶陶陶吾亦醉起蹋陽春驕

陽春疑有脚昨夜到我門門前新桃符門內老瓦盆主婦媚
其夫黽勉營雞豚兒童喜得歲讙舞蹋破褌憶我髫髦時歷
歷目中存上堂拜嘉慶遶衣後諸昆今朝魚菽薦當日屠蘇
樽人情異今昔大造胡怨恩東風若有情還我兒時旾

張睢陽祠

延秋門上烏啄屋玄狐跳梁白狐哭金雞賜帳坐豬龍阿犖
窣干厥相續堂堂大節張中丞姚許攖城力同僇孤臣心事
李翰知保障江淮賴不䘏霽雲乞師指血及萬春棄城面集
鏃可憐羅掘鼠雀空遂使愛姬亦罹酷一朝赴義何慨慷誓
爲厲鬼啖賊肉南八死耳毋生降激起同心三十六我來荒

祠薦蘋藻凛凛鬚眉霜气肅誰將五字聞遂吟譜入迎神送
神曲想當月黑下靈旗跉踔清魑鑿一足清魑神爲張睢陽見宋犖筠廊偶筆
令狐賀蘭寍足誅獨惜婢媛女須陸

口技

氍毹貼地華鐙移三更角觝觀偃師鵞籠幻戲蠅虎舞戴竿
歪索無不爲一人皤腹還于思歷階而升前致辭衆賓勿喧
四坐宋請奏口技娛揮卮是時宵分鳥飛絕巧囀何來扇底
出夕陽花塢五禽言夜月桐陰百蟲唧蠦聲或效子荊鳴龍
嘯奚煩房尉戛哭驚怒豿封豨豨牛牞羊咩復駝圖一犬喋
啀衆犬競門前吠尨亦相應呼雞粥粥䮭嘛嘛咿喔聲中栖

一塲醒須臾廊下行幄張縮朒并足居中央幄中一人尺地爾
恍如置我莊嶽旁方言嘈切市魁聚忽變呢呢相爾汝鐺妾
鍘僮祀竈詞變童季女登床語葸鋤誶帚家嘻嘻時聞姑娘
交勃徯頡羨爍釜輿脫輻陽由近事尤捧腹有如繹樹雙聲
謳毋廼因胥歧舌流一聲樂句萬籟息依舊皓魄當窗浮

春郊牧馬圖爲郁潋齋明府題

綠楊黯黯桃花明放青群趁春郊晴養馬要得馬性情人氣
與馬相和平露床棗脯詎不貴玉瀧金鞁甯非榮郙如飲水
齕草翹足陸一一騕褭有態皆如生寄言善御東野稷柰何
鞭策盡馬力殺君馬者路傍兒吾且柔之與休息使君牧民

如牧馬牧馬先去害馬者延陵卓子惡足多請聽頌聲騰駉野

嗟哉黃生行春夜同人集黎鎡伯齋香甫酒間譚年來失意事忽擲杯起撫膺長慟四坐爲之不歡余因賦此廣之

黃生黃生汝不能剸陽羡之長蛟射北平之伏虎徒對芳洲賦鸚鵡年年學綫遠依人藉甚崔膺狂記府偶然橈旻躭惺惺陶穀清異錄博徒隱語以骰子爲惺惺二十一鈍根未熟樗蒱經一呼成盧看人勝十擲輙犍誰汝令歸舟夜出蒼梧道白浪吞天布颿嫋病婦麁勝細馬馱瘦軀幾殉饞鱗飽以上皆香圃近事嗟哉黃生汝莫哀我能雪爾抑僿坎侘之襟懷狂花病葉百年事朝槿夜薤

雙丸催昨者蓮須閣上荊魚杯舉酒欲飲愁中來撫膺一慟成酒悲唐衢痛哭步兵泣郙顧俗眼相驚咍烏乎此淚豈爲一身灑慟盡千秋萬世不遇之畸才嗟哉黃生曷休哉從來世事等一吷乍可絕纓大笑轟於雷

答淡仙夢小韋

甫白神交亦異哉楓青夜黑我能來離魂尋汝四千里圓月欠人三十回別後形容應訝瘦覺餘風雨倍增哀佗時秉燭猶疑夢夢裏相逢郙不猜

天柱雙峯歌

香甫案頭有英石一具大小相倚名之曰天柱雙峯

余見而愛之香甫屬以詩易率成長句一首褱之而
棶

寶晉硯山不可逢人間無復青芙蓉何來天柱森雙峯一峯
喬倨一梓恭大似丈人摟立兒孫從先生割得藍田質几上
風來皺雲活安排硯北花之南虎僕龍賓共精潔有如太華
宮少華又如少室逩太室小孤幼眇大孤敢大別巽崖小別
逸昨者過君齋潑眼軒窗明旣不能負而走又不能鞭之行
碎搥可笑蔣頴叔豪奪敢爲王晉卿非獨公愛我亦愛楊次
公語尤平情先生不言知我意脫手便作十朋畀摩挲欲贈
還發難謂宜易以詩一篇我詩詎抵韓幹馬代石請客心則

堅歸來袖中有南海銀海眩碧搖晴瀾

城南有一士贈黎鎡伯

城南有一士儻蕩我不如置之一邱壑君亦不及余譬諸草與木臭味別邑區但能從我遊弗作西家愚繄余恥集詬人世多齟齬趙壹感窮鳥卞彬賦枯魚人少石何多居索行無徒君獨顧我歎咄咄哉此夫古人不敢知差與時髦殊廼猬灘亥月登高插茱萸碧虛一樽酒爾我豆湊初（丙申九日識君於栖霞寺始訂交焉）從茲數晨夕來往紛櫑轤惟璋必有郗若戶斯有樞有若石投水亦如鼓應桴旁人駭且笑腹誹或手揄萬牛不回頭所執堅莫渝微獨人姍笑自問難厚誣君欲求聞達我乏

干祿書君欲學貨殖我昧計然圖無巳則詩句庶應卭友須
大樂貴中和安用此濫竽吾誤忍累汝汝癡轉勝吾王椽殊
不癡解嘲君頷無

次韻答王少鶴戸部見懷之作

翻覆人間百態殊青雲得路故交疎仙郎粉署情猶昔遠道
瑤函錦不如子美賦成三大禮仲言名動兩尚書君殿試不與館選屈聲遍都下料應退食多新詠倘附南翰一起予

布被行

兒時布被破無絮半襍虓痕半乳哺被兮猶存毋何處東隣
神絲繡鴛鴦西家翡翠爛有光牛衾瑟縮如人長沉沉城析

慈烏宿兩雛爛漫睡各熟一雛爭被中夜哭嬌兒惱爺爺弗嗔廻憶汝年爺鮮民烏乎綿定能奇温長生庫中質來賤辛苦猶同微孺戀爲有慈母手中綫

讀九芝草堂集

有唐曹鄴與曹唐嶺外風騷始破荒此調千秋幾絕響後來幾輩許升堂若人遺世甘蛛隱先子當年忝雁行入桂林中九芝草句義山不圖三秀上齋房

得少鶴都中書却寄

粃盆蕤良煤黑甜卯到酉合眼輙夢君明君于我厚苦言來不易闗塞風煙黯推枕忽失君落月在虛牖俄然枉君書詑

事得未有言苦意悱惻讀之淚灑肘上言長相憶臣朔寡徒
偶下言困郎潛周南留滯久恍如重入夢剌剌對吾友不知
東華塵頗亦夢吾不東華車馬地不雨萬雷吼但日飲亡何
婦人與酤酒有時工數錢調笑邯鄲婦有時聽何戡渭城唱
楊柳攬古華陽宮燕平骨已朽望諸若騎刼邱貉知誰某以
玆沈昭晷狂名滿人口十二樓五城嫏嬛秘鍵牡天風引廻
舟望望神山阧飄泊歎鳳鸞飛昇到雞狗夫子唾不顧一吷
吹劍首馬肝縱不食知味竊無取子兮信達者蒳蕘幸聽受
不遺無不爲抱擊亦職守而況畫省郎青袍映鵲綬人生無
百年動計千歲後所爭非旦夕毋但眉睫狃走也近弟靡同

塵混瑕垢曩者竹溪徒搏沙散八九寥寥數晨星落落平生負是時兩番雪屋背銀虬走懸知烏集闕六花大於手西笑成此詩夢夢看北斗

居子雲將之閩中挈眷賦長句百韻送之

居生湌博綜九流解辨巫雀知彭侯賈長頭更范長頭石經篋子梛與鎦作爲文子硼㠯彪萬言倚馬風颷飀家無四壁心千穮足有萬里身一邸其家南海古炎洲二禺三峽扶胥浮素磬斜畔多青樓如花珠女彈箜篌尊前射覆還送鬮一笑醉脱千金裘一鄉一邑嫌未優遂載雲樵歌遠遊煙艭日抵東閩甌旗鼓福州有旗山鼓山䂙與詩爭遒釣龍臺上纚艛觔秋

颸夏颸無時休日載𠪚蹴紅桑椮一朝坦腹諧相攸秦嘉徐
淑眞好逑南枝越鳥聲啁啾心戀反哺身難留七駃遞付錦
官郵勑還桂筅陔蘭修三年子舍滌厠牏南趙象郡隃龍州
狌獷獞狫玀犵兜印孃貉僫爭獻酬貉謠猥㲖唫咿嚘嶲嶲
狒狒兼筱筱蚋穴裹盧空螗牛鉤鴒徵弥深掘嶕金蠶之蟗
棘人睺毒於莨菪稠於蘇嚕心驖目省見不藙草更向靡莫
摻黔靈嘛哈趄蟻蝻足蹍崴㠁芳茷鬖𢓜𨖌我馬刻庵篼鳥
磋狐蘡射鷗鶵火濟烏撒三閱週幡然言返胖峒艛榕城稍
紓倚閭憂鎚來瓶罄維罍羞孰爲蔣漳身後謀里華容寥鄸
歐嘎平生韓尹誰相賙北堂種種宣髮髟弟兄各瘳君盍脉

家里匏寄道阻修坐減腰襻頰見頓別時嬌女纔哯嘔今且伴母親匿篝當年宦况嚼醬粰刴今孤露徯糧餧一家三處憂心妯嗟子坎壈命不猶嗟子桀驁才不侔類覷眾鬼四大幽唾之弗屑刴肯繇顧獨於我深綢繆子陳葦蒿我蕢桴皐羽哫和雩猣謳伊余直酰莫能觩於世牴牾薰與蕕跅彼伈俔澒浘傳町瞌塞耳釘刺眸彼亦與我若贅疣獨喜與子通諮諏山相軋木枝相摎薅我茀示我莊嵦廼者鼻居爲土螻東南半壁脊警袍普天薄海胥同仇帝赫斯怒駈貔貅天狼睒睒霣弱菆刌秅窦窳殲鶻鵃鷵題窮媢厥貢瑑四裔方樂廞鞮鞻石渠天祿須纂鯡子才拙擸枚若鄹荐榷似者今删

噂宏我漢京娩商周我無寸枋空愬輣犯顏出口言爲訦夜
來嚄唶卧黄紬𥨊薾飛景筸頳蚪逼明殿啟覲玉旒星官䳺
立肅吕挲伏蒲昧死載擥求上言聖德同毛輶登進夔翳流
鳺吺下言下土臣蜫蛶有才無位兹其尤願賜莖露神之庥
帝曰俞哉錫汝裯天笈唏嘀礖磹齒侵晨剢啄驚鼸鴝涼衫
䟿袴雙𧉮鈎云將跋馬三山陑一揃玉臂雲鬃愁終身愛𦖳
趫高柔木蘭之椎沙棠舟渡江何羡王子猷咄哉行矣毋豫
尤

奬花奴

小蘆主人宮一畝床上書連案凝垢蒔花藕竹無橐駝守戶

鷹門但功狗非無甬侮三五人踑坐大敵不酤酒見王褒僮約我
能隱忍學劉寬汝豈負余艮自負朝來主人偶行藥塡㺃李賀
開愁歌莫受俗物相塡㺃全唐詩註玉篇廣韻俱無㺃字統籤云按㺃卽壓字音灰以物相擊也柴棘撲三
斗鐺內新烹處士茶門前畧剪先生柳䕺䕺甲乙編圖書𨱎
𨱎癸辛列尊卣何修得此安且吉問知出自花奴手花奴故
是常奴耳便了倔强摩訶醜向來精慧掩痴愚僮約奴自交精慧不得痴
愚一旦神奇化腐朽小疵弗計憫爾頑微勞必錄存余厚賞
功鐫過轉圜如我何容心爾自取但愁進銳退亦速一暴郹
禁十寒久勉旃從此策後效狂奴故態莫相狃從來美刺凮
人義津津不啻若自口詎同周史賦季鷹畧仿余成詠黃九

奴諸得毋懟余費犒勤竟磤詩一首饑不可食寒不衣準儗
它時供覆瓿

海門

海門天塹限朱方京口兵聞自古强白日鯨鯢爭跋浪清秋
鷹隼倦淩霜牙旗玉帳元戎幕火礮風輪鬼子檣早晚西津
須送喜　五雲深處疋垂裳

七夕

如聞佳語大河横離合神光湧碧城惘惘遥天可憐色瀟瀟
靈雨步虛聲龍吟晉水飛金鏡鶴去緱山罷玉笙剪取衍波
牋一幅牽牛花下賦閒情

檢閲近稿感成一律

羌無故實但緣情論少舁之氣漸平花鳥莫愁殘頴禿江山有待一篇成頭顱老我餘衰鬢項領兒童亦盛名報道君苗焚筆硯繡曇長對古先生

遊七星巖

中天珠斗碧闌干石磴懸雲翠幾盤菡萏浮空晴自湧巾箱浥露晚逾寒虚堂怖鴿窺燈下陰洞潛蚪入鉢蟠欲訪當年玉方響桂華遺句剔苔看五代道士石仲元隱於桂州之七星巖自號桂華子湘源守楊嶶之目爲玉方響詳粤西叢載

寄懷少鶴都中

席帽襴衫了鳥看誰知執戟一郎官三書光範風塵老九月
燕山雨雪寒張論畀之行不易雄文似者薦應難五陵同學
如相問爲道檇湖有釣竿

東江行

東江門外顛風鳴東江水流嗚咽聲寒蕪亂瓦狐鼠竄昔日
都市今榛荊何來老婦一嫠者哀哀痛哭古城下杞妻一慟
城爲崩騷屑礐雲垂大野問婦而何悲欲吐還復吞逡巡哀
止語始辨丈人安坐請具陳吾家世隷城東門無兒無食一
婦人秋來畢方作譌火譆譆出出蜚青燐天跳地踔痛呼暑
高門大宅俱成塵寒家羣少長物累褸裂領捷攜之犇雕面

何少年霜又白晝冷逕前探其囊欲呼又在頸蒼皇幸戴吾頭還敢計蹶趨折其脛我聞此語頷且吁溥天刦運無地無君不見句吳於越洎閩粵紅毛大礮悲焚如桂林片地倘樂土赫曦爾厚非汝痡婦聆我言豐而歪鋒鏑餘生彼多有莫問新豐折臂翁且詠東門折足婦

贈庭中石

中庭一小石頑髯醜可恠麤疎轉眉嫵以醜益其態涷棃老僧面皺鱗古龍蛻落蘚了不生崩雲色同壞有衰者宅山顛汝瘁蘇塊汝故傲不下强項靳一拜我亟拜汝傲袍笏盧汝嗷聊以況我詩我詩有人愛

秋日獨遊鉢園

絕境豈在遠我心與之深淵乎領眾妙遂造曇優林山水如我私將秋澹人襟旃檀逆風聞妙香不假尋闍黎善言說上有古佛瘖晚棠擢其華婀娜松之陰毋廼釋阿難媾彼摩登嫇嬰哥隔花語紅味將綠衿（與上襟韻義別）聽明郲不憐聲聞緣覺音寂音契泯泯空色觀悄悄晚來摩羅雨去去重沉吟

春日園居六首

一雀下檐端破我殘夢艾初陽曖近人薄寒斂猶在東風幡然來萠枿徯且戴新綠灩于酒盎盎攬春靄辛尸初作花婀娜有餘態草花不知名荒豔亦堪愛遠山好眉嫵渲以古雲

黛雲烘山欲活明媚不可畫此輩卽流連靜者心自會濁醪有妙理一壺兀相對

春林氣自佳春鳥語多悅吾心妙與逼遂物物無閡欣欣攬生意浩浩莫之遏幽人體天心花枝不輕折游鯈爾何樂三五相呴沫碧波映紅鱗倐焉掉尾沒春胡施而陶秋胡戚而咄化工不自知何勞夢中說

子弟亦何與政復求其佳樂哉車騎言玉樹生庭階阿祥晚放學抱書長揖來論語背瀉水占對心孔開龍豬不敢知且足散人懷弱女聊勝無宛宛相與偕誦得老夫詩連𤩽雛鶯諧如鼠莫如虎爲虺抑爲蚘我詩祇兩句教汝日萬回

好風欵柴荊我友與俱至風吹我友衣上有去年淚此時無
一樽何以追勞勩慰藉無汎言酬酢皆古意君看墻角花婉
孌亦相媚芳鄰一以夕蝴蝶斂其翅娟娟上娥月照我顏色
醉醉來君逕逕頽然吾亦睡

春服亦既成嬰春出城堧新蕪延舊燒四山綠嬛娟時聞樵
者歌繼續檇中煙亦有儒冠客抗論揖我前宵旰方側席草
野無遺賢春雷啟羣蠢蠕動飛者蜎云胡寒自蟄猥共腐草
湮媿謝客意厚其然豈其然羽者當在霄鱗者當在淵卿自
用卿法我與我周旋

愚生坐一懶百務不堪作世人跡其似謂是中有託小來耻

盜虛齒及面增怍侵晨聞好語鋤澤沒蹄趵徐起睬吾盎累累滿不鑿一飽不願餘鼓腹謠且樂芸芸與凡齊奚取去人邈

養氣

人生志不朽先貴養吾氣此氣苟毋餒浩浩塞天地三才藐吾中萬物皆我備夫豈假外求還我天所畀世人碩且好外强中則悴遂令七尺軀未死神已斃養之吾何術不怍與不愧俯仰使少慊振作猶客僞嶒崚態弗奴骯髒骨非媚烏獲奪其勇趙孟失其貴小之昌吾詩行間巠眞意海嶽困鞭撻風雲變淩厲騷七奴僕命朔臯俳優嬖有時放聲哭青史雪

潸淚忽復啞然笑黃土供翫戲韓爭日月光杜歎江河廢
年犇轉輪此氣永弗敝

短檠行

長檠爍爍犇鬭光短檠黯黯秋螢僵長檠豔發驕綺閣短檠
棄置且墻角汗青油素古蠹儒蘇炬熒綠西風前商聲琅琅
滿天地太乙下眎吹藜藜東隣鄙伯守財虜南油西漆照歌
舞癡蟾鈍兔過不行斗大華鼚向空吐可憐狠藉酒宍臭睍
汝一變禍之父鬧蛾飛去陰燐來一昔高明覷鬼語吁嗟短
檠汝莫悲詩書墻壁從古爲照糠甘抱寒燼死弗屑餘光乞
隣子

樧湖嘆 伯兄春湖先生寄墅

樧湖湖水一刀廣負手湖隄獨來徃湖聲日暮猶哽咽湖色春流仍演漾湖潛老獻識陳跡指點西莊在湖上寂寞移花濺淚開蕭疎荊樹傷心響高臺已傾曲池平庭草無人緣砌長廿年久廢鶺鴒詩孤詣宦諧魚鳥賞晛也昔建赤棒車獨坐南床氣森爽陳情表上因報錙厚本疏裁又宗昉荷　恩詔許歸蓬篳鑑湖一曲落吾掌竤蓬汎汎春水宅雨笠煙蓑吹五兩大兒赤脚舞獨速中婦折腰理烏榜佳日邀過郎君谷沙鳥谿魚供色養我特吳興釣碣耳肩隨諸弟侍撰杖杖南符輩讀書堂竹屋銅槃簋分饟當時此樂付唐捐今日追

思倏噂曩　天書忽賁東山墅星使還棄西湖舫小山叢桂不留人鸛怨狷愁徒夢想亾何顯遜毀滅性死孝麻苴殉泉壤況禁玉折蘭亦摧范硯錙經一榛莽平津東閤屈麓麃墩名非謝徑非蔣厶丌厶水記游釣初七下九餘想像仰攀嘉樹傷角弓瘨翫遊倏歎塵網門戸原無百年盛梁木誰能畢生放遠峯銜日鵖鴂嗁時有狙公來拾橡小園賦罷子山哀湖畔歸來還惘惘

西延謠十八首

黃茢黑箐峯插天湘源古道逼西延一朝鋤耰化鉤戟百里莽莽無人烟烏乎此屬饑民尒忍以毹蚍眎赤子安得艮二

千石渤海襲賣刀買犢歸春蕽西延變
全州城門朝不開壞雲如山壓城摧州官出丞市肆閉鷹犬
廼作鴟鴞媒百年豢養一朝力但願若曹知順逆湘山老佛
宋無言目極寒江湛秋色全州圍
城百雉申刻巳閉午時啟城四門東廂官守西弁屯北門鎖
鑰嚴朝昏賊氛在北故北城戒嚴尤亟城上烏尾畢逋啞啞白項鼓嚨胡
鼓嚨胡作人語城頭帶甲夜不眠城内探丸晝相聚城守嚴
五家一隣五隣一里一家若而人一里戶凡幾逆旅過客書
姓名舍人無驗汝則刑烏乎保甲政誠善行在平時非在亂
从來獄市容姦人育參戒在毋擾民保甲具

大纛穆肅風中招纛下應募來如潮購金懸爵意歆動磊落草萊出義勇桓桓壯士頭虎毛違堡近鄉趾接踵匪圍之難而練之急團而不練蟲聚烏合吾聞以不教民戰請君三復尼山歎 團練勸

朝聞官點兵暮見吏捉人爺娘妻子留不得哭聲慘慘天無色東隣有老翁一男府帖僉中丁西家有少婦新婚三日君遠行行行揮手誓不顧結束弓刀从此公 點留行

軍門來一騎飛落落五丈紅旗開蕭蕭萬馬齊銜枚班聲動地讙如雷軍門來軍門歸一騎飛千騎回 軍門來

居民犇走肩相摩傳呼道上官軍過睦嘮父老汝勿苦官軍

殺賊實活汝父老頷我言唯唯還否否前村捉雞後村狗一言欲辨刄在口咨爾官軍毋病民移此身手誅紅巾官軍過

擊柝擊柝憫汝邏卒九衢沉沉風雪騷屑夜行無燭古有禁況此搖搖風鶴信鞭撻甯越爲威名小晚取禩敢冒刑烏乎

柵欄詎若漆城蕩昨夜有人踰垣上夜柵閉

三要邊魚巷官吏呼捉人云自賊中來居此爲彼偵烏乎此賊黨不死一城灰飛頃刻耳獲賊李佳耀時並搜出薪油硝磺甚夥蓋儲以放火者

妖狐篝火寒烟澌泰諜屈肰戮絳市君不見東園已獲李仲清季彬計日行當平間諜獲

三更大雪苦竹坪半空泱漭㸒豨聲刀光片片翻急雪雪裏

模糊子章血夜郎自大民可憐常侍何等來从天我來从天

汝死無地夷塹鏟壕築勛飲至 竹坪戰

天陰月黑古戰塲碧火黷黷寒燐飛生也健兒歿國殤誓爲

厲鬼死殺賊賊兮不滅志不塞碧甃梅谿大橋側醳兵饗士

椎千牛誰把一杯澆毅魄 國殤哀

樅者金伐者鼓死爲馘生作虜俘囚啁哳向人語生爲太平

民不識烽燹苦賊徒掠我衝前鋒賊飽颺去俘及儂儂死拚

作官軍功一言敬爲官軍告入聲李廣殺降生不侯陳湯冒級

功弗錄 俘馘苦

妖星斗大隕自天來朝走報渠魁殲或爲雉經或兔脫賊首李世

得自經死雷在吳竄湖南爲楚軍所獲死者陳屍竄者過釜底游魂魄先奪君
不見周克亮胡趙成天順四年藤縣賊胡趙成嘉靖元年馬平賊周克亮妖腰亂領誠
憨生又不見一團糍五斗米喫菜事魔自戕耳渠魁殲
築扶翁襁負子出干戈返田里耘我百穀蕃我六畜今日方
識生人樂生人樂皇天慈飽喫飦厚作糜僕射如父兄宰官
郎父母圖成鄭監門詩繼元漫叟流亡復

大車彭彭載我糇粮車翻折軸旁有雀啄粟遺粒滿地無人
掬雀飛却啄死人夕夜夜月明語枯髑往往天陰聞野哭積屍
歎

古城東蒿艾蓬淒淒風雨泣鬼雄古城北桐梓柏惘惘山邱

成鬼國積屍一星慘無色不築京觀施漏澤美政曾聞古西伯

掩骼頌

喧鐃歌馳露布倡白狼和朱鷺簫横吹後短簫千夫喜萬馬驕毬門淵淵擂大鼓軍吏齊和軍士舞奏林光逹甘泉南匯永奠

天子萬年

凱旋樂

老翁嘆

天風吹樹枝上有烏夜啼何來一老翁樹底聲酸嘶翁有伶俜男膚色玉雪如哀年敢他望送我歸丘墟嚮者西延變羽書急於箭府帖下簽丁倉皇去鄉縣肥男行踴躍瘦男行逶

遲官家有程期那得還顧私洮陽戰城南勝負故難測游魂血污歸夢中識顏色黃髮送皓齒生汝亦何益昨聞隣兒還牛酒會親故佘日同此途歸時汝何處夜久語聲宋時聞泣嗚咽天明尋老翁抱樹獨僵立

老嫗嘆

哀哀巫白嫗曾有子與婦子婦況賢孝生孫未離乳子隸折衝營獨婦持門戶朔風拳馬毛慘淡从軍行白刃飛如霜絕脰捐其生婦聞色不變稍稍紅粧洗堂上慰阿姑床頭撫幼子空房鬼火清三更仰藥死朝廷風義烈恤典下九閽沙蟲死分耳敢望知姓名姓名知何益且瞑死者目死

者安知瞑生者一以酷兒曹得團欒遺我作煢獨誓將从汝
於泉下同朝昏訣絕還踟躕乳下呱呱孫

新婦嘆

兔絲不可絡燕麥故難炊嫁夫矢白頭一昔棄我為與君結
禰始憶昨謝家時爺娘持我踵祝我偕老辭三日為君婦迺
勉奉槃匜含意猶未申羞眉故常低君子赴沙場賤妾分去聲
空閨有淚不敢下恐益尊嫜悲解我明月璫脫我羅襦衣我
有錦流蘇四角香囊垂沉吟疊在箱留待君來遲少小得爺
憐教我能歌詩一謂新昏別涕下如綆縻

流民嘆

客行大溶江滿眼紛流離老翁棄杖走皺頸兒嗁飢蚩蚩我
婦子生幸承平時眼不見兵革耳不習鼓鼙朝糜暮餐粥雞
狗亦得攜山賊揭竿起竄亂如驚麇一夫發其難萬室生蒿
藜請看大澤中沴氣蒸積尸間有草間活一二鋒鏑遺我曹
幸逃死敢怨瑣尾爲憊喘雖苟延終作溝中泥況聞楚北澇
抱負來災黎豈知我里災猶甚彼處危青山黯無言流水聞
悲嘶安得豺虎息樂汝家室宜

車田避兵作四首

衰病將迎懶郁堪走避兵倉皇攜八口慘淡出重城陟嶺馬
瘏瘁叩門雞鬪爭羌邨在何許容計一㕓氓

此來雖小住隣曲要扶持爻老懽顔問兒童拍手隨墻陰桑
影静籬落豆花垂多謝青山色清暉尚我貽
澒洞連三郡蒼茫集百端道途消息梗親故信音難郵酒斟
泥濁畦蔬漬齒寒盃盤兒女共秉燭雜悲懽
歲月詩篇得風塵裋褐麄昔人賦萇楚大澤阻萑苻埜夢鳴
笳斷驚魂剪燭呼何當豺虎息高卧儻吾廬

自車田暫還途遇余七丈

意外重攜手相看片語無故人驚健在爲我立斯須何地容
高枕嚴城尚警枹安危尋築在謌哭且吾徒

車田邨

四郊聲一概役役羌安逃倉皇挈家室篤言適樂郊村人喜我至裓我塵鞅勞問我來胡爲慰我憂心忉殷勤赤倉飣地主爭招邀媼孺覥墻頭隔墻呼濁醪艱難愧人情飄泊幸所遭一爲厄屯歌出吻寒蟲號談深燭見跋缺月沉峯坳燂湯足爲濯剪紙魂可招瓦檠掛土壁心與鐙搖搖耳鳴聾鐸稀目警烽燧遥夢魂警風鶴貼席眠弗牢幸兹同谷游一枝寄鷦鷯比隣莫教惱童稚毋倚驕翻思圍城中身命如露泡客子常畏人魏文帝句恭敬古訓昭

平田邨

翠浪穲稏刬刬曲屈穿麥畦人行田水中汩汩送馬蹄路窮得

一村下瞰山之蹊豁肰忽開耶煙火暖林扉牧豎棘陽犢尸養尸鄉雞挂欄滿巃骨廢几餘烏皮濁泃欄甃無貼地圜一規鍋禬復俸達揖揖蕺姜妻邨有井四週無闌帖地平若鏡出汲皆邨婦道傍青邨塾高坐章句師童子六七人挾筴聲嘎咿元謂鼓聾耳絃歌一起之學道則易使敢告真龜知

莫邊村

小村百家聚臨流啟圭竇蕭蕭落葉中笪屋有寒色放鳧名自呼歸生途可識天然水村圖荆關難須得禨禯一叟老須古語言質郎從何方來隻身竄荆棘慘顏告叟老內訌紛蝨蝨有耳盍不聞盍亦謀所出而言郎過矣郎來白城域裕城

雖小小共濟百爾職隣鄉議保聚或向城中匿我鄉獨不爾
比戶但力穡鄉僻賊不來雞狗得安佚郎來亦復佳少住毋
亟亟靦顔謝父老再拜示之則不謂蜚提世近在郊坰側賤
子草莽臣憂天弗遑逸無公婦其休有緯嫠不恤見許分屋
居憊矣夯休息

力冲村

力冲益紆僻西與盂州連我來涂月暮虎落靜且閑茅龍新
更衣百室方斬然隔籬一犬吠剝啄低叩關婦子訝客來走
匿如驚豻桃源留道眞瀼溪狎次山我非車馬客于汝何猜
嫌乃有蔣秀才伯仲區符間情親額諡厚氣靜語不蠻對客

自捫蝨深言憫時艱單父漁者肅王道樵夫譚青青者子矜
況居四氏先逵客惜人情致此何幸焉烏乎鹿標枝獉狉赫
胥前誓移洄中家授此下潩田郝郝事畊坣氾勝書重編

廟頭墟

曉入廟頭墟朝旭鑄秋橘遙聞市聲鬨萬口人鴉一窮鄉尠
奇貨心臧惟土物聚如市趨亥散若室投戍蜑蚩貿布絲兒
啼索棗栗糴米木客唫燒畬獞丁出糲餌包綠荷濁酒釀丹
秫地偏縣官遠事向墟王質覘此熙攘疇慨憶治安日客從
城中來時勢欲致詰轉畏消息眞初從亂離逃華言與鳳語
茫莫究虛實幸同鶡冠子一韋六塵畢日夕牛羊下牧童返

阡術予亦浩然歸林風晚蕭瑟

村夜

一鐙危照鬢絲紛舉室彭衙避賊氛殘夜故人頻入夢遥天斷雁不成群松柟寂歷生瀟籟橘柚荒寒鬱莫雲差喜洗兵聞好語行看銷甲事春耘

小奴致西山泉

村居百事便潄流苦無所豈無獨眼井虒涔衆爭取汲多井水渾一石五斗土腥黏類魚泔鹹濇如鳥鹵渴羌守茶槍焦舌燥生腑或言西山陰蒙泉出深塢溶溶龍女嫊灩灩鶖王乳村人那知愛埋沒在烟鏻獠奴頗解事爲我致兩甀無勞

引筧分但假挈瓶舉此時沃雲漿七椀誰復數信行修水筒五字犒老杜水遞贊皇遺水符和仲詡吾今與品題一句足千古中泠鄙以下慧山藐邾莒寄謝桑苎翁茶經亟須補

再從車田道中書所見

一鞭殘照下西峰雨後嵐光紫翠重馬飲斷泉爭渴蜺雷搜深樹起乖龍水車處處翻晴瀑谿碓村村響晚舂猶是承平熙皞相不堪迴首去年冬

玉皇閣

松柏陰陰玉殿分九重閶闔晝氤氲千門御氣中霄見一曲鈞天下界聞上帝高居朝絳節侍臣肅立捧紅雲儒曹玉詔

新除沈碧落碑成待譔文

夢中作

丁未夏初夜苦熱夢信步至一處似是古蘭若選樹追涼意甚適也恍惚中若憶去年今日亦曾游此時當春夏之交積雨浹旬山水暴漲階下遊鯈可顆而拾距今一星周爾而井涸林焦鱗潛羽戢何旱潦頓異若此因賦長句紀之寤而僅記前半因采其意續成一律

去年春水漫臺階階畔垂綸卽釣臺從事驚心魚大上舊遊彈指鶴重來山花如火薰殀昊泥井無泉上古落風景不殊

今昔異觀河天眼亦慵開

對酒放歌

纁朱綬兩通黃紙標百萬孰云楊葉止兒嗁且可衣冠槐國幻儆褒笑蘇季塵甑悲萊蕪極知造物戲汝爾似此作劇何其痡三閭大夫不曉事呵壁茫茫叩身世似聞昨夜天瓢翻爛醉天公不省記天公醉矣我獨醒嗷嗷毋廼非人情東風浩浩花𡨋𡨋葯欄竹塢啼流鶯夜來華月晛曲瓊邀月對飲三人并舉杯勸爾天上之長星銀河屈注頗黎聲萬物一馬雙丸螢豈况螟蠃將螟蛉衹愁欠伸一蹴醉鄉失依舊飄墮囚山孽海之愁城君不見茱萸老人今鄭虔有才三絕寒無

擅盱江趙子囊一錢賣文翻令屋倒懸香簃主人蓄潦倒半生黐孽事不了三子者才眎我十倍多我眎三子坎壈無殊科胡爲乎出如鶩鸖處閉羸甘避千秋亭畔癡人詞人生酩酊遑求佗五窮小耗如我何咄哉五窮小耗如我何呼酒更進金叵羅

宋徽宗畫鷹歌

軒然一點飛破空素壁顥濸吹鷹風無端五國城外景移向艮岳神霄宮太清樓印鈐芝紅秃筆戲作淩霄容尤工點漆古無比寒焰炯炯生雙瞳當年禽荒遊畋樂味嫩書成繼月攫房山白與海東青攫立韝前寫奇格縞素漠漠長天開金

睟玉爪非凡材悲臺蕭颯霜翮下秋昊肅殺寒姿來嗚乎道君畫此意胡取圖像淩煙深寄汝鼙鼓應思將帥臣丹青且付雲霄羽火龍騎日雪滿天此際鷹乎柰何許吾聞道君畫鸜鵒跦跦似兆青衣辱何如皃作南飛鴻仌天雪窖書能通鷹乎汝亦愁胡仄粉墨嚀嚛且秋色落日青城淚霑臆

韓蘄王湖上騎驢圖

小朝廷戀杭州佳北望中原安在哉風波已鑒莫須有山水行歌歸去來英雄末路嗟髀肉汗馬何如秃尾秃長楸短轡汝好爲如汝人才俱令僕故將軍已等閒看異姓眞王亦大難老去釣魚本家世徽時卧虎夢門闌功名難處易顛蹶傀

僵槃鈐元自褻角巾東第弗言功手板西山當拄笏錦賺踏遍古西湖小令閒投仲虎蘇野店魚羹嘗宋嫂孤墳鶴子弔林逋岳家死矣劉家免更有循王坐錢眼中興四將孰如王一把雪從一孤騫閨閤知兵洗與朱張韓中壺總名姝清涼居士宜嘉偶冲正先生稱鄙夫䤋水湖流能滅火荷花桂子掐尤者非闗灞上客騎驢會見峯頭人立馬

縱言二首

太白負氣人自招不識字元晏安定儒撑犁問奴隸方朔知㤤哉蓄以俳優細敬宗對帝工忠孝轉不記古人薄蠹魚璅璅非所貴讀書不求解脫畧觀大義

集思廼廣盍自用終寡聞問禮復問官大哉尼山人好問舜以聖下問圉以文今人私公器秘若帳中珍太山受土壤四岳宗亭云滄海納細流萬壑趨東垠

有客行

有客闖然造我盧叩門詞拙口囁嚅闖單帶索衣鳥了揖之上坐問所須自言家貧廹臈盡雁行戶外客索逋一冬幸煖可無褐度歲安可無完襦有突不黔甑塵集籬空兒泣門東廚項來况搆八人厄立錐無地巢焚如願祈監河將伯助西江一勺甦轍鮒客詞未畢吾長吁先生休矣徒區區宋𦶜遠財十一國澶淵之會春秋書人生緩急亦時有朋友况貴通

有無顧慚洪厓赤打白彼此易地無差殊刮毛龜背鴻腹毳持去僅足供朝餔客聞鞅鞅觖望退顏色懊喪心慘沮階前白眼到僮僕屏後誹語弁妻孥送客還歸名與語妻者齊也交相扶信妻侃母可爲瀍戛羹蓐食何其愚能與貧人共年穀蚌胎明月言非迂至於臧獲職犇走安可偃蹇驕寒儒不見蹇奴張令撲不見驕僕韋侯誅慨思南阮繁有徒世無孝穆非無車東方先生亦索米南郭處士空吹竽柴桑一鉢貽寘報曾直十千曾書符烏金孰致溧陽尉送米安得陶胡奴傳先貨殖進游俠史遷微意非矯誣吾聞爲惠貴當厄龠合可抵天雨珠豈無多牛足轂輩乞憐昏夜驕中途但知殫財

媢津要郙解送炭賙窮閻否則銅陵傾所匱徒尒舉動矜豪
麤千金買笑十斛聘綈袍故舊翻揶揄間有援手拯胥井嬬
爾蹴爾顏非愉與人者驕受者畏嗟來之食盆楞虛不肰口
惠實不至甘辭挾纊慳簞壺不尒正色責不節言不入耳勸
勉俱凡茲嫭惱境種種聞者噤齘況受乎昔余推解頗弗吝
焚券還剜周親疎其來涓涓去哀哀青蚨飛散今非初救人
從井聖所絀巳饑巳溺吾其辜百家待舉晏子火卅萬誰鑄
燕公鑪所識窮乏苟得所吾獨凍餓薺甘荼悲來負手出門
去翳蕀逌逌逢餓夫卽看輯屨來貿貿更聽乞食吹嗚嗚

歲暮行

今夕何夕歲云除更長燭短一事無歲時荆楚重膢臘潑散
蓮上支屠穌書之歲華其可讀證目風土艮非誣中庭椒花
頌新婦藏彄埋硯明月奴錦綳繡褓膚玉雪含飴頗弄雛孫
雞平陽剪綵製春勝雙燕斜颭釵頭珠飣槃十様輞川景慧
心鑱錯桃梅諸菱谷紅紫盡不寐相約人靜迎紫姑老夫對
此懷衰豁且逐年少爲樗蒱遶床大叫擲五木袒裼一叱梟
成盧黃瓷斗中養綺石萼綠華亞紅珊瑚珽珠豔發黃玉瀞
歲朝掩映屏間圖年來疏糗粗自給謻臺無客來索逋叩門
剝啄者二子歲寒三友眞吾徒碧香酒餉趙明朮盤洲集和
洪景盧祭詩祀灶約共醉除夜三詠賡髯蘇惟竈有髻沈有

履塗糟未是盎釜談影堂時食薦所嗜瞻琴遺挂還嗟吁當年頤堂勝疊錦八千春祝靈椿株累碁搏蠍戲繞膝八龍五鳳同鳴呿老人一顧開口笑晚景藉可娛萊褕爾時此樂不知惜今日愾僾追形模傷心一自蓼莪廢接踵兩見荆枝梏鮮民之生不如死每逢佳節繇唏噓觸痟脚痹耳偏睟上池水煮軒光鑪入門屢吠徐勉狗銜鼓敢冀顏家烏邇來哀謝喜居內郎罷阿社團欒俱我慙季齊卿惪曜與俗客對甯妻孥入冬消磨能愈疾特健藥更孱軀扶却思去年此時際雷橫李俊封狠貙我時狠狽夜出歪彭衙盡室行崎嶇卽今澤格掃妖祲靈臺偃伯文治敷雖無漿酒與藿宍膠牙餳荐辛

粋蔬畊田鑿井飮　帝力濁醪滿眼安可孤詰朝相風自東
北乞漿得酒年豐腴好書欵歧剛卯印紅紙換取新桃符

薪女歎

谿邊女兒生事涼十五十六之鵶嬢雙鬟垂頸腳不襪垢膩
白足還如霜朝來漚麻夜澼絖不龜無藥柔荑僵日中腰斧
入山去十十五五遵微行侏儷傑佅昉三妹苗歌淒豔猺歌
荒前披蒙茸裔狌飈後踏巇巂衝巑獐合昏捆載聯臂返蓬
沓斜插花一當此邦坐男使女立持家健婦身手彊椽斸躬
纖饁親爨蘽碪瑟縮狠其尫法非鬼薪與城旦柰何女手摻
斧斤豈無殊色奪綦縞埜卉撥棄菅榛旁三挑郙省拒端木

半面便擬從王昌君不見浣沙溪畔誰氏女一朝娟舞傾君王秦家好女動觀者樂府猶演陌上桑孰非生成均羅幬頓遺楛菀殊行藏皺膚血指固汝分夜行多露宜周防不如舒姑死猶愈泉中時化鯉一雙一歌負薪杜老詠烏乎爲女切莫生菐鄉

題八桐陰對奕圖

平生涪翁坡公詩凡骨難企飛仙姿于公短處轉求似不解飲酒兼奕棋勝固忻然敗亦喜公不癖此還偶爲我則不知局幾道局外袖手忘戍虧丹青一幀作者誰要我拙句塵陟釐我辭再三君固請謂不能奕應能題我于秋儲雅未競強

人說鬼盃非痴無已請就卷中景婁言妄聽聊解頤桐陰滿地波漣漪文楸妥置平不欹一枰別色各烏鵲二客入定拳鸕鷀青桐之君橘中叟兵机毋乃通仙機旁觀一客懾鉅鹿爛柯王質或庶幾鬢眉映樹作碧色凉露滿身人不知如入盧山白鶴觀丁丁落子聲何遲想當兩奩收黑白桐花落盡桐陰移詩成自嘲還自解細推物理艮如斯人云知易不言易中有不足方言之際公文章歐政事舍長用短徒自欺文人紙上論陣法武士馬上談毛錐又如教坊雷大强使舞非本色語君毋嗤

杉湖十子詩鈔卷十八

小廬詩存　　臨川李宗瀛季容

答人問近狀二

香篝琴枕夢涼初枉譬[illegible]藍訊起居萬井人烟聱叟句一龕佛火竺乾書褭生欲伏南㮣鴿豪舉都非北路魚聞道靈符通赤甲金花朱雀定何如

贈桐樹

百尺龍門最上頭據來槁坐與天游憐君才大難爲用似我心孤易感秋半死半生柯不改一年一度葉先愁爨材敢惜成焦尾頗有中郎解聽不

江上

江上夫容老寒潮滿桂洲疎鐘烟際寺涼邃水邊樓霜葉烘逾醉風蒲瑟欲秋碧雲思日暮數盡木蘭舟

輓義甯協副戎瑪隆阿

滿洲正藍旗人起家乾清門侍衛道光庚戌二月楚新甯匪李沅發訌粵抵龍勝公適權義甯協事禦賊

戰歿

寶幢長白天東極陛楯名郎舊世勲嚼齒卽今爲厲鬼斷頭從古有將軍鴉遶眾水啼遊月燐聚桑江哭箐雲英爽定知劉鋋共狼山落日大旗曛

輓賀縣二尹賴錦榮

廣東順德人從吳宣三司馬甯藍峯刺史敗賊於水口乘勝追北至古朶與賊遇山逕嶮巇兵壯俱在後無繼者君力殲數人遂遇害

高牙大纛若雲屯豈意巍丞氣節存陶魯共知功捍境李波已分走無門敢言殺賊非臣職獨以捐軀報國恩地下忠魂應拊掌近聞弋得楚亡猨

輓永福茂才呂廷頌

杖官仗節已堪哀況復從軍出秀才暴虎豈同京叔狃繫牛忽見邑人菑死拋白髮危猶視生剖丹心炯不灰一賦國殤

天色墨惡雲如砮莽西頹

放生池謠 丙申年作

月牙池清且漪日皐皐風熙熙昔爲康涙水今也阿耨池大府此放生魚在在藻長恬嬰 一解 大府來四牡蹻前麾幢后旟旐廼朔廼望廼讌于池上 二解 有鰽有魦有鰷有鰱螺蚌蚶蛤計以千大府來放生大府曼壽千萬年 三解 傔從旅旅賓佐秩秩以歌以舞以飲食匪泮渙爾遊惟吾心之行休大府來放生大府行樂千萬秋 四解 相思江畔紛圓筏東江門外來于于捕鳩放鳩民競趨曰取以供大府須爭如不取亦不放魚忘于淵獸走壙 五解 有鰽有魦有鰷有鰱螺蚌蚶蛤計

以千曰殺以備大府筵枯魚作書與魴鱮我爲釜中羹爾在池之潊風波一失無處所六解　廼呼沼人廼命圍官大府曰吁來前有鱨有鯊有鰷有鰱螺蚌蚶蛤計以千七解　日云肝矣大府歸矣小吏盜之疇汝譏矣或貫之柳承以籚昨日魴鱮今枯魚八解　枯魚魴鱮未暇憐汝我民縱縱頳尾如許長跪白大府我民願爲魚鬻大府不語九解

跋李何相駁書并示同志諸子

人生貴諍友善長過則規唯阿盈一堂謣謣者去之又恐事過激道固爲逶蛇延譽嘗廣坐密室訓其非古人豈惡直所以全交期吾觀李何書竊歎友道虧有明沿元季風雅教寖

徽三楊高閣爾輭熟惟西涯獻吉弘正間復古號起衰登高
順風呼天下從而移時有邊與徐同聲塤應篪伸默稍後出
俊逸才不羈一見絕傾倒有如鍼引磁名將轉生忌外合中
漸離兩賢遂相厄迭復交詆譏始焉托責善終各揚其疵兩
家集故在公論終難欺合之則兩美離之則兩乖事定平心
求譊譊竟何施從來數斯疏聖訓天日垂矧訐以爲直安賴
此友爲故人甯惡賓郱怪公孫悲於虖門戶見勝朝錮習瀰
東林齊楚淛諸黨紛抵戲庸知文字中黙已啟其機誦詩知
國政厥咎詩妖歸我朝掃前陋蕩蕩夷庚夷朝野俱無爭文
軌同四陲吾黨二三子生幸休明時都無畛域判但有佗山

資斯枉固應矯過直亦非宜不見王李輩標榜均遺譏慨然成此詩以爲同志貽

題畫

西來不斷玉夫容滴翠流丹一萬重石勢摩空盤健鶻江聲出峽走驚龍記曾湘上浮單舸恍識林端露幾峯惆悵舊遊成影事披圖祇擬夢中逢

與少竹夜話明日奉呈一律

欄際潺潺響石淙一燈對雨話從容偶談巳事神先逴更瞰時名意久慵鈍漢如君猶鄉溜故人惟我最龍鍾周周銜尾蛩蛩餓慙愧吾儕作計惷

雨後白桃花

縞衺練帨白人愁帶雨梨花得似不光悅䈱容宜靧面朦朧
殘睡午扶頭卓家新寡粧初就息國無言淚自流紫陌紅塵
千萬樹一枝應待老江州

哀修仁

江頭野老吞聲哭江風日暮吹衣服可憐垂老更無家短髮
蕭蕭塵暗目晏州山城大如斗夜夜棲烏啄人屋歲維闍茂
月爲相白日升陵響刀鏃縣官踰垣走無地介弟頭顱血漉
漉青褎墨綬面縛來刲質蘇回勒貲贖我民無貲可柰何拚
死甘爲機上肉饑鷹一飽思遠颺空城雀啄空倉粟賊來不

覺關砦臨賊去徒勞兵弁逐松明峰黑墮鴉火修江水赤流人髑側身南望遠何時亦恐歸來無處宿翁乎世事一陂復但願天心悔禍速君不見廟堂決意用干戈早晚禁中出頗牧

哀荔浦

馱鈴郎當驛騎走羽書在背鞭在手昨朝纔告晏州亡今報荔州仍失守兩邑虞虢相比鄰唇亡齒寒勢所因魚頭明府變魚服掀逃倉卒先吾民畬民誓死狠兵瞋官軍敢矢枹不鳴鷲翎峰頭夕烽紫萬室一炬蜚陰燐溪莎碧火蛤蚧吠冷霧黑箐鵂鶹驚城北徐公古南路家在青山山下住不知揖

盜門誰開致令齎寇粮無數榮陽開府拔袂起帳下材官齊
伐步一封宵拜九重天七萃朝趨五嶺戍碧幢紅旆嶺雲西
苦竹陰陰鷓鴣亂啼帋錢麥飯新秋社野哭多逢石窌妻

徐四秬卿承瓚至自荔浦

犁旦客叩門隔戶驚聞聲披衣起相見握手心怦怦噎子從
何來毋廼非平生側聞荔江陷螻蟻踞市城盲風吹鬼火夜
半妖狐鳴磨牙擇人肉血流江水腥刀頭脫性命馬背綳孩
嬰子家青山邨廼爲賊所營夜望金銀氣朝斲草木兵遂令
虞氏樓墜甑寃難伸手攜最驕兒揮涕屬所親愛子從母走
隻身竄傴伶骨肉幸苟全逭計貲産傾此來疑再世漏及一

幸民願子勿重陳恐傷天地仁天地終無私藁街懸長鯨

九月十三日爲孫九齡試晬作

憶汝詩負初月戌時在子厲夜遽求火報我充閭喜喤喤聞過秦英物竊非儗衰宗得此寶豈僅添丁比三朝復彌月流光急於矢頭玉漸磽磽肥白瓠相似學語稍咿啞咳喔亦欣唏之無解識未翻擲亂書史大母尤愛憐含飴掌珠眎老夫作阿翁痴聾塞兩耳惟貪衰孫坐分甘桑果底汝父猶童心生十九年矣吾兒媿若兒汝豈値輙抵今晨汝週歲湯餅會姻里晬枓陳百物棄取覘臧否極知了無謂從俗聊復爾右印左提戈名將古有幾脊母學家公埋頭鑽故帋阿姊初扶

床赫赤走日裏見之強來攫相奪哭傷指咳名曰九齡京月
墮地始非徵帝予夢敢步曲江軌天人共久長摩頂祝延紀
字汝曰稼孫知稼堂搆美我慙知稼翁勗汝載覃耜遺硯無
范馨寶田乏杜氏但吟五字詩貽厥止於此佗年知六七教
汝誦瀉水

遥送閔𦳣馨之晉中

男兒不合閉車帷椽具箕冠短後衣碧玉晉祠人北去白雲
汾水雁南飛悲呼嗚犢河流恨醉獵令孤雪打圍柳問更誰
文似者參旗天半互寒輝

山鳥一首寄和少竹

小鳥低飛怯依人大是難棲枝何暇擇巢幕敢言安欲厎隨
時地襬褷惜羽翰故山有孤鶴待汝共飢寒

仲秋理架上匏作

以吾同不食濩落亦相於寒事親除架邠風正斷壺去毛鷰
笑鄭繫頸狗喰吳轉謙鴟夸用枵然五石膚

杪秋寄懷小帓富川

籌邊樓外莽坡陀俩眉江關尚枕戈白日放歌猶未得青山
遠計復如何十年長事袁絲少九辨秋悲宋玉多孤館鱖魚
灘畔雨定知一昔鬢先皤

一鸚鵡畜數年矣尚不能言戲贈一律

不鳴同木雁太息此山鷴似慣磨兜誡何妨啞瑞名禪機空

一切綺語懺三生摩背翻全汝吾思爾正平

一飯

雲子三春稻霜鱗二寸鬐錯喉祝鳩噎齩齒穩牛呵麄糲吾

甘飽逃亡歲苦飢艱難營一飯敢望滑流匙

道傍柳

猗猗數行柳大道接青門妙領隨堤意能銷望遠魂永豐坊

畔樹青弋水邊郵何似臨官路鞭絲拂露痕

江邊柳

灞岸斜陽外依依似漢南春驅人共遠此樹我何堪流水無

今古棲鴉故兩三郵禁渭城客憔悴賦江潭

寄唁獄中友人

烟客翩然萬里騫無端貝錦復蠅樊短檠曲袞吾同病圜土

銀鐺汝獨寃轄鳳攖羅悲叔夜石龜懷海詠平原解驂棄馹

今誰是我亦交遊愧手援

清明題村店壁

細雨東風欲斷魂南溪溪畔杏花村淩波不著鵶頭襪滌器

偏宜犢鼻褌雙頰梨渦明似月一鞭柳色認當門遠山窺戶

都如笑妒煞鑪邊綠黛痕

余以身世多艱聊習禪誦于覺義初無所得也澹仙辱

問以宗乘大旨愧無以答其意疊韻二首報之

爲厭閻浮窄逃禪借一龕儒門收不住梵筴苦難參井月癡猿墮天花𪁹蚤譚三伊何處問雪北與香南

幾時携盋塞長住淨名盦竜匪宵聽講犍椎曉放參枉勞居士問自笑老潓談四種啞羊啞將何作指南

歲六日夜過待雪齋譚詩即事有作

卜油挑菜明朝是夜火舂枰一味佳巨浸稽天休更問小詩郎境且須排後來位置吾何與前輩飛騰各有懷貪共宵分阿大語不辭泥屐犯籠街

人日野望

七日陰多雨雙江湅不潮春回山夢覺寒入市聲銷野醉消
村釀民風驗里謠欣欣羣動裏未覺太平遥

晚晴

木末遠天低烟光潑柳蹊夕霏多在水雛日不烘泥選樹鳥
聲樂穿花蜨夢迷司勛工小賦高詠石闌西

侃雲渠珠江夜游圖

珠江月出鮫人珠倒影白玉槃中孤中流海珠石一點潮去
潮來石不轉自從有月有此江今古遊人磨牛跡雲林孫子
誰與儔畫禪詩聖傾名流龍涎不向畝艇爇蜑氣還從滄澥
浮木蘭之枻沙棠舟四時甘毳船兩頭華鐙的爍明星稠醉

倚鐵遂驚潛蝷珠孃十五未解愁琵琶斜裛樽前撥嫋思古
意摸魚謳一笑脫與千金裘此生此夜省見不朝來異事驚
炎洲昨夜雲璈彩鷁神仙遊三城比歲欃槍吐萬室瘡痍換
歌舞越王臺下陳艅艎廣利祠前擊銅鼓俔生俔生君記取
承平盛事難追數好探春江花月詞譜入穗城新樂府

雨中蟾仙少竹見過

春陰不離瓦屋背碧苔淨恒飢鳥鳴沙殢冷草色病瞑坐兀
如愚雨行何以聖到門黿曳泥據石猸入定本來無可說了
不知所應日夕出不辭飄鐙雨腳正

悲淚

無量阿僧祇世界盡悲淚願聞華嚴偈從悲或入智家有音
知識拊掌大笑之未決愛河水爭溯慧海涯

喜聞官軍大捷

么麿羣醜爾楚粵淊馮陵乍喜書飛捷初聞涕滿膺前禽驅
莫失困獸鬬猶能勞苦四甄將移和趁飽騰

偶題定粵廢寺

望裏靈光尙巋然漢家都護此屯邊結藍欲藉能仁力化碧
猶思殉義年一自丹霞燒木佛幾經鉛露泣金仙粥魚茶板
俱銷歇三兩殘僧閉閣眠

江晚秋泛

虛舟卧與江流東五兩獵獵隨樵風畫圖苦愛草衣子詩卷自攜長帽翁翠羽浴波濕金碧錦鱗映日紛青紅最能且綏廻帆鼓待看樓臺烟靄中

瘦馬行調居梅生

銅聲剝剝敲鞭知日昳犕馬橫街歸街頭小兒齊拍手笑指先生窶蹇來先生身瘦馬不肥馬與先生長苦饑堵墻叱硉烏啄背此際人馬同蹪頹酸嘶聳鼻淚雙下人非其人馬非馬按圖索驥多相肥行步雖工誰顧者黄金匼匝驕龍驤回頭却顧我馬黄斂跡避之趨道旁道旁打衣乾葉病短策撾扉卧庬應先生托汝以爲命烏乎世上小兒疾走多馬兮馬

兮汝柰何

病中示内先是婦病風痹逢秋必作今秋益劇而余亦

遣小極枕上占此示之

鬭藥頻勞汝而今鹿脯求相憐竟同病忍使獨[illegible]敎子還

交勸癡兒未解愁秋風正牽手休補木縣裘

病中少竹枉書見訊自云亦以微疾止酒其閣中藥烟

且未斷也感其遇與余同短句奉柬情見乎詞

醉竹正宜醉秋來樽屢空若人無病病其婦亦同同書燈兒

剪碧繡綫女操紅等是多情瘦藥烟吹鬢蓬

過湖西庄與春坰湖樓看雨薄暮月出慨然有作

西莊高閣坐來稀堆壘城頭卓大旗尋罨湖雲飛片片綠篩簾雨織絲絲一家合向樓臺住二客同參水月知如許清光亭館異新蒲細柳自參差

瓜棚

翦條柔蔓走虬龍碧玉能肥豆筴紅婉變夕陽惟老蜨商量寒事與秋虫三更風雨戰聲合九月霜天塲務空寄語園官莫輕摘蔬蓑羮待露華融

父老有勸余鄉居者因託買田爲他日躬畊計書此代券且堅約焉

欲卜南郵宅先求下潠田有家仍未定負郭敢辭偏禾取屢

三百人須耦十千從渠譏許汜晢辦買山錢

孤燕

燕燕來何暮孤飛易後時猶餘紅縷繫無復玳梁栖夜冷眠
難穩春華夢不知小樓闌盼盼相待盡情啼

德公於經舍傍襍植花卉方春爛然題四十字詠之

菩提本無樹般若亦非花澆以功德水抽爲智慧芽道人空
即色法曲正而葩却笑鶴林幻香嚴寶相華

錢石葉少府將遊桂林以其曾祖文端公　高廟賜
杖寄湯雨生副戎琴隱園雨生爲作寄杖圖屬題得

七古一首

尙書武肅孫幾葉思公奕代纓緌接一枝靈壽尙方珍天子萬年臣九十直廬蓮炬仍家機公有直廬問寢夜紡授經二圖少小南樓秉母儀三徵古有明承烈二老今同沈亞之山中宰相歸來早仍拜君恩賜扶老省中績紀白雲司林下游資靑玉篠文孫模楷高曾風九節傳家魏笏同倚來戶牖愁飛電擘去江湖恐化龍將軍能文不好武苔卧綠沉何氏圃新圖鄭重寫眞形故物摩挲藏外府引行不藉力猶勝帶水簪山到建陵惜未鸞驂攜短策空留鴻爪伴行勝異時歸訪琴隱叟直兄先問平安否扶鳩想見候門迎不定浮光重入手

遣瘧

百病從所攖惟痁實太酷支離一榻閒朝暮判涼燠或爲八
蜡冬或作三庚伏纔離焰摩天便臥藏冰谷四肢半死生一
日十寒暴漫膚拭多汗噤肩凍起粟短箑倦拈搖重衾卷瑟
縮山陟大頭痛坂駛小身毒洩多鼠拖腸嘔劇攞出目海湖
應時來瘧市間日卜能爲君子病廼遣壯士觸圖無桓康形
政緬殷鈎牧譚祛魄張詠草療尠郎璞醫師鍼灸施巫覡詛
咒續强起陳短詞敬步昌黎躅汝本水帝子託體維胄族胡
于臭穢中求食乃得辱夜夢爲我語長桑所未錄兹豈職我
由汝疾實自速其中戰陰陽萬念轉孛轆炎涼見於面兩手
憤翻覆疾乃乘間來譬若形影逐汝胡不自責歸咎但吾屬

但能平乃心去汝弗待促再拜謝讜言內省增覺愆君子貴
返躬大易戒迷復如聞石虔名勝擲子璋髑

茶聲

明河夜碧秋無影風漪滿地桐陰靜交疏凉夢一絲廻併入
茶烟深不醒茶烟貼貼簾波㦸紗帽籠頭妥疎竹泥鑪吹火
嬶青唇石臼舂雲童赤足初聽蚓竅蒼蠅聲車輪轣轆羊腸
鳴忽變喁喁小兒女碧紗如烟花欲語晴空飄瓦飛雨颯琴
筑錚鏦落禪榻又如一葉泛江天拍枕灘聲爭出鬧大江前
橫陼月涷下有千家萬家夢宵分灰冷咽瓶笙清露無聲襟
帶重

題徐曰谷紅芍藥齋詩卷

銷寒集記方方壺坐上一叟徐秋夫家傳鏡經九折臂老習梵筴雙跏趺翻階憶汝紅芍藥倚杖過我青珊瑚碧山社散此遺卷常調偉長今在無

採蓮有寄

露華夜碧罨銀塘靜婉新歌好寄將荷葉無光難作鏡藕絲縱殺若爲裳凄凄風遂月千里嫋嫋夜絃秋一航解道憐儂悞憐子口脂吹散媚孃香

三過車田作

嘈嘈晏公壩來往凡三者青山笑于人此客何勤也其時鄉

人儺村村大作社棠俱舞婆娑侲子歌嘔啞土風觀不易上客請安坐維神福我民豚蹄答神嘏使我粟如土使我羊如馬明年重報賽較勝今年且上客儻能來草榻當主我

與車田父老

憶昔丁未冬出走西郊徧茫茫喪家狗丈人幸哀憐嗾犬槿籬下驅雞桑樹顚不知作客難愧荷丈人賢厚意久不報於今已三年三年復來過握手續舊緣疲馬望門投蹀躞嘶不前西風何蕭蕭吹彼東菑田田空刈稻了婦孺欣欣然賤子亦猶人瀾淚仍塵顏請爲丈人歌深情難具宣

跳端公

奏匏笙擊土鼓歙幽歌揚盾舞鄉人酺神神福汝端公降神作神語神之來從礽礽神兮逝般裔裔送神出迎神詞神大懽喜端公知端公知汝民無夭札汝畜長蕃滋黃金四目本周禮禮失求野幸有此今之跳端公古者方相氏

肩輿中望前村楓林作

落葉聲中度筍將鬣魚風緊一天霜幾叢丹樹延殘照一帶青山似崟陽

暮春聽雨憶去年花事

去歲二三月春游簇騎曾風光太飄蕩花事正曹騰舞蝶低相趁啼鶯怯不勝小樓今夜雨愁對讀書燈

索小芸棣畫蘭

木頭老子所南筆季父善畫蘭晚自號木頭老子點葉勾花能爾爲小弟丹青家法在大夫哀怨國香知佳人絕代居空谷爲我春風寫一枝更彷雪窗兩翅楚黃蘂幾箭吐葳蕤

得我齋書郤寄

經年盼君書書來紓我臆旁觀色爲動事定痛猶憶不知局中身曷以勝此極青山去君居曾不牛鳴隔嘗聞富以隣眞見鬼瞰闥搜牢磬筐篋鹵剽散委積君莊盡下戶嘍囉前復郤鵓犢賊茀瑕罷氏拾所擲君時挈室家弊絮履荆棘危衙猛虎過嗔蹴白骨壓尤憐襁負孫背上嗔反側掩口號長闇

皺頸飢忍摑阿翁足雙繭伶仃老無力平時窘跬步此夜里
且百事急神明扶身賤筋膂盎稍聞蛾賊退庶幾德喘息歸
來四壁空一慟烏頭白數行題報我縷觀述所歷詞翰寄昭
州招魂楓樹黑

久不得少鶴書客從都中來者述其近狀甚悉占四十
字寄訊

東蓴塵十丈袞袞鐵輪踠莫倚閒無事拚教醉似泥北書稀
雁至西夜聽烏啼余亦支離甚空函恕孏題

次韻答萬壽崖表姪見贈

四郊多壘戰塵昏對此茫茫郁可論君有重幃猶寄廡我餘

雙鬢兒衰門篝鐙風味鉛丹老蒯緱星芒布素尊珍重詩酬王評事兩家喬木幾株存

焚誦餘暇偶書

風輪火刼悔來游況値滔天洚水流涷雀也知生處樂畸人須向死前休毋陀羅現求垂臂妙寶光飛不動頭夜半孔賓誰喚醒僊居西北有高樓若農范翁濬於道寓吾家倚秀樓

花下獨詠

草草情依舊花花色斬新蜂游剛卓午鶯語最憐春託酒多因境將詩大有人但令心賞健容易著閒身

春日出部寄懷澹仙用前韻

步屧東風裡鶯花也自新草香知漸煖江晚欲流春聚散關
吾黨艱危憶故人高粱炎瘴地好理客中身

晚餐

罨飯茅柴折脚鐺晚餐并日費經營春山尋雨燒豬味秋壠
黃雲嚼蕊聲庭樹從渠無恙子鐙花伴我可憐生石交頗怪
洪駒父苦向人前說姓名

明霞墓 地名桃花林近壺山雷酒人墓相傳某巡撫遣室也

夢遠朝雲莫可尋女墳拾翠草深深桃花想見春人面楊柳
能牽少傅心吳峴苔荒猶墮淚苕谿葉落不成陰爭如埋玉
陶家側踏踏歌酬簡簡吟 峴山麓有墓題碣云石蒲齋侍兒明霞墓明李可賓字貞卿官湖州

司李明霞乃其侍兒石蒲齋其書堂也苕溪十錦塘亦有才女明霞之墓按李曾官湖州殆即一人而好事者所粧點耶

秋城寫望 庚戌年作

秋色横空來蒼然滿城郭一鵰俊盤雲流碭青天廓千林失蔚薈萬嶂露崖崿憑高一南望戴斂蠻氛惡豈無草澤資決𢌿應鷙搏時慳事多迕會至執須作哀哉陸梁地人鬼晝相錯戰深氣悽愴兵後色寂寞憫彼民力艱欣此生理獲西風動植㪅邨邨痔錢鎛欲知艾獲豐但聽鳥聲樂

三從軍行爲韻棠棣作 并引

韻棠以罷别棄需次粤右連權大墟容墟司馬丁未西延猺匪庚戌楚新甯匪之役俱在行間今年春復

以桂平會匪事奉檄來省垣屬余作歌以紀顛末爲
賦轉韻長句一首而吾家今昔盛衰之故有不能已
於言者俱於篇中見之韻棠亦將有感於余言乎

阿三捧檄梧江至綬綰半通官半刺緹衣韎韐鐵裲襠云是
從軍第三次朝來過我乞一言爲紀請纓後先事我家世住
大江西遶握鹺綱越海湄畫舫青帘百花球蔬郵老屋五楊
谿是時鹺尚場務足十八舖邊重卜築雒中甲第擅瓊厨吳
下園林豔金粟公子春遊細馬馱珠孃夜度摸魚曲玉犁犀
犬豈常嬴十萬青麻信手傾門題賣帖烏誰止架散藏書蠹
不成犫尾羅囊餘長物素箏濁酒一狂生可憐崔煒貲殫盡

佳麗明珠夢久醒王家龍虎嘯能量縱理翻成食肉相西園
官爵算緡泉南海衣冠徧風盎緜來司馬作貲郎何異才人
嫁厮養汝南佐耙來孟博太守宗資惟畫諾猛蚼地忽孕萌
芽利器天教歷盤錯洮陽丁晬迨雄虺梟鵬烏春石磡摧大
王僞署延溪長小隊遙從凱里來搜山唐嵩霈賢切霹靂軍
符火急催步光出匣鋒初試橫草功名始者回上章之春畺
索儌荆楚千烌稱剽輕但知魯析近聞郗敢云秦盜颭從晉
汝時一旅戍蘭麻記取皇華此重詠錦衣齊唱白狼歌大旆
徵還曳落河豈謂謠言息猿母更勞諸將討堪哥布山謠應
蔭家糴張魯妖邪轉相傚務回爭爲黷湼文果頭竟僭黃明

號大夫從事獨賢勞之子受才況雄鷙手板營趨細柳屯（周敬修開府）牙璋砦逐摩雲到（李石梧欽使）潘生行折邑州鑾决勝符聽捷三報騧騎白鼻冶游郎金版珠韜疋末遑如何絕幕搗神筆屢見偏師縛鬼章爲言著雍夷變激運籌曾佐楊無敵（誠村參贊）紅毛碧眼恣鴟張蜚石旋風司鷙擊（君時預修礮臺）要知此日丈人貞猶是當年弟子職（君出參贊門下）自憐七官文士爾藤峽銘勛望吾弟飛騰本自蒼龍兒細黠莫甦黃鷂子

首夏春樵司馬招同人蓮蕩夜汎短歌四章

風催麥信梟瀝孀沙碧雲涼波一翦野舫五尺人兩三葭薍沿緣不辭遠夕陽獨立風捲衣櫂舟期我蘆之碕蹴起魚羣

衝煙蜚

高陽使君漢陰翁笑拍銅斗攜烏篷二客從者游與洪南屏少竺舭舩一櫂捎近局采采水芝摘湖目縹碧琳腴玉練榼酒鱗瀲灩蘋漊綠

煙蘿雲樹交扶疎藹窩遙指先生廬先生屋好烏亦好舒宣合昇藍輿造閉門不出春歸了白頭冷掉寒蟹呻團瓢咫尺如參辰惜翁居瀕湖泊舟其宅傍挌之以病謝不赴

煙欲暝湖始波東峰悄悄昇纖阿風露亙天如夜何衿衫貼妥生秋爽格磔沙禽詛歸榜撾鼓廻颿衆山響

子夜歌十首

吳中市細布未下市織絺不圖持作好但取足下䊵

明珠將作彈打起黃鶯兒莫教彈蟢子爲解屬情絲

儂心君不見見之亦成空黃雞催日曉祇待天明儂

他儂任就宿誰我終相憐䳄以狄而芬儂以歡見妍

聞歡有異心低徊不能絕手擲玉連環中斷爲君玦

聞歡下揚州送歡到石頭殷勤咒江水莫遣向東流

石頭城下水朝朝去復回一絲流不斷个是古秦淮

與歡對門居生小長干里同是長干人共飲建業水

金壺漏漸長冰簟涼初捲妾意冷於簟中宵待君煖

簇蠶復添梯蠕蠕細於蝗待得作繭成直爲纏綿死

里婦有不獲於姑無辜被出者爲作棄婦怨二首

掩淚登車路回頭竢著時極知姑不惡祇是婦難爲弱蓽級磐石飛花戀故枝沈園他日遇莫惜數行詩

縑素無新舊麻菅有是非孀臨分後鏡猶着嫁時衣葑菲道旁采蘼蕪山上腓東南嶋孔雀忍背故雄飛

有學子譚詩頗涉從同又害害於毀譽得失蓋人我相未化爾懼其入於知見障也爲下一轉語曉之不足云詩作有韻偈子觀可

人天因緣孰大事如是我聞佛出世等閒一滴曹谿流拈出西來微妙意宗門精子強知味嚼死如來拾牙慧轉法華非

法華轉陳陳睥販誇生計隨身竿木作麼生枉被旁人喚竹篦狸奴白牯競分席狂象毒龍信難制功德天卽黑闇女出奴入主原兒戲廓然無聖眞吾師埽除語言況文字從茲一喝三日聾打破虛空成粉碎

秋夜少竹以避瘧枉過奉柬

故人行藥出凉夕枉淸言豈是功臣閣新停濁酒樽時以疾止酒辟邪空挂壁郭索漫懸門從古悲秋客西風例愴魂

過聯瑚學舍

袞師出就傅十笏讀書堂竹屋簑盤具紙窗鐙火凉未嘗教汝諂春匆得吾狂秉燭自傷晚無孤朝日光

湘皋先生出其大父松堂讀書圖屬題

我家庭下七株松臼甲蒼髯廿載空竭撫遺圖思尚友鄧旭隱連城之石嵒有齋日尚友更因失蔭愴吾翁霜皮溜雨喬柯古石室匪書世澤同昔日孫枝今老幹咿唔仍出一堂中

出郭

清江白石抱城廻平楚蒼蒼極望開一片夕陽鴉背閃萬山秋色馬頭來登樓有客如王粲盡地無人似李悝粵田頗未盡懇荒戰伐況聞新鬼大黃昏野哭幾家哀

聞官軍進攻永安州消息疊前韻

濛蒻崢嶸殺氣橫兩頭掎角虎牙營時烏都統由南路向提軍由北路分道進兵

攖城殘孽窮猶鬬背水孤軍死是生路出多岐防逸寇山巇一簣戒驕兵裹氈縋嶮何時已粤道難於蜀道程

立春後一日伯韓招集齋中看紅梅次韻

紅梅勝以格粲粲瓊瑤株譬猶衆女中靚彼林下姝忽爲壽陽妝不改姑射癯瓶頰薄暈廻一洗脂粉汚主人花御史作使長鬚奴春盤細生菜判斷春之初招同我輩客盎釋欠襟呼立山况送喜民氣靜且娱豈無一二公天柱隻手扶吾徒庶爲樂芳樽錦屠蘇夢雨飄華鐙低映紅襜襦吟成同叔句繪以无咎圖君家夫容館近在城南隅有如紅羅亭廻風絳雪龕山齋今見此數點回凋枯豔魂化雙身索笑仍躊躕我

家莊畔樹倩影垂槜湖天寒倚修竹翠裹遥憐渠西岡更載酒請召南隣朱

嶠西

嶠西巖壑鬱蒼然十萬横磨劒倚天大澤龍蛇寒不蟄五谿蠻獠莽相延時平山子爭供賦事起畬丁變控弦從古攻心眞上策撫綏端望後來賢

吴興

五年儒雅領中丞運策籌邊病未能如此老公綱惡馬何殊禪衲放豪鷹荷戈萬里　恩猶厚褫帶終朝賞謬膺稍喜鄭莊稱好士輣輪歸卧尚吴興

前意未盡又拈得横字韻一首

無端雕悍起縱横鬢縞心灰灞上營棄障笑同窮塞主攀轅泣送幾門生重來邊佛成和尚歸去桓公但老兵我亦臨岐勞識蔑西風和淚灑烏程

槲湖十子詩鈔卷十九

小廬詩存　　臨川李宗瀛季容

側聞

側聞哀痛　詔書宣　父老懽呼轉涕漣　天子明知萬里外粵民患起五年前乞降孫布甯虞詐胃級陳湯已賞延汗渙夬揚新政美寄聲群盜莫覦邊

少鶴農部以黍相國軍事使粵駐節榕城重九前一日隨相國之陽朔詩以送之

韎韋偏裻護蘭騈東省蕭薌二妙偕丁心齋農部同時奉使持節馬卿歸諭蜀行軍韓愈佐平淮碧蓮暮攬千峯色黃鞠秋深九日

懷君嗣豈因丞相敬卽看迎送徧天涯

梅生以二樵山人手書貽黃虛舟詩軸見示

霜角吹空秋滿衣一編持似草堂詩老巢雄鷙古窮者狂簡孤標今見之埜屋蕭鐙寒雨暝江村歸艇暮潮遲黎黃蹤跡吾曹在四百羅浮㑽合離

倚樓

有數行藏定無聊徙倚空雁天霞外碧鴉照雨邊紅河北猶傳箭炎南尚伏戎沃洲如可買甘作鹿皮翁

方塘卽目

方塘閒眺夕陽低鼉沸蜩鳴聒耳齊薇日霜萍隨聚散牽風

水荇任東西本來荷弱難勝柱未信蓮清不染泥有幾遺魚勞已甚兒童莫浪一竿攜

初夜對雪

窗紙明風窸窣乾不知積素廣庭漫羌無明月來相炤劣有梅花共耐寒却憶年時東閣夜頗同樽酒故人懽而今撫境成孤賞漠漠江天倚杖看

自題小照照毫不相似故詩云云

孰畫混沌眉置之邱壑下妻奴問伊誰答云正是我時似不恒似神得形可捨生無諧俗韻連蹇固其所褚蘿笑尖危王令慙玼麽覽鏡時欲撲腐毫難自寫而責世俗工額出性疎

野年來讀蒙莊頗悟色相假呼牛應以牛呼馬應以馬謂此眞面目一笑胡不可必云此非吾本來安在也

題趙飴山集後

西江宗派新城格兩集精華映後先莫恠闗弓親串始涪翁宅相有師川

池上

小池殘暑回幽事坐相催日色暉暉靜風襟貼貼開濠魚知我樂沙鳥見人猜劣有鳴鼉聣麗容浴雀纔竹陰香入茗荷午淨兼苔愜意闗飛動孤懷獨溯洄草堂白傅詠水檻杜陵才向晚凉逾好隔谿山雨來

初秋聞雁寄懷少鶴越中

聽雨高齋夢不成暮雲無際大江橫故人東去經三載新雁南來第一聲賀監湖邊蘆荻短越王城外稻粱平越王城在興安封書兩地俱懸汝之子秋風尙遠行

秋齋晚坐寄懷黎鎡伯

蕭齋兀坐意不極雲緒風襟非一端愔愔竹色可憐碧泯泯花枝空自寒酷憶故人軫眠食別來無使問平安江湖滿地烽煙黑信有人間行路難

小除日寒甚

去冬地氣南猶北橋上何人識杜鵑又見土牛除漢臘如聞

老鶴語堯年楚氛近接湘源境蠻瘴遙連徼外天多少鐵衣
寒似水擁衾兀自怯房縣

欲雪

風色闌珊換歲華峭寒簾外似天涯拳枝不動一雙雀落葉
亂飛無數鴉壓屋雲容疑中酒出檐煙影正烹茶此時最憶
東園裡瘦竹疎梅幾幹斜

晴

朔風一昔凍雲開澹沱烟光轉綠苔得意鳶烏迎熯噪報晴
鐘鼓破空來故人辱問憐多病大造何私養不材飽飯殘年
聊自足新霜明鏡未誰催

讀霍光傳

寒夜讀漢書快哉下酒計永懷暉業言那待張公謂蕞蕞霍子孟質美學猶未宿衛孝武朝温温無所試徒以小心故主知遂默契榻前受顧命孺子輔非易一朝管蔡誅再覩文景治柰何立昌邑周兄故無慧始焉謀不臧終乃計出廢長信婦人耳秉命實專制敬謝田大夫使我至今悖遂令震主威芒刺若在背空負周公圖而無伊尹志後來莽卓輩藉口輕易位郗超勸桓公亦責阿衡事舜禹吾知之揖遜且滋僞

雨過

空庭雨過嫩凉催一桁湘簾綠上苔好是青天雲缺處千峯

翠色越窨開

芟詩

化工槖籥弗自秘落花水面眞三昧大千雲錦天爲章吹萬
風簫地生籟江波春綠翦翠羽霜樹秋紅點猿淚感通潛入
詩人懷直以文章師大塊混茫元象極開闔廻薄寸心與蟠
際可憐力爾塗尚遙釋階登天曷繇致龍鐙朱墨耿相對璧
尠無瑕珠有纇杜陵老去渾漫與蘇子興來半游戲平生東
馬矜萬言抵死南狐嚴一字繁枝務盡孤卉表莠根不除穎
苗害與留疷痏付噍黜拉襍摧燒意艮快從來情鍾正我輩
遺簪敗履忍輕棄刳茲敝帚自享入掐腎鏤肝非易易晤談

怳接亾友欵撫境重撝異時澌飛不假翼敢護前或以人存
或以地吾聞精進慈氏旨又聞洗伐僊者事大還九轉神丹
成六根一割慧刀利雖多奚爲聖所訓以少見珍物始貴請
看三百逸三千猶歎無邪一言蔽

聞蟋蟀有感二首

墻根籬落費搜尋草露氿瀾一逕深汝豈不平勞訴語感時
余亦倏秋吟

分曹角勝兒童戲床下何殊蠸鬬紛恠底年來蠻觸戰百蟲
先已號将軍

私鹽歎

小舟三板飛輕梭私鹽滿載逾千馱私鹽值賤色轉潔售者旣衆來者多何來官舸高嵯峩畫江巡邏飾鈔鑼大舩出錢徑賄放老板洗脚操蛋歌小舩無錢不得脫三尺法網攖禍羅豈惟鬬魚鬬所舍士牛背耐鞭笞苛我維溥天之下盡王土粤淮畛域分則那蹊田奪牛況巳甚申叔妙語東丹訶於虖米鹽細故爾動釀殺氣尋干戈宅家度支詎可漏愚民鶩利輕條科曷如榷緡弗限地延陵舊史言非頗吳縣吳侍講慈鶴詩有云我謂不如弛其禁貿遷往來置弗問但使關津計榷緡何須淮粤分畦畛君不見學士鹽相公鹺舳艫銜尾關津過錐刀柰爾蚩蚩何

西洋醫

置之死地翻生之桐君雷公謝不知佛圖抜絜比邱浴(見搜神後記)幻戲烏可通黄岐客言膺吃黎醫術鍼石弗用憑刀錐爇其手足傳以藥劀膚剶腹何神奇關公刮骨療羽鏃開道鑿頬抽金鈚自非壯士死不畏譚者變色聞顰眉胡爲受者瞑眩了無苦治者談笑功能施殺人豈豈以生道十全爲上無一危豈惟素難所未備周禮空自傳醫師我聞天台宗伯昔墜馬治法亦同蒙骨斯(蒙古醫亦用刄治與西法畧同乾隆中齊少宗伯召南墮馬腦出上遣蒙古醫治之裂生牛革裹其首百日而愈)泰西迤北俱有此那得中土無此爲豈知滌腸浣胃始跗鵲(俞跗扁鵲)頭風刺血華陀遺亦如冉求算書日本得疇人天學稱東來從來失官四夷在一端可以干端

推身年四十同耳順飢嗔飽喜弗自持歐羅巴西庭尸耳我欲棄桴浮海居九夷

鳴雁詞

雁門鳴雁鳴啞啞剄礬勁盧遍天下北山有網南山羅口銜蘆荻避則那四郊嗷嗷未安宅飛去何方生處樂一聲淒唳天微霜秋水生波葉黃落洞庭南去瀟湘陰稻糧滿地菰蒲深丁宖弋人莫輕篡思婦樓頭眼雙斷

谿邊

谿邊花樹林烟水愜幽尋雲晚態娟妙山春容淺深病能堅道力老漸淡名心鷗鳥猜何事吾方愧漢陰

小滄見過談藝翌日賦長律四十韻贈之

日下衡流執天中復古時欲我滄灘柱須唱大江詞有嫩季平甫於禮臨濟兒詁經堅守鄭獵碣遠探岐維昔占紅豆君工太小令自署紅豆詞人羌初戢紫芝鴻軒交締久麈曲請陳茲尊父皋比擁諸生鼓篋隨角摧雄五鹿掌舐兀孤羆賤子後堂與郎君東閣睍巳聯姬姞偶更辱紀群知尉祖書容借王生酒屢持北園觀鮑老讌時文讌多在城北李園南郭並牛醫君家城南香甫鄺焉俄返樵陽籍攜將故物貽道光戊戌君奉月滄先生諱遺命以著書硯歸瀛倚廬楹待發塵鞅路分馳謗有難明者賢甯督過之古懽重拾墜新得一爲披卮論談工藝遵聞信不疑唐音武功癖楚些子淵推於近人詩

九嗜惜抱茁灣二家解愛無人愛多師是我師吾云亦爾爾口衆獨期
期倚麗飛騰極欽𡸣歷落爲援鶵非以手相馬豈惟皮此道
荒蕪絕徵君振迟誰而何別來作所造邃如斯盧蹻遊殊祀
竜門氣始奇渾河橫逖楫泰岱拂秦碑醞兑餘杭姥祠瞻少
室妃帝城雙闕迴王氣六朝澌裨海歸囊括篝鐙話漏移天
方憂杞壓歌易慼梁噫儒者諳籌策肫然本郁離敢提兵未
厥出扼遝紛歧丁未西延之役君帯壯屯苦竹坪笳鼓曹公詠山河吕氏稹
三刀徵盜夢一矢檄聊遺試聽鯨鏗鉅迴思鼠穴危翳余牀
下卧阮彼劔頭炊啐誦楞伽卷芟塗側豔詩半人成鑿齒夙
世儻麗眉命駕能相訪行杯莫謝遲流連卿輩在輕薄汝曹

嗤拙句從螻蚓加餐且蛤蜊汎瀾燭花炧雪涕對霑頤

明日再柬一首

酒旗茶具郈門前十里東風步幛延殢我一春嚚粟瘖看人三月海棠顛竹萌嫩綠分香鐏槐火逼紅煮石泉剛道繩床聽雨慣夢游還跨錦連錢

初食哈密瓜

浮瓜何處好異種出燉煌遠輟天山雪全勝玉椀漿鎮心須剖碧歕鼻好治黃一笑傾蒲鴿憇先戰士嘗

一春閉門聽雨花事將闌柬游春諸子

柳色欲暝蘤枝然乳鳩轂轂驚愁眠兼旬無日不聽雨雙鬢

漸星非少年東觀塵蕪桃李月壺天觀棲霞寺俱殘燬北園亭榭棠梨煙李園亦廢爲殯宮銀轆金勒紫騮馬何處看春春可憐

取次

取次東風欲禁煙飛花飛絮損華年紅蠶捲碧知無分白帢譚玄合有緣幽夢依微殘卷裏禪襟蘊藉一鐙前天涯報道春歸去綠樹青林叫杜鵑

秋雨遣悶

檐雨夜來歇披衣巡短廊照泥星半黑仰瓦月微黃病葉蕭蕭下殘荷浥浥香西風吹數點應爲洗蝻蝗今歲多蝗老農云每西風雨則蝗死過半

仲春過棲霞寺

山川故滿目獨自隨春來步出嘉熙橋村村花柳哀蘭闍我舊遊兹遊曾幾時蠡瘖鐘卧地蟵踣碑生苔階前辛夷花枯根且新荖兩廊應眞煨像塑脱活爲蕭蕭語風鈴如聞龍象唉殘衲不出門告訴棟梁摧去春狐篝火一炬千楹煨香畂成火宅金輪飛刼灰諸天失救護初地胥塵埃大乘不自度人何有哉桑麻半焦土遑恤土木災言歸渡灘江試照殑伽絲

贈史翁壘韻二首

銅駝金馬刼灰中酒坐琴言故不空詞客半隨枯樹盡江南

留得一癡翁

梯几瀾汍燭影中黃車使者笑緣空武皇內傳從誰問莫是開元鶴髮翁（翁善談太上時事李洞詩云繡嶺宮前鶴髮翁猶唱開元太平曲）

癸丑元日

老憊難勝一卒田猶思含哺樂堯天時逢元二災年過春入王正霽景鮮直北青陽居左个紀南赤羽擁中權（時諸大帥分駐楚南北）會看鶉尾銷兵氣白獸樽開送喜先

途遇一客忽揖余君非懶餘子乎佳句心折久矣實未嘗謀面也占此自嘲

谿達家風未易追㛹和禪誦與遮持形容漸喜無人識姓字

何期有客知才似龍褒惟押韻名聞狗監媿逢時憑君莫話芙渠詠準勑淮南是惡詩

長女遣嫁前夕占此送之

韋郎送楊氏左司有送楊氏女詩苦語最酸脾豈意當身老還成遣女詩阿孃持踵泣弱妹比肩隨且喜離家近歸甯百里歧未改童心舊粗知女課登唾絨繙綉譜問字傍吟燈曹誡温須熟毛詩學未曾廿年辛苦訓甯博謝才矜世路方多梗衰門況邅迍半生吾擇壻來日汝爲人莫競門楣貴須安井臼貧試看紈袴子若箇到頭身此去初爲婦全家洗眼看但無貽我罹要識事人難機綾宵

供織槃匜曉問安莫仍嬌懶慣不似膝前懽
屈指秋期屆忽忽整嫁裳劬勞慈母線瑣細女兒箱滕有雙
鴉伴牽無一犬將休慚桓與孟荆布好輝光

寒夜聞雷

霜野萬物肅同雲鬱魂魂夕霰一以零朔氣曾城昏風林無
靜羽寒瀨多蟄鱗頗疑造化心勢極難爲恩雷聲何處起隱
隱何轔轔勾出萌者達大地回陽春靜觀剝復理迺知天地
仁時會良已然哀我今之人

復雪

恠底餘寒戀敝衾一番好雪續相尋卽看鵝鸛排空急準擬

蜚螽入地深東國斧斨思婦淚西疇錢鎛老農心洗兵望歲

闟三白無限憂時付短唫

同人鎡伯湖樓小集

先生昔結湖東社君厲五嶽塘時有水閣顏曰湖東水社茗粥茶瓜逭炎夏先

生今築湖西樓鷗花鷺葉明清秋樓居朝暮飲湖淥瑟瑟風

漪翦香縠山光壓檻半房青波影搖窗一襟綠蓮鬚閣主釣

蓮蕩琴樽貼妥如蓮舫貫酒甯論斗十千盡醪恰受人三兩

畫室禮參水月知詞壇盟讓漁樵長我家莊子湖之西橋刺

藤梢三徑迷谿山猶是人全非菼菰葉爛芙蓉死眼中突兀

欣見此前度客來吾老矣

二月二日效玉溪生

二月二日天氣晴樓頭日出聽鳴箏花慵柳嚲若無主蜨婧鶯捎如有營五嶺寒烽楊僕壘一江遥夢灌嬰城愁心莫是青青草纔遇東風便發生

九齡上學

頂巾一髻獨角髻茬茬綠綠衣斬新告言今日始就傅整衣長揖如成人對翁背誦日欲哆駴耳都都平丈我城南憶賦送符詩其父聯珊上學曽賦四絕句送之又見小同挾書坐問兒讀書若爲者兒云作太官騎大馬我領兒語嗤兒愚作官何必須讀書

清明郭東展墓二首

筠籃櫪榼出城游煙日溫鼂雝古渡頭夾路野棠堆霽雪連塍
琁稼剩荒疇人間無計營三窟泉下何緣妥一邱來歲重來
渾未卜欲澆麥飯泪先流

吾家先壠五楊谿丙舍深深汝水西九日記曾雙屐到乙酉
始謁先墓時適九日廿季無復一樽攜殊方榆柳驚春露故國松楸媿遠里
夏畦豈不懷菉首邱好江鄉聞亦警征鼙

汪劍峯孝廉濬於丹經復躭釋典僕苦有志未逮也卒
贈五十六字

誰言仙籙與宗風祇在儒門澹泊中道氣全家瞻許椽禪機
半偈問龐公密藏丹鼎常溫火遠餉瑤瓶但貯空十賚華陽

三印付崑崙耆崛一源同

負薪叜效香山

負薪野叜雪盈頭語到傷心淚早流山市曉開紛賊馬西南鄉一帶墟市多爲賊據賊中呼一隊爲一馬水田春盡待耕牛諸鄉被賊後牛種殆盡至今未得開春老猶遭亂生如寄窮尚催科死即休滿地瘡痍非汝獨連天烽燧使人愁

寄懷朱我齋

錦里先生早退耕封書寄與弟縱橫青山獨往憇何點白社同游憶董京亂後蓬蒿三畝宅夢迴鼓角五更聲清樽蹵鞠誰家好故壘蕭蕭蔓艸平

秋日樾湖寫望二首

記別樾湖久重來感不禁水如前度碧榕減去季黔[去冬榕谿閣燬][雙榕亦幾延及]鐵鳳鶱霄逝華鯨臥地深惟應數峰在偃蹇待招尋

秋色來無際流暉瀟炤中鸕鷀拳誤石蝴蜨瘦於蓬蘋渚模糊雪楓林拉瑟風何當攜尺入就尒打魚篷

晨起讀道書作

鬅鬙逋髮不勝梳坐愛晨遲近綺疏穿隙駒光蜚埜馬撒絪蝅粉丕衣魚从喚黃老家人語安得司空城旦書讀罷參同繙內景滑風還我赤明初

宋菴灣詠史詩中有讀項羽本紀一律輒追同其韻

崛起群雄位不終重瞳甯與夥頤同彎弧直落秦明月學劒先開漢大風泣向虞兮困垓下媿從長者渡江東一言憤魄應含咲紀例千秋掀史公

示聯瑚二首

可愛好老公恨後嗣弱耳每誦烏桓言藹然心欲死吾宗盤根種先世出成紀人傳馬糞王代衍鳴騶李清門遘中落屬望殷後起汝材本下中孄惰復無似昔人如汝年仲華拜衮矣天雨昧築墻家風慙式里頗卒曲臺業未精文選理安易喻啄木飽食亦可恥而翁老且病無善可貽子筆文義蔵聞其狂差自喜仲容已預之卿不得復尒

問寢雖請業過庭未聞詩不談顏氏訓我常自教兒教兒在身教何須詒費爲世方用武日長劍吷毛錐詩書且墻壁杜句投筆詎不宜顧惟惜三餘非僅青紫資無爲束高閣謂今非其眥汝兒勝吾兒諸孫頭角觺眼前臮子三毋曰未有知

示次女慧照

有女不須嫁眘諸道公語後來霧炤禪機捷過其父齊有北宮嬰曾有漆室女雖乖庸行常永屹中流柱汝生丁衰門幼復攖疾苦自矢不字貞長㐌絕葷茹六眥持六字从我修淨土顚首十力身顱墳鄒爲偪云消宿世愆敢望一生補越稽往生傳豈盡斯迦侶在家優澷尼去者難悉數一心但不亂

自來迎接汝十萬八千遙秬在堂屬廡瞀張抗寢疾惟念阿彌陀佛謂家人云鹵方土元秬在堂屋西間之內云云見往生傳

聯琨姝㠯先五兄小松山房圖索題距兄歿已十五年矣

老松巳化蒼龍蜚小松失蔭低蟉姿一朝小松亦委蛻山房宋宋秋蓓滋生綃三尺貌者誰粉墨黲䵍所見稀當年對床旺雨處指葳亭榭曾留題片塵元到松下坐霜皮溜雨皆十圍夜談洶洶破屋瓦屋背鼯畬風濤來吾兄鶴骨瘦不肥蒼髯一客成支離科頭貧踞此寄傲著書晬月長𪏭脂一从生存變藠落東頭屋冷西堂非敢忘封殖嘉樹傳欲廢鄂跗常

褖詩傷心我亦松下草那堪樁賈荆復摧出圖琨也請題句
佘我孤露同吁嚱琨虖琨虖汝勉哉颼颼小松風歇絕望汝
茁秀森孫枝

詠苔

頓悤閒階古能教小院深簾垂春寂寂門掩晝愔愔舊雨同
行跡斜陽獨立心阿僮莫輕掃留蝕半墻陰

載詠

一碧到門色不知車馬塵人心昨夜雨鷗夢古時春靜與落
花得暗隨芳草新王徽近多病未負沒堦茵

長至日晨起禮佛有示

曉起香鐙禮脫闍吉祥雲海湧還遮禪機暗觸灰飛琯佛日長添綫貫花余持誦金剛經石室下籌無別族金光同案有誰家銀罌翠管非吾分鹿女談經擁絳紗

元夜口號四首

角觝魚龍曼衍爲銀花火樹鬧蛾兒病夫擁褐蕭條絶一點禪鐙照鬢絲

比歲烽煙迷眚月今宵鼓吹祝王春聞琴起舞君休哄也似街頭遇醉人時以地方多事會垣不放鐙者六年矣

西郊帶甲若雲屯聞道鈴轅夜舉樽可是軍容先示暇奇兵將欲奪崑崙

蕭蕊蒲褐冷如冰佐也能來慰杜陵閒聽舊聞談日下包家燈更米家燈璋姪來談都中節物之盛

余自署心牧子係二絕句自勵

不須鞭策與繩穿白地畊來露地眠好叩溈山馴㹀性看渠鼻孔盡撩天

驀地眞空石牛吼忙兒須向箇中探道川端合如川長放倒依然舊狄三

啚人問乾嘉閒詩人作

欽鴟擬鷟符拔呼麒麐不具別裁識何繇流派澂容有過我談說士甘津津謂言乾嘉來右文日髦蒸羣賢輻輳進承

蓋還扶輪亦有山澤臞身晦名逾振子曷拔其尤俾我知所遵烏乎雅鄭糅聽熒惑伶倫或鶩博洽名斯篆椶窺軵或逼脱自憙俳等郭舍人甚或倚市門里倡衒笑簟擊鼓求亡羊自許得未曾南姚鼐北則李憲喬禪宗雙慧鐙麗藻擅彭子兆蓀雋才毓黃丞景仁卓然程斂水恩澤健者吳延陵慈鶴微此六七公斯道將榛艿尤愛南㴥倪濟遠霍霍目失鷹鏇空氣無暴符釆色不矜波瀾極奧衍心骨能飛騰南園鄶曰下豈況屈梁陳于其鄉喆中獨取黎簡民倪論詩五古有偉哉黎簡民後來肆皆蹈餘子皆老兵操弧日讙譟之句得非迂耦狂黎詩中每自稱狂簡嗜辛臭味親倪詩集名味辛閒嘗語同學縮鼻麿且憎惟子信非阿掇皮始見眞悔舌

捫已久含意今重申此詩幸秘之勿逢按劍嗔

睡起

廹肰睡起獨成咍東水西流誰見來鳥顧能經原上土魚須龍茀夢中槐蟲壘鉅埜遺高羽斤斧深山赦不材自斷此生休更問篆香心字半成灰

目昏

堆案羣書卓犖觀雷驚巖電起眉端步兵白眼人憎癖騎省青睛自覺寒細字麻沙鐙下勘好花依約霧中看六根光喜闃塵寂更待金鎞一刮難

小廬詩存自序云小廬者何余所居齋名也廬何以小稱

先大夫枕葄韋左司集以韋顏廬吾廬以小稱繼先志也瀛幼承庭訓長好交遊暇稍稍學爲韻語起戊子迄今季巳酉凡得古今體詩若干首釐爲十卷目曰小廬詩存嶄吕世韋廬內外集也奚吕言存也曰存吕待芟也然則奚爲而不芟芟後無詩也謂此足存乎曰奚爲其然也余四十無聞早衰多疾過此以徃其績有所得乎抑竟止於此乎未可知也計半生心力于是乎在將爲瓢之棄冢之埋而弗忍也則姑存之也胡不曰集而曰存曰不敢也其不敢棄何古之自定專集者昉于王筠成于白傅尙矣是區區者存之猶過而奚以集爲也雖然過則相規善則相長

朋〻之道也余庶幾旦暮遇之而亦不敢必也昔道光巳酉五月中浣李宗瀛自識鈔小韋詩輒綴於後然所鈔詩則又有在十卷外者蓋小韋已酉以後所作至巳未捐館舍又數百首叢殘未自編訂聞其家將合刻之小韋平生詩甚富此鈔不過十之二三存其崖略序亦附之以見志事云爾月卿識

槜湖十子詩卷二十

麗則堂詩存　　南豐趙德湘滄仙

始發桂林留別小韋雪舫竹士諸子

秋風江上來遊子思故鄉豈不倦行役畏茲三徑荒我行雖還家鄉里天一方（余眷猶留桂林）不歸旅食艱欲歸情內傷顧此鬱鬱懷冰炭交中腸桂林亦客久卅載更星霜并州如故里言念何能忘矧我平生親臨岐盡一觴揮手謝之去浩浩觀湖湘朂哉崇令德繾綣申此章

舟中寄李小韋先生

西風一夕至歸思日悠哉我共此江下秋隨鴻雁來故人雙

鬢改佳節一樽開檢點尊前客應思薛秀才

陡吏效韓瀧吏

北行逾一旬始抵史祿渠逶迤三千里始行三百餘水落沙露脊陡旁舟如織林林桅檣高繽紛插斗立我舟如倦鳥塌翅經摧挫南風吹五兩好處空相左起往問陡吏陡當何時開何以前頭船巍巍陡上來陡吏垂手笑郎言一何愚彼皆乘時者有力負而趨郎不見官舫大艑波上壓夜半呼閙開眾口極鵝鴨不見襄陽賈峩峩裝高舸妖姬唱銅鞮坦腹船頭坐亦有蚱蜢舟纔槳大船尾夜會故雖鳥乘風便亟駛耶舟虱其間不名復不利又不自詭隨要津安可致郎言何冥

奡郎弢何堀堁郎今幸遇儂遇人得毋唾行路古來難塵世多風波郎今請少安陡開郎自過長揖謝吏言吏示我周行我命上水船年年厄黃楊涉世艮坎坷得遠亦足喜蓬窗月冏冏默坐觀書史

梧溪觀中興磨崖碑用山谷韻

白日湛湛流寒溪芒寒色正磨崖碑書法亦如舉鼎重千鈞腕力懸一絲綱維唐室陽九厄中源禍自豬龍兒四海鼎沸上皇走青騾西幸何栖栖維時太子不即位大事一去將何爲國有君矣社稷重萬方嚮應靈武師況遵太上馬嵬命裴冕杜鴻漸箋表凡五揮號名人心忠義憤兩京收復彌與儀

煌煌大筆臣結頌肅穆清廟生民詩後儒論古好翻案謂寓
諷刺多微詞移宮西内自後事深文苛刻吾不隨後來宋構
亦承統公自不見吁可悲

行路難

奉君忘憂蒲萄之美酒懷夢蘼蕪之寶香蠲忿玲瓏之犀枕
合歡宛轉之雕床男兒落拓不稱意遊子青春悲故鄉聽我
一歌行路難四座無言涕泗滂
平生結交重然諾轉眼茫茫隔山岳君不見翟公門前賓客
多三千幸舍誇廉頗一朝失勢客盡去門外秋風雀可羅又
不見袁吾鮑叔貧時交鄭莊置驛長安郊去國誰送臨賀尉

分金睚眦還拔刀噫吁唏太行孟門未嶄絶人情當面波瀾
瀾
丈夫毛錐豈終老投筆從軍玉門道積甲巍巍熊耳齊挂弓
往往燕山早將軍夜宴醉歌舞錦筵紅燭月正午但惜美人
羅袖寒那知壯士沙場苦十年轉戰心力瘁功名纔得雲騎
尉將軍功已淩烟圖小人相薄頻迷次不如棄去南山邊看
射猛虎終殘年杜句
端居意不樂去作襄陽賈峩峩高檣艑皎皎大堤女人生富
貴行樂耳一擲千金買歌舞我欲上蜀不可上瞿塘灩澦大
如象此時一歌行路難壘雲四塞天泱漭關前榷吏方算緡

持籌待爾商旅人
對案不能食乃忽思遊仙撒手人間亦快絕飄飄羽化淩蒼
烟但聞上界足官府青詞符籙何紛煩我性疎懶同叔夜眞
言蝌蚪心茫然劉安見帝誤稱寡罰守天厠三千年君不見
茂陵磨劍驪山錮秦皇漢武誰昇天
李小韋先生幼女小名虎兒玉雪可愛四歲能歌其父
詩作此憶之
李家有嬌女小字曰虎兒口齒自清晰四齡能歌詩嬌癡異
平陽聰明賽衮師坐與尊父談問事時挽髭我家琇瑩女生
亦玉雪姿初七及下九兩小時游嬉別來心苦憶昨夜夢見

之夢見在我旁欵欵相追隨紅衫齊一色奪棗紛爭梨夢中語笑歡夢醒心迷離虎兒歌詩好爲我歌此詞

有懷杉湖夜集寫寄小韋先生

杉湖湖畔水如天鷺葉鷗花接綺筵歌管沉沉催漏盡山川鬱鬱起樽前古人文字別流派爾我頭顱非少年今日眼中無故物凴詩寫似一潸然

道中有懷黎大

別來五千里一字不能書雨雪艱行役山川逼歲除故鄉懸鳥道古國近龍墟好語黎檬子凴詩一起予

龍巖州道中

南方地炎燠雪不到諸蠻客路難如此我行殊未還漁僮高
箬笠溪女大銀環風景吾鄉異時時問遠山

送人之南海

莽莽風烟合胡爲仗劍行千軍勞轉粟三帥尙連兵滇海珠
無色艨艟箭有聲鞾刀紅帓首殺賊請長纓

食荔支感賦

嶺南今歲遭兵火片段應無荔子筐露葉風枝空想像金戈
銕馬幾凋傷往年大吏征輸苦七日飛塵驛遞忙一讀元輿

天子詔何人舉酒酹唐羌

喜聞官軍收復虎門

見說王師獲鬼章竟勞伐叛幾年強重臣善後宜招撫桀虜跳梁恐詐亡此日初聞歌振旅明朝便可望還鄉追思戎馬流離際喜極翻教淚滿裳

擬三婦豔

大婦工織素中婦工織縑小婦無所爲鼓瑟而鳴絃丈人坐飲酒行樂千萬年

大婦合歡袖中婦倭墮鬟小婦更窈窕皎皎雙行纏丈人坐擁此行樂千萬年

題張太守三俠圖　圖繪張紅拂李藥師張仲堅三人

楊花飛落李花盛阿麼頭頸空照鏡海水羣飛亂拍空是時

逐鹿紛爭競上書敢請大王頭俠氣吾尤愛李靖茲圖誰戲
丹青工三人繪歸尺幅中一人紫衣帶帽立鬢影掩映紅粧
紅一人中立似顧語目稜四射光熊熊最後一人牽馬至虬
髯可挂三尺弓中原甘讓太原子一龍獨奮扶餘東蛾眉蟬
鬢眞窈窕虎頭燕頷俱英雄張家一妹作何語定應參語楊
司空去年記泛醴陵棹殘衫曾拜墓門道紅拂墓在醴陵余去年過其墓有詩
弔之是時落日紅半天下視長江流浩浩孤蓬自振白楊哀悲
歌弔古傷懷抱今來又復題此圖筆墨因緣非草草吁嗟乎
尸居漫笑楊越公不追執拂眞奸雄能放樂昌完破鏡作事
亦復超凡庸

普提軍陀保招宴軍門即席賦呈

仕宦當作執金吾娶妻當得陰麗華此語骯髒亦磊落丈夫不當如是耶將軍能文兼好武手握牙旗此開府雅歌投壺慕祭遵輕裘緩帶同羊祜朱鷺軍中夜撾鼓鼓聲淵淵如白雨健兒行炙進盤餐裨將低頭侍廊廡傳箭旌旗忽變色詩成橫槊月未午醉來更脫貂裘看指點當年刀箭瘢百戰勳名凌衛霍掀髯一笑千觴乾此時意氣如山立烏巾白帢容長揖酒酣更自起行觴避席諸公冠岌岌將軍下士真英雄我有狂言一進公天南烽火截江紅將軍乃國之元戎樓船何日趣江東功成勒石銘鼎鐘授簡作歌吾請從

聞普提軍陀保帶兵殺賊海上

曾於鷸政見縱橫醉後悲歌髀肉生漫説灌夫工使酒固知文偉必能兵大軍伐叛非勤遠薄海同仇亟進征努力君侯須殺賊扶桑銅柱待題名

聞雁

知爾嗷嗷爲稻粱憐余愁坐正思鄉墨雲慘淡天無色白葦荒寒夜有霜少婦刀環空眷眷故人尺素又茫茫艱難莫更南中去多少征夫在戰場

雨夜得少愚從兄海澄書

戎馬倥偬際驚心消息來一書君況瘁孤獨我徘徊聽雨思

前約防秋倚壯才東南憂不細行矣慎邊垓

姜汝雲廣文席上觀伏生授經圖

一老兀坐樹陰下頭童齒豁言語艱一女亭亭靜侍立撲人娟秀浮眉端一人面目陗深刻褒衣博帶巍其冠我識此是胡家令其氣嚴肅神則完畫師貌古有筆力傳神阿堵深微間是時西漢重經術詔求秦火之叢殘潁川掌故往受學咿唔佶屈傳雙鬟煌煌聖經大著述奇一女子能譯翻登來化我齊語異聱牙周誥兼殷盤陊蠹魚網雖未有不律漆簡書不刊盍不繕寫更了了何須傳教煩間關又惜聖王訓敦厚胡乃刻薄師申韓智囊學術頗雜霸朝衣東市良可歎此圖

不識誰所作妙筆點綴疑崔丹北平崔丹有伏生授經圖廣文教士敵古學帶經鉏治同兒寬白頭亦類秦博士研經讀畫君所嫺獨愁秦延君所說堯典兩字十萬言

讀史忠正公傳

慷慨當時國步艱家書一紙淚痕斑羊頭竈養封侯伯蝸角山河冄觸蠻身後無兒同卞眕朝中有弟似文山最憐碧㙳梅花嶺魂望南枝杜宇還

讀左宧南傳

殺賊桓桓頗有聲英雄晚節惜無成故人慨以千金報謂邱磊女子羞同兩字名謂石硅女士司秦良玉紘索淒涼宣武淚樓船跋扈

晉陽兵是非論定終疑筆只負當年喻大兄

聘婦謠

西家之女貧而妍東家女陋多脂田西家之女人稱賢東家女已窺三年西眠東食則不得聞君聘婦君自擇

以絹索人畫竹並系小詩

長梢掃取兩三竿爲我虛堂生暮寒一匹鵝溪絹光滑文同休作襪材看

夢小韋先生至時九月初五夜

山川險恠烽烟黑子竟能來是也非别後形容俱老大天涯情舊尚依稀詩篇拉雜從君詠慰語纏綿勸我歸剗地蒲牢

驚坐起宵寒惻惻襲人衣

對菊有懷

朝來見黃花歸與高南山鴻雁巳北來而我殊未還感念時將暮誰與共歲寒我有同心人遙隔湘雲端憶昔故園時食貧共艱難陋室有秋色瓦盆露溥溥讀書座其側散帙開襟顏子亦力杵臼對之有餘懽作苦相慰勞斗酒欣團圞嬌兒戲我旁折花插我冠孺子有眞意此樂天倫間朅來心苦憶轆轤紛難删華堂非不美野性了不嫻昔人恥因熱內顧艮自慚風塵莽蕭瑟欲往道路艱采采黃金花欲語還三歎

初夏郊行同馬止齋明府作

雨後村原畫不成荷衣蕙帶稱閒行離離麥已昂頭熟豔豔榴纔照眼明故里應悲遊子遠居民競說長官清吾鄉有此山莊否悔不當時事耦耕

韓江登舟

湘子橋邊始戒舟四年眞似賈胡留笑人寂寂誰能遣對此茫茫我欲愁獨客悲歌彈匕首寒閨遠望夢刀頭秋風苦憶蓴鱸美遠去吾師馬少遊

惠州謁蘇文忠祠用公集中舟行至清遠縣韻

瓣香七百餘年後來拜峩眉玉局仙文采風流今尚爾江山憑弔故依然勞薪我飽盤游飯窮海人傳挂屋錢不用登臨

重懷古夕陽載酒過前川

昭平縣

桂水月千里客心悲未央用江淹謝朓句濤聲雄馬口山勢繞羊腸

峽裏有秋氣愁中非故鄉黄花吾語汝遠去過重陽

初秋竹士丈招飲聽話秦中舊遊時余從嶺外遠

新從海島泛舟回海上濤聲入酒杯秋氣暗隨涼雨至夕陽

忽送好山來黄河九曲天邊落白嶽三峯雲外開惟底輸君

詩筆健山川奇氣助雄才

九日招同人小集栖霞寺

蒼然秋色自西來手把茱萸江上臺巖畔七星疑隕石天涯

九日此唧梧故人寂寞多文藻古寺荒凉賸刼灰擬共二妻吹笛去碧虚亭畔一徘徊

李小章丈席上送客

懽遊曾幾日旋復歎離羣縱使常依我終憐無益君李侯能下士吾子有高文盡此樽中酒毋為泣路分

栖霞寺懷渾融師

勝國斜陽外茫茫付刼塵江山餘白髮天地正黃巾卓錫開初地招魂哭故人騎驢知爾意拊髀一酸辛

寒夜聞琵琶作

星河的的傍危闌白草黃沙落落彈掩抑忽沉明月影蕭騷

遙寄碧雲端四絃拉雜如相語滿座欷歔生暮寒萬古此中鉛淚海懸知曲罷恨漫漫

除夕小韋丈招同人祭詩

殘年風景逼衡門天地蘧廬壽此樽顧我鑄君同賈佛興來招客祭詩魂勞吾歲月將焉補嘔出心肝共爾論爲語四筵須痛飲更携餘醑祀長恩

壺山看桃花弔雷酒人墓

劉伶曾荷鍤不愧達人名紅雨過三月青山了一生桃花如此豔竹葉自宜傾壟近陶家側千秋空復情

杉湖晚遶

山遠青於黛湖平綠到堤娟娟新月色生在夕陽西

古意

左家嬌小女綺麗十三餘新髻千花擁羞眉二月初慧心工織素憨態倒持書膽薄深閨怯常依阿母裾

俠客行

雪花如掌風蕭騷寒光射馬拳馬毛黄昏别我出門去拔劍長嘯天爲高須臾豪家聞鬼哭手提豪頭血漉漉主人謝客千金宴揮之不顧去如電縷紅微濕芙蓉劍四座傳觀色皆變零落雪花向飛霰

聞小韋丈欲繪藤陰雅集圖先之以詩

天矯古藤花樹下傳杯圍坐記曾酬詠觴此日南皮讌圖畫他年北苑譚餘事丹青推顧愷一時風月助劉惔座中況有長蘆裔點筆題襟汝最諳朱灤甫太史爲作圖記

宋薇宗畫鷹歌

空堂展卷北風疾燕雀驚猜飛不得英姿颯爽如可呼秋氣橫空慘無色錦鞸綉褫臣京印流傳知是道君筆披圖三歎三摩挲令我感慨宣和日宣和狐兔時滿朝吁嗟爾鷹胡不擊轉瞬女直戎禍興側目愁胡天地逼一聲白雁江南來爾亦避之攫身匿風毛雨血矜平蕪到此鋒稜轉無力犁華北狩竟不返五國城內風沙黑朔風萬里秋草黃覩物輿懷淚

沾臆素練一掃蒼鷹來廻風陥日蕭條極歌成大風思猛士太息諸臣皆肉食氈廬南望雲茫茫化爲朱鳥飛無翼蛟龍鬱律縈鏇緊慘淡圖成睛點漆晴窗試展玉鴉叉禽荒有戒思無逸後來畫手鷗波亭鷹犬惟知媚强敵

五日同人登寶積山上有武侯祠

蒲酒醉不樂攜客登岧嶤歷歷雉堞排職職蜂衙囂前爲直指使署灘江帶其右日夕流滔滔返照一相射石壁翻動摇側身望北極炎關何迢迢廻風陷落日士馬慘不驕武侯祠屋在遺像肅清高粤人溯其德報賽歌蠻謡緬昔定鼎初聖代闢蓬蒿狼藂佛郎機烽火干層霄側臥土花澀沉埋鐵未消山上有鐵

一炮我來撫陳迹懷古心鬱陶況聞小海唱競渡歌些騷楚纍忠義骨魂往不可招悲風塡膺來橫雲怒盤雕

秦良玉銀鎗歌

殘山剩水經滄桑金甌已缺玉座凉世間萬物刼灰盡空餘一段銀絲槍折戟沉沙土花紫寒芒射日光如水血花隱隱恨未消石柱精靈常不死起義勤王誓報國一騎紅粧萬人敵綉幟風翻楊柳營錦袍馬映桃花色當年平台亟名見侍衛徵聞至尊美請纓殺賊眞英豪賜詩一紙軍容變馬蹴紅塵去如電身經大小百餘戰搴旂斬將鼓聲急鎗影梨花雪一片後來平靖奢崇明桓桓持此東西征何殊洗氏夫人烈

不數柴家娘子軍邇來承平二百載故物猶存人世改鐵滬苔花臥綠沉磨洗前朝字猶在嗚呼當日左寍南覩此名字能無慙

李園大風雨歌小韋丈席上作

火雲壓頂聲焞焞李侯置酒臨高臺枯腸得酒芒角出碧筩一飲三百杯樓閣參差綠陰裡軒墀四顧如生苔品笛垂釣無不可聲兼簫鼓琵琶催歌翻驟雨打荷曲座有曹穆二善才餘音嫋嫋入雲去木杪徐動清風迴壞雲一片當頭黑排空倏忽如山頹赤烏無色白日死豐霳有聲阿香推詹溜盤盤雨繩直大波軒起魚龍凨老樹如人助挐攫龕鼉跋浪滄

溟開有如錢塘破陣舞天吳海若聲轟雷又如武夷幔亭宴
魚龍幻戲紛相猜山川顯晦出不意令人意氣增雄恢洗盞
更酌澆金罍左挹浮邱右洪崖長鯨一吸百川盡庶幾陶寫
中心哀須臾勢過萬惟息天低卵色清於揩撲人眉宇凉翠
落下覘了了無纖埃哀絲豪竹紛遝逐清歌慢舞相徘徊我
醉斯園亦已再茲遊奇絕眞雄哉謫仙僊去髯蘇死世無此
樂千年來與飛百罰亦不醉更呼月出狂歌回

竹士丈招陪諸公宴集月牙山晚過棲霞寺

丈人饒有登臨興賤子趨陪河朔杯石磴雲生蒼翠合江天
雨過畫圖開地疑七寶莊嚴境座有羣公嫓雅才向晚榕陰

移席去山翁倒載接䍦回

杉湖水閣聽琵琶作

空堂雷雨忽蕭騷檻外廻風咽暮濤但覺心如浮海島不知聲出自檀槽青衫司馬前頭濕紅袖曹綱右手操絲竹中年拚送老醉歌一曲碧天高

題元人洗馬圖為小韋丈作

空堂不合浪花白長鬣淋漓障猶濕高梧碧柳陰沉沉巾衫已覺凉風襲是時畫圖未展半觀者滿堂神戢戢蠻奴八尺頭虎毛雙瞳碧色虬髯豪風鬃霧鬣亦相稱騂騮勢與人爭高巒目射馬目不動水立雲垂浩呼洶目無全馬弛羈靮紙

上洪濤聲澒洞雄姿手㓡神爲王忽狎中流翻巨浪撇波一躍人馬起翻身却立屹相向蕭蕭駿尾嘶長風碧波日射珊瑚紅怯薛壯兒控不得仰睇閶闔排長空我聞元有詐馬宴飲醹洗馬氊廬殿畫圖妙絕畫者誰豈向黑河眼中見得毋承旨趙王孫下筆圖中掃雪電卽今苗格西域平甲兵淨洗天河傾李侯負才渥洼種得時亦可㓡鬭朧

被酒示客

一笑相逢便舉觴酒徒猶是舊高陽重携燕趙悲歌士作使邯鄲挾瑟倡書劍飄零遊子淚裙裾跌宕少年場當前風月吾能醉潦倒渾忘客異鄉

七夕用昌谷韻

惟有蛾眉月娟娟不解愁河邊鳷鵲渡花裡鳳皇樓夢雨飄鴛瓦僊雲拂翠鉤唐宮今夕宴風露幾經秋

秋日登灘江城樓懷古

北窮三楚東臨海坐鎭江天亦快哉只恃山川成地利豈知金鼓自天來尉佗纔見遥尊號徵側旋看起禍胎謂孔四貞反歷刼寒花倍惆悵傷心曾傍戰場開

小韋丈招集李園分得借字

主人擅邱壑家世東山謝爲歡當此時矧乃富清暇孝槎一偏提遊山雙不借遇雨或墊巾凌晨已命駕朱𪏆雖早春綠

陰如初夏遲日入磚明涼風一襟瀉芳草綠引屐茱花黃過舍數折緣枉渚宛若涉玄灞舊遊如夢寐熟視轉驚咤孱顔歷陂陀迤邐登臺榭談諧相間作謔浪旁觀訝歡有柳七歌怒或劉四駡沒飲污巾幘起舞杖竿蔗知我得劉尹忘形呼僕射眼中數子豪落落騷壇伯稱詩建安能論文洛陽價諸君窮且工緊余老不嫁鞭弭相周旋據鞍未肯下三舍避兩軍孤城背一藉有如太白高硬挽大黃射故態忽復萌喜心翻倒乍良時易成昨佳期難卜夜夕陽下高舂流連不知罷

題劉闞兩孺人雙節錄爲唐式如明府作

姑年八十婦六十兩世艱貞不易哉白髮提攜藐孤立寒宵

機杼一燈哀側聞絡秀能成志會見懷清再築臺我亦當年柏舟後（余高祖母周太夫人曾祖母李夫人皆守志）一編和淚爲君開

月夜聽蓮笠道人彈洞庭秋思

巴陵去此一千里月色秋聲何處尋指下忽生鄉思急（蓮笠楚人）座中如見洞庭深泬寥鴻雁低空唳縹緲魚龍踏浪吟白雪調高知者少徘徊三歎惜遺音

題陳洪綬畫昌黎訪盧仝圖

一老鬑鬑髭繞顴崢嶸風骨知爲韓一人俠侍行隨肩夷然曳履爲玉川丹青貌古與古肖開圖肅肅風颯然誰能攝影爲此卷南宗筆法推老蓮我聞當日李昌谷曾以詞句傾高

軒又聞無本遇車騎推敲一字傳閬仙張籍又以水部荐孟郊更賦雲龍篇愛才下士有如此定交折節誰後先不畫婢赤脚不畫奴長髯幾椽破屋細皴寫洛城高臥厨無烟意態直逼元和前傳神入骨圖酸寒相與或賦月蝕句乘興更聽風鑪泉想見當年把臂樂相視而笑盍非緣嗚呼玉川世豈乏好士難得昌黎賢於時賤子題此句閉門却掃方晏眠

送陽少芸之廣州兼感舊遊成三十韻

黎子泛三湘陽生下五羊故人皆返棹而我未還鄉憶昔雲龍合追隨翰墨場逼家稱孔李姻誼結潘楊門第烏衣舊才名白社狂群公多娩雅賤子忝詞章風調黎錧美（黎秋伯）詩歌

玉父强(竹洪少)峩松推主簿(余小霞主簿)覩草擅明光(朱濂甫太史)更有
青蓮裔人稱古錦囊(李小韋丈)前身金粟影家世玉山堂聽雨挑
燈話徵詩刻燭忙交情千古在盛事一時張歡醵金錢會高
歌錦瑟旁佛奴原妙伎謇姐本名倡翡翠調笙琯珊瑚作笛
牀便娟周小史窈窕杜韋娘蜆斗呼車子奇蟲舞郭郎遨頭
掐近局嫠尾遞流觴雅集同河朔名園勝辟疆方期歡會永
詎料別離傷此去桃花水剛逢荔子香奇峯王鞏毁冰井次
山嘗跋扈蠻夷長消沉歌舞罔登臺懷粤尉執梃弔降王草
木嵇含狀車裘陸賈裝但須燒蝙蝠應不餉檳榔頭責他年
謔(君爲余妻弟故戲用秦子羽事)心期何日忘柳攀灘水側梅寄嶺頭芳後

會思攜手分襟各斷腸舊遊如夢寐行矣愼風霜

同人遊栖霞寺食菽乳

我受孔子戒不參膽巴碑今日值天禽結伴入山陲小集青豆房法饌伊蒲奇恍遊護世城美饍雨紛披苾蒭稱好事行廚供黎祁食經百六卷此法淮南遺或點玉靈片或卽然豆萁包以㸬布囊刮以金刀鎞相其製初出溶溶如玻璃玉膚不勝箸雪液翻流匙虞集三德贊務觀七字詩風味魯諸生淡食稱宜脾呼爲小宰羊味可奪肉糜我聞食豆重蛙瘦熊則肥服玉舊有方（虞伯生豆腐三德贊有云肘後服玉舊有方）何如此來其（又序鄉語謂豆腐爲來其）食籙問崔浩饌法試嚴龜不勞門生議可配冰壺虀

腐儒苜蓿盤此味吾儕宜一笑語同遊果腹吾奚疑菜園不

踏破遠和孫作詞孫作有菽乳詩

龍隱巖

神龍忽躨跜潛隱自何代作其鱗之而牙鬚森百態蜿蜒鬱

雷雨白晝生晦昧石路與龍爭我行據龍背怪鳥時一聞聲

若老人欬其下有深淵盧奴光破碎人言潛饑蛟百怪塞其

内陰無日月懸積有鬼神會掉尾擲鯨波翻身狎龍喙龍亦

久蠖蟄勢若嫌山隘何日出山雲爲霖八紘外胸中吞雲夢

八九不蔕芥兹遊信奇絶驚險平生最輪困發爲詩一吐胸

壘塊

憺山詩鈔卷二十　六

月牙山

月合七寶成茲山亦巧剜山河大地影倒景廣寒出我聞四明山上有月屭石何年后羿妻擲墮到百粵揮手御天風行探月窟初從門外窺濛濛光萬物及茲升其内清光翻外失團圞木交陰如蔭桂樹密藹綠變鬚眉一寒栗毛髮相視涼生衣恍登清虛闕玲瓏水晶域坐使人超忽崖間宦寺書崖有明正德間太監某字汙此名山骨擬叱六丁甲一洗淨屼崒弔古一愴懷山風吹蓬勃歸路踏人影纖纖兩頭月

鬪雞山

一雞嗔視矗一雞怒扼吭兩雄不並立峩峩屹相向亦如鬭

觸爭各欲據地王灘江從北來洄湃聲悲壯水性不受束兀
與石相抗掀天震洪濤若助弄兵仗雄冠逞爪距綵翮矜跌
宕當年韓孟吟惜未覩此狀我如視雞翁啄飲此閑放地險
名亦奇蠻荒一何覼願爾如木雞山性靜者尙不見憚爲犧
斷尾深懲創得失心茫茫山家午雞唱

李廸牧牛圖

阿童折箠三尺强御兩轂觫牛宮旁戴嵩韓滉史道碩厲歸眞良
工艮河陽晚出尤擅場玆圖牛何肥且麗畫意請得言其詳
是時小朝廷已都錢唐放牛桃林示徜徉郭椒丁櫟輩弗用
閣東牛有秦平章廸也三朝老畫史目覩時事良與亡執藝

得毋以畫諫哀痛隱隱含毫芒我聞五羖養牛說治牛理可通家邦又聞弦高犒牛秦師却致茲可免歲幣將童牛不牿可三嘆嗟乎廸也寓意何慨慷更有秋原放牧卷廸又有秋原放牧圖斜陽衰草怨滄桑

謝文節公遺琹拓本

宮聲巳絕商聲哀朱鳥化去白雁來大鐘巨簴亦灰滅清廟朱紘安在哉臣琴亦以女貞木巀以寡女絲相續臣節今同漆室悲幾度凄涼抱琹哭横理庚庚空自奇吁琴不作漸離筑一自弋陽師喪餘風塵澒洞無宀居聲哀天地思歸引筆挾風霜却聘書崖山風雨成連死地老天荒彈變徵墨胎廿

採西山薇魯仲連蹈東海水憫忠寺殉孤臣節七尺身同七絃絕堂堂大義多正聲此琴不死忠魂生穿雲理宗琴名亦被紅衣刼御㾭孝宗琴名空留綠綺名改絃易操亦何限獨有此琴心不變大節名先玉帶生高風留伴橋亭硯五百餘年土花紫故物流傳逮季子琹今遠新安吳氏可憐琴亦痛至骨身閲滄桑幾朝市我聞當年一榜傳三仁信國亦有松風琹又聞當時痛哭碎琹者更有逸民汪水雲請君側耳危坐聽三歎應思志義臣

六月廿四日小韋丈招同人作荷花生日歌

昨夢仙官傳絳敕明日芬陀利生日瑤池阿母會群仙江妃

漢女紛來集翠蓋金支光的皪雙成起舞飛瓊瑟酒酣命我
作長歌雲箋十幅揮如織湘君俠侍雲錦裳酌我沆瀣三危
漿詩成豔奪紅蕖色夢醒衣帶青蓮香長鬚打門傳急遞君
邀我醉流霞觴碧筩爲杯碧芳醞一飲三萬六千塲回頭花
亦生顏色亭亭擢玉雲水鄉桃花命短竹君醉五月十三爲竹醉日何
如千柄凌波粧此花臾降同高陽仙人太乙傳芬芳憶昔我
家水雲裡余先曾祖南畝大夫有樂順山房荷花最盛荷花爲城水爲市采蓮女
唱采菱歌隔浦朝霞明旖旎揭來此地介一觴欲往從之江
水瀰我欲左揖周茂叔右挾李青蓮曼卿丁度駕我仙蓮花
博士美酒千飛入太華峯之巔花開十丈藕如船與君醉倒

三千年

奉贈盧司馬昆鑾十九韻兼寄幕中黃生

黃生余未識南望傾意久乃今未識生得見黃生友賓主盡東南水乳交相受使君吾鄉賢千騎東方守每誇幕府才譽生不容口因君好士心益慶生得偶昨於李侯坐相從把樽酒以變黃生餘分愛兼到某謂我與黃生操觚挾可走諒重桑梓情相憐忘拙醜嚴武眞可人某慚杜陵叟半生客諸侯獨子甚見厚新知樂莫樂況在他鄉有所惜黃生遠未能同聚首言歡豈易期轉瞬歌折柳攜手意拳拳驪歌催四牡秋風砭肌骨古道黃沙吼爲我謝黃生相期千載後感知兼寄

遠年來意多負

欲與竹士丈卜鄰先有是贈

丈人亦貧無一椽胸撐突兀千萬間賤子欲遷遷不得掉頭何處青山色昨來語我思卜鄰沙哥崔嫂原周親借車足載東野具偕隱兼得南村人從此經營休草草閉戶讀書此終老墻頭有客過濁醪堂前任婦撲鄰棗縱看雞犬亦多情便生兒女交相抱行人指點張陸宅風趣有情貧亦好我聞夾宅臨清漳張南周北劉中央又聞昔人稱兩儁白楊何妥青楊脊賤子雖無于頓貲卜隱墻東此一時他年宅相倘能就贏得人呼魏氏兒

同人集李園以綠杉埜屋落日氣清分韻得綠字

遥峯不受雲蒼秀森在目朝來微雨過婉孌生淒綠兹園吾舊遊撫景懷前躅入門自神王娟娟見修竹花木雖無言亦如人意足緬維此園林云昔明藩築崢嶸數百年牢落幾間屋帝子去已遠詞人渺相續玉几不逮來空歌可哀曲落日臨高臺懷古淚盈掬江山嬗代謝來者復誰屬何如飲美酒采采延齡菊

九日同人登榕溪閣遂至湖上山莊以采菊東籬下悠然見南山分韻得然字

天風鬱盤薄湖光森欲前古榕撐槎牙岌岌蛟龍纏鼓作海

濤音風水相搏喧須臾一線霽走裂義和鞭浩浩蕪千里在目紛蒼然盱衡望南極懷古西江賢老榕歷浩刼坐閱七百年山谷遊此曾繫舟榕上見劉須溪詩大雅日以遠我意何由宣同來二三子瓣香心拳拳鄉輩亦尤物詎獨魚鳥妍言循堤畔行有墅湖西偏入門見秋色淡極相忘言素心惜遲暮古道沉虞淵往者不可作撫衷行自憐觸忤牛山涕沉吟茱萸篇

同人集我園賞芙蓉以江淹芙蓉頌細麗碧巘紅豔桂洲分韻得巘字

美人隔秋水娟娟意自遠我欲往從之遲暮惜晼晚何意君家園邂逅此婉孌嫿極淡無言豔多紅轉淺墻頭閣遣山掩

映浮蒼巘老桂如高人作意任偃蹇石丈臥峥嵘傍倚一床
蘚即事多幽欣相於味茶荈園林苦遼落餘事流風緬當年
文讌時客亦我輩選華屋慟山邱雍門琴繾綣回看池上花
垂垂亦淒泫

過杉湖水閣有懷黎大

古榕東畔湖之西君家高閣與雲齊方叢顯顯飛瀨瀨落日
亭亭挂蠕蜺憶昨共傾青玉案醉眠爭唱白銅鞮江天嘯傲
黎檬子何日重來續舊題

歲莫用少陵後苦寒行韻寄小韋丈病中

莽莽千山鳥飛絕平地坐看三尺雪有人絮被亚蒙頭病夫

葯劵何時折杜陵老子有健句子璋髑髏糢糊血撫劍高吟心膽裂

冰條凍壓百圍木飛廉洶洶欲拔屋此時一歌行路難太行孟門險折軸嗟我皇天何太酷陽春待爾廻冰澌裹飰盂君君自知

陳香士明府以其先人迦陵先生填詞圖索題

夙讀迦陵集流風想見之畫圖攜彼美儒雅是吾師家世傳驚座聲名重黨碑前身定青兕妙筆著烏絲爰數編珠製爭推漱玉詞駢文高庾信碎錦割邱遲丈室逢天女先生又有天女散花圖么絃付雪兒紫雲同杜牧紅袖伴姜夔豪氣元龍得才華

司馬奇鳥原呼共命（迦陵鳥即共命鳥）調或譜相思顧曲推公瑾修書似宋祁懊儂成豔體惆悵托微辭長鬣飄蕭影修眉綽約姿傳神蠶繭妙添頰虎頭癡火色當年識風懷本事詩比肩坐蕉葉（旁繪麗人坐蕉葉上）促膝有楊枝作使彈箏伎羈棲洗鉢池牙籤諸老咏手澤令孫貽壯悔堂何在辟疆園又衰舊家零落盡掩卷一淒其

施香海茂才家有樓對蘇山因名挹蘇索詩

施生自是逸者流權奇倜儻非常儔元龍湖海豪氣遒顧視下士蠅聲啾自少經明行復修州舉茂才無與侔擁書萬卷權自侯談詩不假唐漢求一生低首蘇眉州家臨梧水百尺

樓樓對蘇山如綴旒命名挹蘇艮有由書來乞詩意頗週我
昔南行狎浪鷗曾觀南海春天浮顧獨遺子明珠投子不我
棄翻來酬樓昔未登殊自尢他年我更從子遊與子共登更
上頭江天曠絕一覽收樓下青蛾乘綵舟樽前作使彈箜篌
錦筵紅燭璧月秋爾時筆力迴萬牛山川名勝窮爬搜請質
坡老君應不此詩嚆矢不足留更爲他日驅前矛

孤鶴篇

有鳥玄裳而縞衣翩然文采生光煇主人拂拭毛羽奇寵以
軒車飼以糜下視衆鳥徒嘎吚一朝鴆鳥來爲媒以囮引之
入籠羈鎩其兩翮頭低垂華屋雖飽稻粱肥迴憶舊侶吁可

悲汝前覩烏相嘲嘰紛然環議汝瑕疵鸚䳇能言荒是非鵂
鶹啸血毒蝕肌鳲鳩奪巢哺其兒鴟梟啣腐仰嚇嗤孤鶴中
夜鳴聲哀傲然脱却樊籠㧒振翼復向空山飛主人恩義無
時衰吁嗟孤鶴惟主知願爲畢生守堦墀

槲湖十子詩鈔卷二十一

麗則堂詩存　　南豐趙德湘澹仙

正月五日出遊和陶遊斜川韻

終歲役人事新年吾合休矧兹美風物陽春召我遊意行忘遠近相與臨清流春氣潛已來拍拍驚眠鷗感時悲逝水懷古遵靈邱往古不可作今我猶堪儔亦有二三子艮時相唱酬入門見壺觴但問有酒不飲少輙自醉篤言寫我憂酩酊有妙理營營復何求

人日小韋丈招同人小集

一笑靈辰快盍朋乞漿得酒樂何勝太歲在酉異鄉羈屑同司隸

詩筆頽唐愛少陵應節好嘗人日鳥是日食鴿踏歌欲試上元燈

敲春燕九遨頭始攤飯澆書僕尙能

過藤花館有感呈小韋丈

月明華屋記開筵授簡分題李謫仙佳日每招帬屐集當時

巳作畫圖傳故人零落今餘幾此樹婆娑亦可憐俯仰便爲

陳迹感舊遊彈指十三年

修禊日涂春樵司馬招集五詠堂次韻

手折茗華蔭桂旗讀書巖畔憶延之一峯金碧將軍畫三日

鶯花曲水詩插柳遨頭新禊事入林把臂舊交知賓主如竹林之數

使君豪飲風流甚恰喜流觴有月池

題紫蘼弟思誤書圖

不語低頭手自叉淋漓襟袖墨如鴉畫師貌出眞能事莫是
高齊楊子華（北齊楊子華有勘書圖）

人說淵明不求解我嗤田敏太矜奇休教鹵莽防穿鑿願爾
多聞更闕疑

別風淮雨手親研燈火青熒記昔年今日阿兄殊老矣消磨
慧業短檠前

吾家過末牛能文此事還應讓卯君笑我空尋兔園冊匆匆
過眼作烟雲

欲雪

雲容山色雨模糊大好襄陽潑墨圖深巷犬聲如吠豹疎林槲葉亂栖烏愔愔簾幕天疑暮落落情懷客自孤爲問比鄰洪玉父謂少竹晚來能飲一杯無

同人分詠得臘八粥

雲堂聞魚香石磬聲相屬云是八臘辰合薦五味粥節物記東京故事傳西竺旃林人設供香花佛出浴水泉覗清潔火齊辨遲速淖糜泛飴餳剝菓雜豆粟咄嗟便能辦朶頤得所欲提攜勝壺漿傾瀉溢鼎餗七日香在口諸天果其腹流匙膏灧灧滿甌濃育育羅闍異時序料斗奇名目熱殊槐葉淘煮似楊花熟分甘逮兒童垂涎笑奴僕粵若古黃帝創始乃

烹穀盛會想叢林法饌沿流俗語隱雙弓妙品和七寶足分
口詩傳范餉鄰句賡陸載稽景物畧旁徵夢華錄不談杜撰
禪爲惜唐捐福食飽起巡簷妙香鼻觀觸

瓶梅和小韋韻

拋却庾嶺春來看桂林獨一枝情懷瘦生意苦局促前宵大
風雨園林萬枝秃曲室免漂搖何遽不爲福雖非占景槃差
可藏嬌屋油窗花戸間相對人如玉垂垂若有情豔豔亦驚
目李侯吾鄉人南枝未三宿尊前説故鄉同唱江南曲抒君
羈屑思感我遠遊躅葩瓊巡簷香疎影横襟綠却笑供唐花
矯飾毋乃俗

將之嶺南留别同社諸子

行旅艱難極淹留歲月多盍須憂跋涉況乃苦干戈婉娩嬌兒女低徊舊薜蘿寸心眞惘惘去住兩如何

廿年談藝處奉教得群賢去與難兄說當爲故事傳吾生本孤陋卿輩足流連嶺海多耆舊遺聞或可編

過昭平縣感事

先人爲政地廿載復經過父老殷勤問鄖君骯髒歌流風應好在孤露感如何葛帔西華子栖栖愧汝多

上巳同人修禊灘江水閣余以事未至

往者不可作來日當大難所以古達人秉燭遊夜闌矧兹上

除日風物美且閑茂林映修竹急湍帶清泉江山見標致賓主多名言混混裴僕射超超張茂先繄予骯髒人勝日空唐捐平生坐後期豈獨茲會然撫景感舊遊陳迹悲逝川（憶己亥歲同小韋竹士丈修禊李園今竹丈已沒）梁商歌薤露夏侯酌靈前緬懷昔人達彌傷時事遷吾行已孤負諸予當盡歡

中秋獨登灘江水閣玩月

素魄暉暉上長江湛湛前人間自良夜天上是何年百尺樓高絕孤懷吾渺然不知故鄉月可似嶺頭圓

讀義山詩集題後

心悅君兮君不知越人歌自有微詞金輿翠輦悲南內玉帳

牙旗憤北司接武好教追杜甫齊名莫浪比温岐高唐神女
閑情賦古意從來未可訾

夜閲舊稿感賦一律

題襟往事不堪論綺語難除結習存山水之餘深寄托性情
所得未忘言鑽研故紙疲精力點對殘篇有淚痕感舊懷人
意無限寒燈如豆和哀猿

貧女

寂寞畏人知春愁不掃眉牽蘿新雨後倚竹薄寒時縞李高
同格夭桃晚入詩練裳與裙布他日嫁相宜

寒食即事

江花與江草婉戀自相親紅豆蠻鄉恨青楊比戶春蕭辰多遠思寒夢悵離人汎瑟遙帷底王微小病身

春日與李松孫過朱氏園看牡丹時花巳謝聽朱叟談

禪榻茶烟書掩門東風狼藉落江村尋春杜牧三生客話舊劉惔再世孫幾日鶯花空爛漫百年富貴閱朝昏何須更說恒河刼只是當時巳斷魂

松孫家事感賦二律

埜翁扶病下堂遲肘客看花意不辭指點故叢悲老物摩挱喬木喜孫枝荒江白屋成孤築小刼朱門又一時歎逝傷春情種種寒烟落日淚絲絲

憶閩中荔支寄家兄少愚觀察

當年風雨記連床最愛西頭夏木涼正爾齋中情話好忽驚海上羽書忙別來烽火平安否老去機雲憶念長此日嘗新應已遍天涯百感集蒼茫

題人西樓望月圖

美人隔千里相共只金波大地清光滿誰家秋思多南飛有烏鵲西望接明河余亦懷鄉久因之水調歌

贖舊羊裘戲作

愁城無處築謻臺新自長生庫裡回豈是從師留影質（見北史儒林傳）記曾爲婦貰村醅酒痕襟上猶生漬世事胸中已死灰傳

語故人吾計決一竿賸欲賦遙來

題松圓老人初祖面壁圖（上有牧齋贊柳如是詩又瞿忠宣贊）

孟陽作畫虞山贊此卷流傳二百年眞是西來掃文字依然南渡又烽烟青絲白馬悲符讖方杖圓蒲結淨緣義士美（祿軒）人（如是）灰刼盡可憐遺老各逃禪

詠黃梅花

冷蕊疎枝破臘前貧家風物逼殘年小名自是孤山妾大事誰參五祖禪瘦幹已同黃面老深情相對素心妍橫陳嚼蠟從來慣却笑坡翁失醉眠

十四夜李五（璞聯）招飲城南看燈即席賦謝

看街簾外盡春聲卷白波杯一笑傾小庾詩賡元夜體左徒
傳是此辰生買燈我欲增三夕作逵君員第五名節物關心
年老大當頭新月不勝情

題余子鴻少府居梅生文學合作梅鶴山莊圖

在昔山樵與大癡合圖曾載阮亭詩誰言今古不相及此卷
依稀想見之入夢故園梅的皪遠隨薄宦鶴襹褷思鄉懷古
情無限況是天涯歲暮時

陳貞女詩

女未廟見亡逼甃於女氏既甃則服除夫死亦如此煌煌禮
經文吾聞諸夫子陳女字孔門未嫁其夫死女心堅如石靡

他之死矢父母重女心許女逜闕里夫未盡孝養女代奉甘旨夫未盡烝嘗女代承祭祀誰言就義難從容乃如是有如草莽臣殉節而未仕君綱與夫綱森然無二理正經乃常道充類由所恥此時稍轉念初志已委靡嗟女豈好名大義不可已我爲作歌詩敢以告良史感彼衛共姜不諒呼天只

書小韋詠木棉花詩後

離火文明出異芳嶺南三子應文昌屈梁陳三家皆有木棉詩何期越嶠風流後又見先生雲錦章奕奕雄材涵海氣熊熊寶焰爇天光輸君彩筆青蓮裔合有紅霞起硯旁

全州謠

壞雲壓城天狗下城頭老烏啄屋瓦嗚乎怪事吾不圖野老
唏噓鼓嚨胡百年不見刀兵久爲言茲邑實禍首四郊向晚
倏烽烟竟夕一城響刁斗李波婦女能爲賊張津徒卒紅帕
額昨日州前擂大鼓殺氣崩騰日無色時危誰是有心人事
急惟呼無量佛昨來一軍鄉曲豪英茦壯士頭虎毛入市睚
眦皆拔刀曰汝性命懸吾曹頗聞此軍號能戰大府日夕親
團練此曹平日能輕身及到沙場色皆變是時風雨薄夜半
可憐我兵鳥獸散搜牢十室九逃竄遺我窮民獨悲歎語君
且勿歎聽我進一詞敢告此邦賢有司我聞養兵原衛民滅
賊不在多殺人

病中送小韋丈避兵

我病君遄發蕭蕭馬色寒人聲秋慘淡兵氣暮𠴲岏已是異鄉別遑憂行路難殷勤戒僮僕莫使客衣單

奉懷小韋丈車田村

汀上白蘋老夫君猶未逼天狼弧矢直風鶴信音非旁午軍書急艱辛故舊違江村愁李涉豪客怪儒衣

消寒集題顏魯公書東方朔畫贊拓本

明皇不識顏眞卿武帝亦不知歲星我思二主頗英武咄咄胡爲君失臣二君作事將無同漢禪泰岱唐東封漢代匈奴驁遠畧唐擊奚厥誇邊功明皇三子同賜死漢亦殺子誅江

充漢廢陳后長門賦唐亦棄后呼阿忠魯公書此豈無意筆諫隱隱罣和淚壯哉請斬賣珠兒錢畫銀鉤蟠入字或疑公頗希神仙索米乞米同相憐不知公自羨方朔猶得譎諫君王前仙魂毅魄曠世感惟公大節全幽燕君不見從古神仙皆節義千秋合傳名仙吏

消寒第四集題河東君小像

賦罷紅箋矢白頭鴛鴦湖畔共扁舟他時獨報尙書死絕似秋風燕子樓

漫說章臺楊柳枝影憐婀娜最風姿玉京入道橫波俠奇絕蛾眉共一時

淒然撫髻話南朝一局殘棋刼已消老去彥回眞誤汝千秋
遺恨石城謠
夢華回首巳模糊鬢影春風識畫圖東海揚塵水清淺也如
殘刼說麻姑

朱伯韓侍御遠自都門枉過賦贈

朱雲風裁去動公卿嶽嶽爭傳折檻名忠愛每廻　明主意
憂危眞見古人情遠來襆被仍蕭瑟別後詩篇益老成莫便
東山作高臥幾多霖雨望蒼生

同人賞牡丹分賦

歐碧鞓紅獨殿春輕陰正是養花辰從教富貴何妨晚爲有

文章不自貧謝客五言曾未詠楊妃一笑或前身倚闌共賦清平調綵筆斕斒覺有神

贈心香廣文卽送之荔浦

憶昔高軒過疎懶久未報君又欵欵來厚意盎笑貌旁觀動驚疑無狀近簡傲君不督過之殷勤翻慰勞以茲愛士心春風遍學校我聞師儒席俊秀待育造近乃號枝官牽牛昏且耄先生獨不然激昂首屢掉首蓿萬馬中騏驥奮騰踔時或撫素琴愔愔大雅操興至時一吟賈孟鬪孤峭君善鼓琹詩學賈孟此中有樂地束身自名教得師古所難多士應歡笑何須臨歧路執手殊戀嫪

桂林九老榮樂圖爲黃春庭太史作

香山九老耆英會唐宋流風想見之諸子婆娑能繼起此邦風雅要扶持隻雞斗酒頻來往張丈殷兄共笑嬉柰柘影斜醉遝去畫圖點綴太平時

伯韓侍御以其尊公韞山先生守濬縣時遺詩索題卽次元韻

當年蝗賊縱橫甚殺氣蒼茫上鬢華巳見孤臣能報國更欣令子善承家牙籤永寶遺詩草手澤曾栽滿縣花老父同時殲海寇揭來共話淚如麻嘉慶間先君宦粵東值海盜張保仔之亂曾生擒九十三賊砲擊斃三百餘人保仔始降

初冬伯韓侍御招同人賞晚菊以且看黃花晚節香分韻得花字

側聞白簡風霜肅君亦霜中傑出花豈意觥觥驄馬塵翻同落落野人家孤懷未敢傷遲莫晚達何妨歷歲華我自冬心甘獨抱冷唫籬畔手頻叉

冬暖行

昨者炎官失其職一炬千家何太劇兒號婦啼走且踣吁嗟天公胡不德又聞農夫語嘖嘖一月不雨地爲赤明歲將憂無豆麥我思此事載方冊冬行春令命曰逆春來又恐多疫疾掩書不語愁脈脈忽念祓火無衣客稍喜黃綿襖子出天

其有意憐窮厄醫創剜肉之長策妻孥笑我翻自失且曝茅檐思雨澤青天湛湛無雲色

題少渠明府空山唫趣圖

夢遊彷彿似天台石路懸雲上有臺晴雪滿空兼葉落漪流絕底照花開直窮莽莽無人境獨詠荒荒太古苔此景分明吾領取眼中又見畫圖來

讀小韋丈前後避賊車田溶江詩

樂府從推杜拾遺傷時感事每興悲風騷遥接千年後雪涕重吟兩卷詩避地故人眞鬱鬱憂天吾輩漫期期流民雁戶知何限不敢因君怨遠離

題鄧湘皋先生昆季聽雨圖

二蘇未踐連牀約，孤負人間好弟兄。看取耦畊共瀆水（先生又有耦畊圖），何如漂泊在彭城。氤氳眉宇有眞意，蕭瑟燈花知此情。笑我新拋姜被煖，瀟瀟愁聽夜來聲（時從少愚兄署中還）。

以鶴贈小韋丈滕之以詩

吾家清獻有遺風，清畏人知兩世同（先祖曾爲雲南昭通府通守）。先子一官終氉氉，孤兒弱羽更毿毿。可憐亀化遠天上，敢說鷄群見侍中。贈與丈人應護惜，只慚不舞累羊公。

懷鄭小谷比部柳州道中戲柬絕句

歇後詩情在蹇驢，雨昏花落客懷孤。道行不得湘南路，愁煞

天涯鄭鷓鴣

題孫吉生通守味紅閣塡詞圖

孫郎眞有紫髯風散髻斜簪唱惱公記得君家佳話好歲除索稿渡江東事見漁洋詩話

小來願作樂中箏自掐紅牙和倚聲亦有江南腸斷句墜歡殘夢不分明余少有謐籥願箏詞一卷

子純弟得舊琴於壷山民家爨下名曰遺薪索詩

不遇胡灰刼何由識此材爲予一拂拭嗟爾久沈霾黯黮如枯木摩挲有古苔可憐焦尾質幾見賞音來

吾家耶利子大雅自愔愔終日垂簾坐常時捶筆吟寂寞參娛

獨享攫醳向人深石氣空山古千秋感遇心

題倪雲渠珠江夜遊圖二首

花月春江夜端宜綺麗才九華燦燈火一碧湧樓臺往者鬧紅舸辛亥荷花生日曾作花田之遊相於浮白杯展君新畫卷憶我舊遊來

聞道燈船盛秦淮絕豔傳可憐佳麗地都屬紂陰天江南尚爲賊踞五嶺亦兵燹千家稀筦絃倪迂如避世愼莫爇龍涎

杉湖可樓爲黎秋伯賦

杉湖西畔小橋頭地有元龍百尺樓山外斜陽奔萬馬水邊涼笛散羣鷗爲誰矌望窮千里輸爾高人占一邱且報子雲多載酒老夫乘興欲來遊

再疊前韻索秋伯和

讓子人間出一頭淩雲一笑有高樓軒軒君自塵中鶴泛泛吾憐水上鷗幾處烽烟驚羽檄故家華屋感山邱李春湖侍郎湖西莊湖東樓俱荒廢矣江湖澒洞能堅卧應念平生馬少遊

秋伯招遊可樓疊前韻

高踞胡牀嘯上頭何殊庾亮在南樓趨來名士荆州鯽老去機心海畔鷗風月論錢蘇子美湖山如畫李營邱雲涼水碧題襟地合與吾儕作卧遊

題紅線圖

御風千里不留行往返三時事竟成安得如卿神妙手錦車

破賊石頭城時望江南捷音故云

銅臺高揭俯清漳斜月晨雞夜未央最愛景山工撰語行間

點筆頗蒼涼

杉湖十子詩鈔卷二十二

香圃詩遺　　　　漢陽黃錫祖香圃

懷人八首　余邇讀謝客擬鄴中詩八首不禁掩卷而歎彼人事代謝猶或擬之況生平交遊離合之感有難忘者雖勢位懸絶而二難四美自謂過之文采風流要一時之傑也遠臥滄江追思曩昔聊用其體撰文懷人

李宗瀛季容不及世事好客賦詩時有小山叢桂之思

百川競趨下中流渺孤撐文章今則然道誼矧所傾因文求至情契此數友生西園樹梧竹東壁羅瑤瓊敦槃讌佳日風

月娛羣英忝承華屋居頗執騷壇盟抗言希往哲高唫振雕
薨一朝抱端憂盛遊難再賡賢豪迫事勢時節遂紛更遐哉
登桂山邈焉懷玉京

王錫振少失怙恃頗能取益師友期自振拔

悲風從天來吹我庭樹萎揮淚辭耎去遊學天之涯建陵二
三月好鳥鳴高枝幸邀郢客顧願取他山資詞賦擬相如稼
圃輕樊遲仰賡梁甫吟臥讀索靖碑梁園盛佳客綺筵徵新
詩馨香輙有贈風雨無或違周周刷毛羽蛩蛩絕負攜舉杯
要日御遲我淩風飛

王庭楨世本燕人少長吳下流離飄墮故多飄泊之嘆

浮雲任飄搖飛蓬無定處物理多零畸人生亦齟齬羸馬朝趨秦蒲帆夕挂楚松柏摧燕墳杵臼賃吳廡因風入桂林叩月聽銅鼓潭潭金張居濟濟鄒枚侶名言霏玉屑芳樽酌桂醑公子敬愛客遠遊忘羈旅一別知音違迴思盛遊阻

彭昱堯 少伏鄉曲一探桂林山水之奇爲文遂超出儕輩

鄉曲少魁奇天漢縣文昌笑攬絕塵轡願覯大國光建陵富山水暇日恣徜徉朝探六峝幽暮捫七星芒剔蘚證古篆攀蘿履祟崗青蒼豁我眸崱屴撐我腸琅琅振金石纚纚成文章知音謬許推聞風紛來翔一篇擲有聲千載鬱相望且挹灕水波滿注臨風觴

陳鑠時爲節院書記書畫詞章無不工妙

明月窺蓮帷映我棐几徹墨池璹瑁函印床珊瑚玦我豈琳瑀流廼厠笙竽列撫時與何寄託物趣頗别靜研銅雀香戲畫冰蠶鐵靈螭供雕鐫蒼蠅誤點綴時與南皮遊亦醉西園月迴飈振新聲清泚漱芳洌常恐樂在兹日暮憂思結

王棨柴門風雪時至絶食而商歌不輟豪氣如雲

凝陰大塊合吹竅萬山鳴柴門臥風雪振屋發商聲許身比稷契永懷勗廉貞不嫌被短褐所志非華纓一朝偕計吏躍馬趨上京閶闔何岧嶤威儀盛王明罪言未及上山川壯歸程平生素心友交酒招酬賡醉飽豈所分歌謠散不平

龔一貞書記翩翩雖得一解而嫵媚多情

膏車赴宛洛願充觀國賓臨發促其御回顧呢所親梁園辭綺月羅帷闞新春宮殿何煇煌冠蓋亦鮮新紅塵迷廣陌黃門隔重闉既念同心侶況當豔陽晨垂鬟遲遊屐輭繡鋪華茵芳風襲懷袖微雨墊角巾離別何足道歡樂難具陳

呂賡治少毓湖山之秀故多雅韻

戲攬湖上月閒吟湖上山句奪湖靈秀夢與湖光圓我生自西浙今歸處南偏詩書敦夙好山川思悠然幸茲二三子遣此歲月遷發難逞雄辯酌理悟幽元絃歌激清機帬屐媚少年人生寓所幻茲世曷可仙去者成爣怳來者愼因緣願言

崇令德相期愛春妍

人日

荒俗猶人日盤蔬各自遺遙憐故園客悽斷草堂詩窮鳥將離谷春條已弄姿靜觀來復意歸棹未應遲

醉歌行 寄洪大壺城

吾將返視蓬萊宮已脫銜轡之斑龍便須拂衣入鬼谷蘭茗謝芳迷故躅垂纓長嘯天蒼茫孤雲何意來蠻荒青山坐老白日陡眼前作達無過酒纍纍印兮若若綬恐教輒卻持螯手君不見霹靂鳴弓石飲羽旗亭射殺白額虎后來幾輩位通侯老去將軍奈何許又不見草元子窮年矻矻不自已三

世執戟徒工文人方取覆瞽瓿耳擊我竹如意把我金叵羅
人生鬱塞何其多且復泥飲爲長歌我歌正長誰與繹美人
迢迢共明月相思盡夜攬清輝何不來前盡一石贈君綠綺
琴金徽一奏回陽春酹君青玉案萬古牢愁一時判榕陰接
天天蔚藍木棉燒空紅可憐日長風輭鼓聲脆聯臂踏踏歌
花蠻問君此時不盡歡更從何處開心顏綠蟻醅紅螺桮還
丹好築糟邱臺壺中日月會長在與爾停歌歸去來

江上和少竹

取醉深杯百不辭生涯輸與榜人知鱸魚切玉菰浮碧正是
篷窗賭酒時

說劍心芒耿不平金戈鐵馬亂灘聲何當劃盡横江石幅幅輕帆浩蕩行

送張衍瀾茂才返蜀

燈紅酒綠歡今夕明發孤帆送行客行客何心别我行欲語含悲氣先咽男兒有志輕四方安能一矜老故鄉學書不成去學劍誓欲白手爭侯王五花連錢光燗爍決驟琴毫下劍閣誰言五嶺最宜人一片心肝誤相託悲來拂袖迷四野眼前盡是悠悠者白石空勞唱飯牛黄金何處求良馬山中故人昨寄書爲言白髮常倚閭青青幾遍上楊柳更有玉顏愁綺疏去年烽塵近鄉邑今年烽塵猶未息月斷征雲著意忙

心爭落日歸飛疾但能餓死向鄉閭肯戀孤生遠鋒鏑江頭新雨綠添波無計留君可奈何一片峨嵋山畔月他時相望爲儂歌

哭吕月滄先生

一見爲佳耳緘書忍重披飄零猶遠道生死𤴓長辭他日元亭過千秋華屋悲牙籤三萬軸能讀有佳兒公病中有書云聞將還桂林得一見爲佳耳

載石曾歸棹相攜賤子俱張堪宜累友公與吾父不過一面劉峻獨憐孤饘粥艱難共篝燈講授劬無成荒儌别冉冉負泉塗

聞雁

臥病空堂日易曛遥天風勁雁聲哀數行錦字經年絕萬里
蠻雲伴客來故國稻粱甯久歉前汀鷗鷺好無猜歸時知在
春前後莫向前檐首重迴

余小霞汪西芝有岐亭疊韻一編李小韋爲之合刻且
屬朱雲屏戕注野人見獵心喜戲次其韻柬小韋丈

布衣平生侶强半染柳汁曳裾客南荒誰念地卑濕惟君抱
古歡斯文冀我得嘔心一字艱望眼千里急駑蹇一失侶翻
飛羨野鴨何來疊韻編花錦百層羃光彩絢金碧文字迷綠
赤多君亟殺青佐我屢墮白微官解高吟想見岸兩幘顧我
昨所呈血點半餘泣其言非不刋抑豈有遺缺難忘久要心

願附不速客好語朱鶴齡注仿浣花集

苦熱前韻

天地一洪爐驕陽鑠金汁逼眼火就燥漫膚水流濕計爲紇干雀受凍死亦得誰能著綃衣粥熱愈燥急萍茵已成塵憐此春塘鴨渴吻空鵐張紫焰觚棱冪安得挽銀河一洗燒空赤清風迄無靈涼月不肯白誰寄鄭羣簟差免態逵幘造物豈漠然不念釜中泣當寒旣思暖人心苦多缺門外褦襶行擾擾紅塵客好拈冰雪文一浣煩憂集

別臆

慷慨丈夫志依徊兒女別臨發攬君袪切切語瑣屑文書在

笥篋衣卷周四隙被襆新澣綻長鋏蒯緱纈前途少新知詩
篇破孤寂山川恣君游風波慎自惕閉門有斗粟或未斷春
澌耳後藥玉環待君爲重飾東風江上來挂此一片席浩然
去不顧落日黯行色星火辨前汀遙岑下風笛迴思結綢來
艱辛備嘗歷晚炊黃泥坂曉汲烏蠻驛吟寒進重棉酒渴伺
新碧傷時或憤激輙語爲冰釋使我落寞懷幾忘蠻荒客矯
首惟餘杭淚痕漬胸臆青春未上堂白首望何極此赴賢侯
招强捧毛生檄清江一舸通萬里未云僻行當攜子返侍奉
出耕績但得菽水歡永蹈鴻光節

將之蒼梧過壺城別梁入兄壽侶渠亦將有湘源之行

賦贈一首並柬少竹

自我测南日孤調誰與希手摩銅柱思目送邊雲飛榕巢有狂客謂少竹助我張鼓旗鑿空表幽靈闢荒正是非要令異域有咸掛逼人詞嘔心我方悸聞聲子相知豈有江楓名每向榕巢詣君家壼闑下我近客雙谿論交幸得介因少竹而訂交屢訪不見疑抗言見卓凋憐才到箴規君身實抱道典型此邊畿自謂雲龍契安知風雨乖憶探白雲洞翦渡麗水涯鬬君腰腳健委我籃輿馳嵐光乍開闔山鳥鳴相隨梯青剸山腹環白竅天儀指點鸜鵒峯謂我當留題洪生少竹忽仰嘯天風動雲衣援枹向石鼓兩壁石叩之作鼓聲怒轉𥫗底雷兹游恍在目羲輪

駛難追昨登榕巢望敗柯綴紅芝少竹已還建陵修𥑮已遠舉明月為誰來我今弔虞帝蒼梧雲霏微君將尋湘源寶瑟聆湘妃臨別飲我酒悠悠我心悲愛君池上閣楊柳交簷垂一軒水滑笏四壁書塤委圭婦敬愛客餼潔羅盤匜侍坐五男子頭角皆歧嶷年來數醉此欲去那忍離池光碧瀏瀏楊柳青依依遽別既非料後晤安可期所期在述造努力毋廢墮音郵未間阻慰問或庶幾建陵晤洪子且爲致我思

下烏蠻長灘

歸艎打鼓下烏蠻咫尺龍門可願攀有龍口最險此去買魚須痛飲不教化鶴竟生還碾平雪浪千盤石飛捲洪荒兩岸山謝

爾篙師好身手馳書先欲報鄉關

憎蠅

舟行下邕江有蠅實云繁蓬窗咫尺間千百相引援散漫到几席攢繞尋盤匜不知渺渺波汝適從何來腥涎纔得飽搓手以捧翼得意還趁人任揮往復集展卷手屢彈更來飽筆端爾竟有意此使我忿且歎爾技亦何巧變亂黑與白一行遭爾玷豈易云洗滌年來耳殊充爾聲漸不聞惟此眉睫間實憚來往勤嗟爾嬌翅飛才能及五步如何附舟來千里不捨去代蠅申臆語我輩惟趨炎秋風一朝至踪跡自遠潛君胡不我諒今時固我時君能守其常何患相擾爲一笑指蒼

梧灑然卸行李爾儻從吾遊飲爾冰井水

載上烏蠻

不信乾坤大還循日月迴湍飛天上水石闘地中雷山鬼窺
人過沙鷗笑客來關心橫海將前路有高臺

舟行八詠

側身浮世裏南北與西東一任飄搖惡還憑轉捩功神龍看
掉尾彩鷁便淩風贏得吳儂伴春腰香汗融 柁

編蒲任舒捲裁錦亦鮮妍滿損因君信飛行竟爾便嵐光隨
處挹畫境望中懸終藉吹嘘力浮浮欲上天 帆

犖确穿危徑前程亦大難偏能忘微分只欲挽頹瀾奚止千

釣繫休輕一綫看長河方陡絕努力報平安　縴
扶植原端整同舟屬望賒喜來江上燕高拂斗邊槎受掣還
穿鼻多財好建牙白鷗應笑爾風勁莫傾斜　檣
桃源渺何許彌望綠平陂筵得蒼筤侶交應水石宜淺深勞
測試辛苦共撑持最是前湍急須妨下力遲　篙
不值倉皇候安知底定勞誰能輕性命君獨鎮風濤持重原
無貳投閒亦自豪請看戰場色夔罔巳潛逃　錨
巳訝輕如葉那堪覆似瓢慣要江上月愁坐雨中宵羃羽晴
還豔烏油彩易描一燈微透處閒話羨魚舠　篷
妙製窺剡木勳庸利涉川祖生豪氣在子敬麗情偏高浪誰

能駕盤渦動處圓聖皇咨爾用書策幾千年

辟蠱

山巉水刻生計微林轡蒸鬱毒霧霏悲哉南人日以蹙更溺蠱蠆心何爲睚眦成讎便欲殺衽席之好還嫌猜自來淫貪已滋惑久矣此蠱誰能治黃昏咒發風雨惡飛緣踔躑紛潛來牢盆閉置使相食能併其衆爲雄奇蝦蟇一怒突兩目金蠶殭蝠成積胚蜥蜴飛遊逗耳鼻一蛇到腹產百虺月縮鍊蠱取生魄月盈縱蠱死魄哀新歡舊怨財色媒一背其好危乎危或置杯酒中勸君引滿禍已胎或彈襟袖間令君觸處肌肉瘍亦有短狐工射影鬼箭麗物憑空馳陰奸無跡不可

按雖有王法何能施殳傳其子姑教婦仇讐報復無窮期更
憐客子每罹此天陰聚哭歸魂稀欸嘑聖人有垂教忠敬自
可行蠻夷攝衛難遇蠱者衆人生何所非死悲我聞其家擅
此祕屋梁不到塵與灰其人事蠱習蠱性生狰嫉很多警機
安能遍乞神明宰不避難險能燭非盡取其人飼諸蠱然後
火其蠢類無纖遺坦然爲歡絶疑怨人心上可天心推陰和
陽調風雨順定可瘴癘由斯開或云黄金作纒臂約指亦可
祛飛災男兒不佩肘後印誰能辨此女子癡囊中有錢且沽
酒生人無術吾爲誰

重聽自嘲用東坡岐亭韻

已脫神仙籍難飲青泥汁如何忝然人其耳常濕濕身承先
人蔭一丞出應得重聽古何妨辟呾今所急坐斯聵聵情嬌
射東野鴨揭來客南荒眞同幕中羃靜慮聽雷霆但見電光
赤大聲而疾呼客意仍未白遷怒到蒙蔽冬月常脫幘全歸
豈云孝闕一每飲泣社酒治無靈乖龍割應缺愧吟充耳詩
但對忘言客高枕謝聲聞一任鬭蟻集

泥同舍飲再用韻

蒼梧竹葉青遠勝郫筒汁離支初登盤尚帶露條濕此豈吾
鄉酒傾貲買未得勸君脫拘牽世事有底急能者恐虛誇只
似龜蒙鴨飛鴻游冥冥要遠塵網羃不見羞頬頳何如醉顏

赤醒眼且矇朧雅俗溷青白吾生樂杯鐺爛漫謝冠幘但期
醉鄉遊肯作歧路泣春來江上山修眉露花鋏即此一瓢酒
莫負萬里客行樂須及時更請連朝集

秋懷五首

一上層城萬里哀無邊秋色抱江迴奔濤受阨爭山立孤艇
餘生破塚來人鮓甕邊紛𠳐嘯鬼門關勢鬱崔嵬狂生何處
投雲鞞槖筆眞憐鄺露才
漢家都尉罷防邊海内承平二百年散馬驕嘶芳草地獵鷹
盤沒嶺門煙鐵船月白中流見銅柱秋高大漠懸千古馨香
崇廟食將軍誰似馬文淵

蘆管烏烏聽大招月明荒店走蕭騷哀猿毒蜮紛窺伺遷客羈魂總鬱陶號祭沿村都老壯踏歌聯臂尚孃豪佩刀抛盡閒田地猶賴諸公撫字勞

分茅嶺上瘴烟昏天與華夷界此門最險為風門嶺日射照陽關名通一騎雲低牧馬夷地隱千屯南來嘯聚多亡命北望　朝廷遠至尊貢道祇今輸大賈罪言安望達　重閽

底事劉郎薄二豪深栖聊與共持螯三秋佳日重陽近萬里西風一雁高畫角慣催邊塞月鄉心振觸廣陵濤詩成蠻語憑誰和鏽盡龍文且自弢

時巳冬初而燕猶有留者感賦一首

雙剪悴寒暉淒淒露草微夜長人早起秋盡爾還飛巷口諸郎老天涯雨雪霏故巢知在否吟望一沾衣

謝文節公遺琴歌

秋風泗水沈周鼎目斷故宮禾黍冷抱琴獨向建陽來彈不成聲哀不哀趙家由肉今已矣柴市招魂丞相死淒其待穒首山薇腸斷朱絃淚如洗滄桑變盡不可回慷慨赴節琴心灰遼海歸時應化鶴斧柯當日奈何龜碧血銷沈七百年枯桐流轉倘人間應思靖節無絃意漫作成連海上彈

留別雙谿書館

原知傳舍重低徊風雨三年寄不才曉院鶯聲催客去夜窗

蟾影爲誰來壁間醉墨言多漫花裏重門手自開爲語雙谿後司馬莫將車馬破蒼苔

舟次新寧醉後墮水

醉來幾爲蛟龍得慙愧同舟省視情卻似杜陵曾墮馬不教采石便騎鯨眼前涙袖癡兒女海上靈旗我父兄洗盞且須酬滅頂浮生從此號更生

容縣楊妃粧樓

羣峯攢黛引游艭生長楊妃豔此邦鈿盒巳教窮碧落粧樓猶自拓紅窗乘輿萬里曾秦棧禍水千秋瀹鬱江聞說珮環來月下可攜南内影雙雙

淮南王

桂叢招隱渺難期兵解丹成事總疑百代孤寒偏食德瓦盆頓頓進黎祁

勾漏

我來勾漏山懷仙動遥羨丹砂茍可尋作令遜我便袖中抱朴書火色熟燒煉卽此謝世網方蓬待傳譌事乃大不然所聞負所見前探嵜嶁低環矚荆艿遍廢竈杳遺基古洞竄鷩豨長鑱試一劚塵坌滿襟緣猶恐鹵莽心難覬山靈眷齋宿三日求搜剔幾顚眩往來山下人笑我足重跰但言葛仙米遠産出貴縣時代有推移陵谷豈遷變凡材何地無洪詎此

山巒安知當時意不爲一官牽仙蹤既渺茫靈丹肯矜炫因歎稽生賢石髓凝成片

抱朴子

一卷抱朴子名心下士同頗嫌章疏氣殊少列仙風丹訣傳多誤黃金屢未窮超超得元箸應愧爾家翁（葛仙翁乃洪之祖也）

長年苦

喫了昭平酒篙子不離手（船人口語）莫望桂林山縴路幾千盤有時篙縴兩無用踏水扛船船不動前欹後郤蟻捧擅肩承背負鰲戴山半日撼移才一尺用盡爺娘生我力力盡風號水落灘灘高猶可天寒殺我水截我肱石齧我踝赤身一袴冰

生棱且趁斜陽水旁坐長年莫哀三老賢水涸上船如上天今番倍爾青銅錢黃昏飽飦洗脚眠明朝辛苦還前去順水來船笑相遇

仰屋

殘年風景逼人涼時世難憑肘後方種樹悔輕千戶李賃舂空託五噫梁長鑱裘馬多同學陋巷簞瓢漸絕糧仰屋著書今日事可容寒餓減清狂

潯江行館紅梅歌與陳東橋孝廉作

潯江廢廨有老梅雜伍榛篁半枯槁春來寒香不自祕猶向東風弄晴昊橫撐老幹青珊瑚亂綴繁英紅瑪瑙我友招攜

散步來徑紆苔滑無人埽嫣然林角見丰采輕冐羅陰助嫚
裊瓊姿似厭出世粧帔影紆霞謝纂縞含章殿側酒半酣孤
山亭畔春初曉何年移植巳莫問異地驚看忍輕拗想當臺
池未傾廢豈無裙屐來巡繞繁華轉眼散如雲咫尺墻東伴
孤悄君言南谿有此樹苦憶風窗透龍腦我亦西谿輕別來
十年不踏隄邊草一枝何意同此寄兩地相看倍能好休嗟
地僻少人過轉恐愁多被花惱詩成且就花間吟有酒莫辭
花下倒與君客裏惜春光大好閒來散懷抱

登獨秀峯同少鶴

虞衡志山經獨秀無與讓峩峩郭郭間平地聳千丈如逄古

傑士特立絕依傍仰緣修蛇徑嶄出飛鳥上登顛久所殫眼界近一宕東攬滄洲勝南思碧雞抗連山亙西來坌湧走惡浪中原渺無極浩浩阻北望塵寰若浮漚灘水細可障周羅俯羣峯飽飣紛莫壯頗聞媧皇石擲此毋乃誑茲山不受貶兀欲補天曠日月此回薄雲霖所醞釀吾將叫閶闔罡風忽排盪呵筆寄此章披豁謝靈貺

伏波山戲攬餘生

伏波覘獨秀二賢實相亞獨秀如可王伏波亦堪霸兩軍屹相對嚴覇而並駕彼勤勤思撫此兀兀不下所嗟虬髯來勢已乏皇藉卻領水上軍萬馬犕烏咤下闞無垠地上攬青冥

靶請看此壁壁豈是兒戲灞作詩示吾友陰語不須詫江東
儻無卿予亦足雄跨

春晚雜興七首

一病全拋九十春落花飛絮滿江城揭來過雨江頭望潑眼
青山是故人

王郎一舸尋鴟夷屋生煮字難療飢阿連出門但西笑洪厓
不見頷其頤

一別元亭再見難平生恩義重邱山忍看賣宅淒涼字馬築
撾扉慟哭還

平生心折南郭綦一日不見令人思如何對客慢無語常遇

嗒然隱几時
星矑的爍解窺簾紫玉年來欲化煙腸斷南谿老居士桃根
知向阿誰邊
草書何惜不匆匆且可爲歡酒未空苔階過雨添新綠水檻
因風聚落紅
江南天津涕流離麥熟不見休王師朝餐小女笑嚼㼚東坡
先生聊賦詩
和孏餘先生懷舊之作
同學紛紛苦愛官馬蹄特特向長安名花上苑看應遍叢桂
空山夢欲寒白雪調高求和寡黃金散盡論交難江湖臺閣

關通窐誰把緋魚換釣竿

香圃詩鈔一卷僕於道光丙午假歸重遇香圃桂林所從借錄者也香圃時已倦遊多病與之別不數月遽死此卷藏之篋衍倏廿餘年同治丙寅僕再假歸桂林開府江夏張公時方鈔刻伯韓小韋諸君之詩暇輙及余論略因出香圃此卷質之而並及於麓原芷潭麓原詩身後零落存者不十二三芷潭則僅拾諸苕岑集中所刻之十餘篇於向所見於龔子茂田所者但十一耳開府欣然彙而刻之合諸伯韓小韋諸君題曰檆湖十子詩鈔以香圃年最少而爲之殿香圃有知其將稍慰藉於九原若麓原芷潭者

吾知其不以此重輕顧後死者亦以寄其不慘痛惜之意然則開府此刻之意不亦盛哉時在同治戊辰夏五馬平王拯識

板存桂林三餘堂